KB050505

마졸귀환록 12

초판 1쇄 인쇄일 2015년 9월 2일 ㅣ **초판 1쇄 발행일** 2015년 9월 7일

지은이 주작 ㅣ **펴낸이** 곽중열 ㅣ **담당편집 팀장** 이범수
편집부 신연제 이윤아 김호성 김은경

펴낸곳 (주)조은세상 ㅣ 출판등록 제 2002-23호
주소   경기도 연천군 미산면 청정로 1355
TEL 편집부 02)587-2966 ㅣ FAX 02)587-2922
e-mail bukdu@comics21c.co.kr

ⓒ주작 2014
ISBN 979-11-5832-263-2 ㅣ ISBN 979-11-5512-578-6(set) ㅣ 값 8,000원

마졸
귀환록

12

주작 판타지 장편소설 NEO FANTASY STORY

CONTENTS

NEO FANTASY STORY

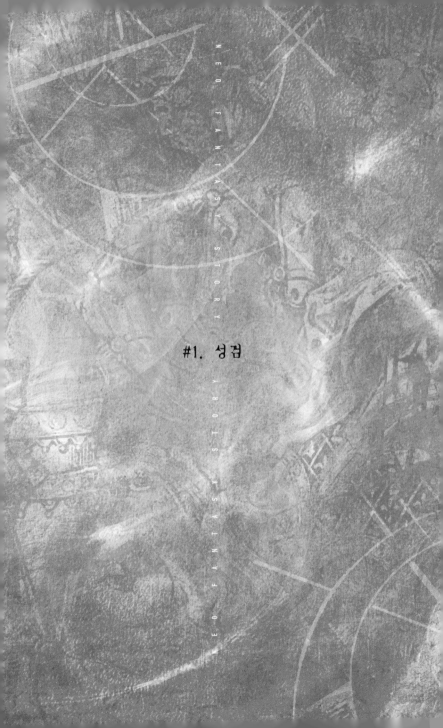

#1. 성검

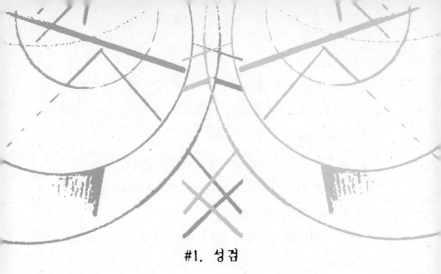

#1. 성검

언제나처럼 팔라얀 상단의 정보를 훑어보던 제튼은 '성 국의 침묵'이라는 명제로 날아든 보고서를 읽어나가며 가 볍게 실소했다.

보고서에는 성국 내에서 발생한 성기사들 사이에 벌어 진 다툼이 적혀 있었는데, 그 내용의 주된 인물이 너무도 익숙한 이름이었다.

케빈 반트!

놀랍게도 홀로 성국의 10대 기사단 중 3개 기사단을 꺾 어버렸다는 내용이 적혀있었는데, 재미있는 건 이 같은 사 실이 외부로 알려지지 않았다는 점이었다.

"제목 한번 잘 붙였네."

성국을 침묵하게 만든 케빈의 실력이 미소가 그려졌다. 또한, 침묵할 수밖에 없는 성국의 상황에도 웃음이 나왔다.

"교황파의 인물들만 골라서 조져놨단 말이지."

최초, 케빈과 마찰을 빚은 건 데라시움이라 불리는 연무장의 젊은 성기사들이었다.

이후, 바라난 기사단의 단장 아사란을 쓰러트린 뒤, 숨 쉴 틈도 없이 그의 단원들까지 함께 무너트렸다.

당연히 성국은 이 같은 만행을 저지른 케빈을 죄인으로 몰아서 제압하려 들었다.

놀라운 건 케빈의 대응이었다.

데라시움에서 한 발짝도 움직이지 않은 채, 그를 잡으러 오는 기사단을 맞이한 것이다.

그렇게 2개의 기사단을 더 박살냈을 때, 교황이 먼저 한 발 물러났다.

"고놈 참… 큭!"

재차 웃음이 나왔다.

〈압도적인 힘 앞에서는 어떤 명분도 성립이 되질 않는다.〉

이번에 케빈이 성국으로 향할 때, 넌지시 건넸던 이야기였다. 여차하면 제 능력을 드러내라고 한 말이었다.

그리고 이 말처럼 케빈은 가진바 모든 걸 내보였다.

별의 영역!

그 중에서도 끝자락에 닿아있었다. 뒤늦게 교황이 이 사실을 깨달았지만, 이미 그의 전력이라 할 수 있는 기사단 3개가 박살난 뒤였다.

여차하다가는 남은 전력마저도 잃어버릴 상황인 탓에, 급히 발을 뺀 것이다.

동시에 이 사실을 은폐하기 시작했다. 교황의 권위가 무너질 수 있는 까닭이었다. 맘 같아서야 케빈을 이단으로 몰고 싶겠으나, 성녀의 오라비에게 씌우기에는 맞지 않는 굴레였다.

게다가 이미 이단 심판관은 성녀에게로 돌아선 상황이지 않던가.

때문에 아예 이 사건을 덮기로 한 것이다. 동시에 케빈의 존재 역시 감추려 들었다.

하지만 이미 기사단 3개가 박살난 시점에서 완벽히 숨긴다는 건 무리였다. 이처럼 제튼에게까지 정보가 날아왔으니, 더 말해 무엇 하겠는가.

물론, 팔라얀 상단이라는 특별한 정보원의 능력이기는 했으나, 워낙 사건이 어마어마한 까닭에, 각 왕국의 정점들 대부분 이 같은 사실들을 접하고 있을 터였다.

침묵 아닌 침묵이 되어버린 것이다.

"신녀회에게는 좋은 기회가 됐군."

이번 사건을 계기로 성녀의 발언권이 한층 강화되었을 터였다. 고개를 끄덕이다 슬쩍 하늘로 시선을 던져 보냈다.

"…머지않았나."

조금 전까지만 해도 한 입 달게 베어 물었던 미소였으나, 어느새 쓰게 흘러내리고 있었다.

햇볕이 쨍쨍한 벌건 대낮이긴만, 이상하게도 그의 시선을 채우는 건 어둡게 물든 하늘이었다. 혹여 지금이 어둔 새벽이 아닌가하는 착각마저 불러일으킬 정도였다.

생각보다 빠른 속으로 하늘색이 변화를 일으키니, 이곳 중간계 뿐만 아니라 마계 역시도 크나큰 이변이 있었음을 짐작할 수 있었다.

각 국가가 침묵을 지키는 한편, 꾸준히 병력을 모으고 있었으니, 아마도 이런 부분들이 사람들의 감정적인 요소를 더욱 자극하고 있는 듯싶었다.

그리고 마계 역시도 이와 비슷한 무언가가 일어나고 있을 거라 여겨졌다.

'그녀석이 뭔가 수작을 부린 거겠지.'

천마의 얼굴이 잠시 머릿속을 스쳐갔다. 그를 떠올리니 자연스레 다가올 그와의 전투가 생각난 듯, 제튼의 눈가에 옅은 그늘이 내렸다.

최근 들어 수련에 진척이 없던 까닭이었다. 마티나가 본체로 돌아가며 힘을 쓰고 있었지만, 그녀의 능력으로는 더 이상 도움이되질 못했다.

짧게 한숨을 내쉬는 그의 시선에 마티나의 모습이 보였다. 마을 한편을 걸어오고 있었는데, 그녀를 발견하기 무섭게 옅은 실소가 피었다.

곁에서 졸졸졸 따라오는 사내를 본 까닭이었다.

'크… 대단한 놈!'

박수가 절로 나올 것 같았다. 그도 그렇게 크라이온의 저 집요한 집념이 마티나의 감정 일부분을 흔들어 놓은 까닭이었다.

물론, 매일처럼 이어지는 추격전에 질려서 옆자리를 허락한 부분이 없잖아 있기는 했다. 하지만 그녀 스스로도 크라이온을 조금이나마 인정하지 않았더라면, 결코 옆자리를 내어줄리 없었다.

연신 싱글벙글 웃는 크라이온의 얼굴을 보고 있노라면, 슬쩍 괴롭혀주고 싶은 생각마저 들 정도로 행복해 보일 정도였다.

'뭐, 그래봤자 이제 시작이니.'

겨우겨우 연애의 출발점에 선 정도였고, 그마저도 위태위태한 외줄타기나 다름없었기에, 차마 괴롭히고자 하는 마음을 실행하지는 못했다.

"우리 모녜가 얼마나 귀여운 줄 아시오. 고것이 히쭉 웃을 때마다 나오는 보조개가 특히… 게다가… 어찌나…"

슬쩍 들려오는 크라이온의 이야기에 고개를 절레절레 흔들었다. 언뜻 비치는 마티나의 표정이 제법 싸늘해져 있었다.

그럴 만도 했다. 매일처럼 쫓기는 게 귀찮아 옆자리를 허락해 줬다. 헌데, 그 자리에서 한다는 게 매번 조막만한 꼬맹이의 이야기라니, 처음 한 두 번이야 들어줄만 해도 그게 이야기의 시작부터 끝까지 이어진다면, 확실히 귀가 즐겁지는 않을 터였다.

'끄응… 눈치 없는 놈!'

제튼이 안쓰러운 얼굴로 크라이온을 바라봤다. 확실히 그가 괴롭히지 않아도 충분히 괴로울 처지라는 게 한 눈에 보였다.

◈

최근 이런저런 사건으로 몇 차례 그 이름의 무게감이 일부 흔들렸다고는 하나, 칼레이드라는 이름은 여전히 대륙 최강국의 것으로써 존재하고 있었다.

그런 제국에서 대륙을 향해 외쳤다.

〈만나자!〉

물론, 정식 회동을 가지기에는 아직 대륙의 분위기가 흉흉했고, 당연히 황제 역시도 거기까지는 생각지 않았다.

하지만 굳이 정식으로 자리를 갖추지 않더라도 대화를 나누는 방법이야 다양했다.

마법!

통신과 영상을 함께 곁들인 고위의 마법을 응용한다면, 얼마든지 얼굴을 맞댄 것 마냥 자리를 갖는 게 가능했다.

이미 이 같은 고위 통신마법은 지난 제국전쟁에서 완성된 까닭에, 조금만 응용을 한다면 다방면 통신까지도 가능했다.

이를 국가 간의 회담자리에 사용하기로 한 것이다.

"큭… 내가 생각해도 잘 만들었단 말이지."

천마는 짧게 실소하며 아래를 내려다봤다. 여느 때처럼 사자의 탑 꼭대기에 올라있는 그의 시선이 황궁 브레이브에 닿아 있었다.

제국에서 일어나는 모든 사건 사고가 그의 귀로 들어오는데, 여기에는 일반적으로 나눠지는 물리적인 대화와 마찰 외에도 이능적인 부분도 함께 포함되어 있었다.

무공 외에도 다방면에 능통한 그에게는 마법 역시도 수준까지 익히고 있었고, 그 경지는 이미 인간의 영역을 넘어선지 오래지 않던가.

당연하게도 제국 내에서 발생하는 모든 통신 이능 역시도 그의 귀를 피하지는 못했다.

이를 통해서 각국의 비공식 회담을 알게 되었고, 이에 대해서 매 순간 바쁘게 통신이 이어지고 있다는 것 역시도 알고 있었다.

아직까지는 회담에 대한 일정이 나오지는 않았다. 하지만 수시로 오가는 통신을 엿들은 결과, 각국의 비공식 만남이 이뤄질 거란 결론이 나왔다.

저들 역시도 사태의 심각성을 알고 있기 때문이었다.

'그렇다고는 해도….'

너무 오랜 시간이 걸렸다. 공식적인 행사도 아닌 비공식으로 이뤄지는 마법적 통신이건만, 그마저도 이뤄지는데 너무 오랜 시간이 지체되고 있는 것이다.

'이래서 대가리들이란.'

문득, 과거에 무림을 일통하던 당시가 떠올랐다.

"꼭, 무림맹 놈들이 하던 짓을 그대로 하고 있군."

아마도 저들 각국의 정상들은 현 시기의 어수선함을 알면서도, 그들의 이익을 내기 위한 방향을 찾고자 바삐 머리를 굴리고 있을 터였다.

"이래서 자극제가 필요한 거지."

그리 중얼거리는 천마의 입가에 한 줄기 싸늘한 미소가 스쳐갔다.

어느새 무더운 더위가 한창 기승을 부리는 계절이 찾아왔다. 이제 막 새 계절의 초입이건만, 내리쬐는 햇볕을 맞고 있노라면 올해는 유난히 날이 극성일 거란 예상이 들 정도로 뜨거웠다.

그리고 이 같은 새 계절의 시작점에 대륙은 또 한번 악몽을 경험해야만 했다.

"으음… 언데드라니."

교황은 두통이 이는 듯, 한참 머리를 부여잡다가 지친 몰골로 의자 깊숙이 몸을 기댔다.

다시금 죽음의 그림자가 일어나고 있다는 보고서가 대륙 곳곳에서 날아들고 있었다.

"역시… 아직 끝난 게 아니었군. 으음!"

지난 전쟁과 달리 언데드가 군단 규모로 일어나지는 않았다. 하지만 소수의 언데드가 대륙 곳곳에서 일어나 말썽을 일으키고 있다는 소식이었다.

"안 밖으로 문제군… 문제야…."

굳이 언데드가 아니더라도 그를 골치 아프게 하는 일은 넘쳐났다. 성녀의 등장이 그러했고 신녀회가 그러했으며 새롭게 무리를 만들면서 파벌을 이루는 신관들이 그러했다.

이들만으로도 이미 머리가 아플 지경이건만, 문제는 여기에 한 가지 더 골치 아픈 일이 발생하고 있다는 점이었다.

'케빈 반트⋯.'

최근의 성국을 가장 떠들썩하게 만드는 사내가 떠올랐다. 어떻게든 그 존재를 비밀에 붙이고 싶었건만, 결국 그 비범함을 감추기는 어려웠던 것일까?

은연중에 퍼지기 시작한 소문 속에서 케빈의 존재가 수면 위로 부상하기 시작했다.

특히, 그 안에는 교황이 없는 일로 만들어버렸던 3개 기사단과 관련된 내용도 담겨 있었는데, 이는 많은 부분에서 그를 고민하게 만들었다.

그도 그렇게 이 같은 소문의 근원지가 그들 3대 기사단 측이라는 정보를 입수한 까닭이었다.

말인 즉, 그의 지지기반이 흔들리고 있다는 의미가 아닌가.

"하아⋯."

저들이 어째서 이 같은 행동을 한 것일까?

성기사라 불리지만 저들도 검을 든 기사였다. 그리고 이 부분이 저들 3개 기사단의 단원들의 심정을 건드린 모양이었다.

교황을 비롯한 성국의 고위 인사들 모두가 놀랐던 사실.

마스터!

저 젊은 청년 케빈 반트가 무려 별의 영역에 오른 강자라는 걸 알게 되었다. 생각지도 못했던 강자의 등장에, 황급히 이 같은 사실을 비밀로 붙이면서 대외적으로 알려지진 않았다.

하지만 당시 사건의 당사자들은 그 같은 사실을 알고 있었다.

당연하게도 동요가 일고 있었다. 마스터라는 존재 자체만으로도 그들을 흔들기에 충분했다.

헌데, 무려 성녀의 오라비이기까지 했다.

그들 '성' '기사'에게 너무도 어울리는 존재이지 않은가. 그들을 흔들 수밖에 없는 조건이었다.

거기에 더해 은연중에 퍼지는 소문 하나가 그들의 가슴을 진탕시키고 있었다.

성검!

어찌 보면 전설과도 같은 존재가 언급된 것이다. 성국 내에서도 고위의 인사들이나 알고 있건만, 어찌 이 같은 사실이 일반 신관들 사이에 퍼질 수 있단 말인가.

누군가가 은밀히 손을 썼다는 걸 알 수 있었다. 아마도 그 손길은 그와 반대되는 곳에서부터 나왔으리라.

"후우…."

한숨이 절로 나오는 상황이었다.

슬그머니 두통이 일어나며 머리를 압박하는 게 느껴졌다. 그러자 습관처럼 펜던트에 손이 가는데, 어찌된 일인지 중간에 그 손길이 멈추는 게 아닌가.

〈고인 물은 썩기 마련입니다.〉

성녀가 했던 이야기가 떠올랐다. 잠시간 이어졌던 독대에서, 그녀가 떠나가며 남긴 경고가 펜던트로 향하던 손길을 막은 것이다.

잠깐의 만남이었다. 하지만 그 길지 않은 시간 속에서 성녀는 그의 많은 비밀을 알아낸 듯 보였다. 특히, 펜던트를 향해 보내던 그녀의 눈길은 여전히 뇌리에 남아, 그의 불안감을 크게 흔들고 있었다.

"고인 물이라…"

어떠한 의미로 한 이야기인지 잘 알고 있었다.

세상으로 퍼져가야 할 성력을 펜던트에 강제하고 있으니, 어찌 그 힘이 온전하겠는가.

성녀는 이를 비유적으로 표현한 것이었다.

평소라면 그 같은 이야기를 무시하고 다시금 펜던트를 손에 쥐었을 터였다. 하지만 어째서인지 성녀와의 만남 이후 선뜻 펜던트에 손이 가질 않았다.

그 이유가 무엇일까?

어쩌면 경고를 한 사람이 성녀이기에 더욱 가슴에 와 닿은 것일지도 몰랐다.

하지만 끈질기게 이어지는 두통을 참지 못한 듯, 결국 펜던트는 교황의 손에 쥐어졌고, 다시금 거짓된 빛의 인도가 펼쳐졌다.

❖

성녀라는 위치 덕분일까?

메리의 성국 생활은 생각보다 쾌적하다 할 수 있었다. 초반에야 교황파에서 신학공부와 교리 등으로 그녀의 일정을 조절하려 들었으나, 루이나르에게 배운 공부가 제법 도움이 되었던지, 빠르게 성국의 공부를 받아들일 수 있었다.

그로 인해서 작게나마 여유가 생기기 시작했는데, 거기에 케빈의 존재감이 외부로 드러나며, 그녀의 위치는 한층 탄탄해져서, 이제는 교황파의 실세들마저도 그녀와의 대면을 피하고 있을 정도였다.

마스터!

별의 영역에 오른 강자가 성녀의 곁에 있으니, 누가 감히 그녀의 권위를 무시하려 들겠는가.

특히, 지난 반세기 동안 온전한 마스터가 나오지 않은 만큼, 더더욱 별의 영역에 오른 케빈의 무게감은 남다를 수밖에 없었다.

물론, 대외적으로는 성국 역시 마스터라 불리는 이들이 존재하기는 했다. 하지만 그들은 성법의 힘을 빌려서 별의 힘을 취득한 이들이었다.

그 때문에 케빈의 존재감이 특별하게 여겨지는 것이다.

"하아…."

그리고 바로 이런 이유로 인해서 메리의 한숨이 늘어가는 것이기도 했다.

오라비가 그녀를 위해 무리를 하고 있음을 아는 까닭이었다.

"걱정 마십시오."

그녀의 등 뒤로 나일이 모습을 드러내며 말을 건네왔다.

"성검께서 스스로를 내보이신 이상, 성국 내에서 감히 그분을 어찌할 수 있는 이들은 없을 겁니다."

이는 나일에게도 해당되는 이야기였다.

그 역시 별의 영역에 발을 담근 존재이기는 하나, 그는 마지막 관문을 성법으로 넘어, 어찌 보면 반쪽짜리 마스터라 할 수 있었다. 때문에 더욱더 케빈의 능력을 높게 여기는 것이기도 했다.

"게다가 이미 그분의 능력을 인정하고, 그분에게 몰려드는 성국의 기사들이 한 둘이 아닙니다."

각 성기사단의 단장들마저 케빈에게 가르침을 청하고 있을 정도이니 더 말해 무엇 하겠는가.

"후… 나일 사제님께서 그리 말씀하시니 믿어야지요."

뒤늦게나마 마르한에 대한 존경을 표한다며, 스스로를 사제라 불러달라고 했던 나일의 바람을 알기에, 메리는 그를 심판자나 신관이 아닌 사제라 칭하고 있었다.

"그런데… 사제님께서는 여전히 오라버니를 성검이라고 하시는군요."

"글쎄요. 어쩌면 제가 그렇게 믿고 있고, 믿고 싶기 때문인지도 모르겠습니다."

"어찌 그렇게 생각하시는지요?"

"그분과 성녀님이 남매이시기 때문입니다. 고대로부터 성검께서는 성녀님을 지키기 위해 존재해 왔습니다."

단지, 그들이 탄생하시는 시기가 어둠이 짙을 때뿐인지라, 그 존재에 대해 크게 알려지지 않은 것이다.

실제로도 성검이라는 존재에 대해 아는 이들은 그리 많지 않았다. 때문에 이 같은 사실을 널리 알리고자 신녀회가 움직였고, 나일이 그의 권위를 이용해 어둠 속에 심판관들의 목소리를 높였다.

그 덕분에 빠른 속도로 소문이 퍼진 것이기도 했다. 교황파가 이 같은 사실을 감추려 급히 움직였으나, 이미 그소문이 성국 전역에 들불처럼 퍼져버린 상황이었다.

그리고 이 부분에서 나일은 하나의 의문을 같게 되었다.

'신녀회와 심판관들을 움직였다고는 하지만… 너무 빨랐다.'

사실, 교황파의 반응은 결코 늦지 않았다. 하지만 이상할 정도로 빠른 소문이 그들의 대처를 부적절하게 만든 것이다.

'누군가 있다!'

어렴풋이 그들을 돕는 손길이 있음을 알게 되었다. 발빠르게 심판관들을 움직여 그들의 존재를 조사했고, 작게나마 그 흔적을 잡아낼 수 있었다.

'팔라얀 상단…'

어찌하여 그들이 성국의 일에 관여하는지는 알 수 없으나, 분명한건 저들의 도움으로 교황파를 제대로 물 먹였다는 점이었다.

그리고 이 때문에 더욱 저들을 경계하게 되었다. 상황이 어찌 되었건 팔라얀 상단은 외부세력이었다.

'조심해서 나쁠 건 없겠지.'

그리 생각하는 한편, 메리의 질문에 대한 대답도 마무리지었다.

"사실, 그분께서 실제 성검이 아니시더라도 크게 상관은 없습니다. 별의 영역에 오른 분께서 성녀님을 보필한다는 게 중요한 것이지요. 만약 그분의 능력이 부족했더라면, 성검이라는 칭호도 결코 얻지 못하셨을 것입니다."

마귀졸환록 12

이에 잠시간 생각하던 메리가 재차 질문을 던졌다.

"하지만… 오라버니는 아직 성력을 발현하지 못했습니다."

성국에서 인정받고자 한다면, 결국 그 능력 외에도 성력역시 더해져야만 했다. 때문에 걱정스런 마음을 거두기가어려운 것이다.

"그건…."

이 문제는 나일 역시도 생각하고 있던 부분이기에 일순말문이 막혀버렸다. 실제로 교황파에서도 이 문제를 걸고넘어질 거라 여기고 있기도 했다.

'분명, 성검이실 텐데.'

어찌하여 아직까지 성력을 발현시키지 못하는 것일까?매 순간 그로 하여금 케빈에 대한 믿음을 시험하는 의문이었다.

때문에 메리를 향한 시선이 간절해지는 것일지도 몰랐다.

'믿자!'

애초부터 케빈에 대한 믿음도 그녀로부터 나온 것이다.때문에 어떻게든 될 것이라고 여겼다.

하지만 '만약'이라는 걸 무시하기도 어려웠다. 그리고이 '만약'을 대비하고자 그와 심판관들 그리고 신녀회가바삐 움직이고 있는 것이기도 했다.

"…걱정 마십시오."

결국, 그가 할 수 있는 대답은 이게 전부였다. 최대한 그
감정의 흔들림을 내보이지 않으려 했으나, 일부 불안감이
전해진 것일까?

메리의 표정은 한편에는 여전히 걱정스런 기색이 머물
러 있었다.

◈

"수고하셨습니다!"

학생들의 인사소리를 뒤로 한 채, 느긋하니 연무장을 나
서던 제튼의 표정에 언뜻 경련이 일었다.

'이건?'

오랜만이기는 하나, 분명 그의 기억에 있는 기운 하나가
저 멀리서부터 날아들고 있었다.

너무도 특이한 종류라 잊어버리기 어려운 기운이었다.

'정령력…'

그것도 아주 순도 높은 고위의 정령력이었다.

"쯧!"

짧게 혀를 찬 그의 신형이 신기루마냥 흩어졌다.

"헉!"

학생들의 합창 같은 경악성을 뒤로 한 채, 신속하게 몸

을 날린 제튼은 어느새 아카데미를 벗어나, 스테일 영지의 외곽까지 도달해 있었다.

외곽 구석진 곳에 자리한 소박한 찻집하나가 눈에 들어왔다. 기억 속에 있는 장소였다.

팔라얀 상단의 지점!

정식 지점이 아닌, 일종의 정보 수집을 위한 거점이었다. 그 입구에 서 있는 로브인이 보였다. 그의 등장을 알아챈 것일까? 로브 속 눈동자가 그에게로 향해 있었다.

"후우⋯."

제튼이 속도를 줄이며 로브인 앞에 내려섰다. 그러자 기다렸다는 듯, 로브인으로부터 영롱한 음성이 흘러나왔다.

"오랜만에 뵙습니다. 대공."

그러며 로브를 걷어내니, 눈부실 정도로 아름다운 여인이 그 안에서 모습을 드러냈다.

"으음⋯."

기억 속 그대로의 모습에 절로 신음성이 새나왔다. 무려 십여 년 이상의 세월이 흘렀건만, 전혀 변한 게 없는 외모였다.

제튼의 시선이 슬쩍 여인의 귓가로 향했다. 이를 눈치챈 여인이 살포시 웃으며 입을 열었다.

"마법으로 감췄습니다."

이에 고개를 끄덕이며 수긍했다. 여인이 정체를 아는 까닭이었다.

엘프!

그것도 무려 그들 일족의 자존심과 같다는 '하이 엘프'였다. 당연히 인간세상의 눈과 귀를 걱정할 수밖에 없었다. 엘프들의 특징이라 할 법한 건 감추는 게 당연했다.

"후우… 로렌스에게 듣고 오셨습니까?"

제튼의 물음에 여인이 재차 웃음을 지어보였다.

"변하셨군요."

브라만 대공과 전혀 다른 말투와 태도를 보이는 제튼에게 의문을 보이는 것이다.

"시간이… 흘렀으니까요. 세월은 많은 것을 변화시킵니다. 사람은 누구나 변합니다."

나직한 제튼의 변명 아닌 변명에 여인의 고개가 끄덕여졌다.

"그렇지요. 하지만… 대공이 변한 것이라고 동의하기는 어렵군요."

무슨 의도로 하는 이야기일까? 이어지는 이야기에 제튼의 눈매가 얇아졌다.

"대공은… 바뀐 것이군요."

엘프들이 지닌 진실을 보는 눈이 발현된 것이다. 그것도 하이 엘프라 불리는 그들 일족의 정점에 이른 존재의 눈이었다.

 게다가 그녀의 존재는 더욱 특별하지 않던가.

 '엘프 여왕⋯ 피아란 테쓰!'

 애초에 저들 일족에게 왕이니 뭐니 하며, 특별한 계급이 존재하는 건 아니었다. 하지만 그들도 나름대로 일족을 대표하는 이들이 존재하기는 했는데, 그것이 바로 눈앞의 여인이었다.

 또한, '대공의 여인'이라 불리는 이들 중 한명이기도 했다.

 "기억하고 있습니다. 대공께서 저를 찾아왔던 밤. 그 때에 어렴풋이 느낀 적이 있지요. 대공의 의식 그 너머에 존재하던 그림자를."

 어쩌면 아주 오랜 전부터 이미 제튼의 비밀을 파악하고 있었을지도 모르는 일이었다.

 "으음⋯."

 여인, 피아란의 이야기에 제튼이 나직한 신음성을 흘렸다. 그도 그렇게 그녀가 말한 '밤'에 담긴 의미를 떠올린 까닭이었다.

 둘 사이에 존재했던 밤은 단 하루였고, 그 날은 여왕과 대공이 아닌, 남자와 여자로써 만남을 가졌던 날이었다.

 제튼의 반응에 여인이 또 다시 웃었다.

 "지금의 대공은⋯ 왠지 귀엽군요."

"끄응!"

결국, 앓는 소리와 함께 제튼이 먼저 시선을 피해버렸다.

"제게 죄책감을 지니고 계시군요."

맞는 말이다. 천마가 행한 일이었으나, 그와 함께했기에 제튼은 결코 그의 죄악에서 자유로울 수 없다는 걸 알았다.

"하지만 아시다시피 저는 선택을 한 것이고, '저희'는 합당한 대가를 받았습니다."

당시, 그 둘의 만남으로 인해 오행과 관련된 신공이 저들 일족에게 넘어갔다. 정령술과는 최고의 상성을 지닌 연공법이었다.

또한, 팔라얀 상단이라는 저들 일족과 관련된 단체도 탄생시켰다.

그리고 이를 통해서 대륙에서 핍박받던 많은 일족을 구원할 수도 있었다. 천마는 분명 대가를 치렀다. 그럼에도 불구하고 제튼이 그녀를 온전히 마주하지 못하는 건, 결국 그녀 자의에 의한 만남이 아님을 알기 때문이었다.

〈그녀는 나를 선택할 수밖에 없어. 왜냐고? 그녀가 엘프들의 지도자이자 여왕이기 때문이지. 큭큭큭!〉

과거, 천마가 했던 그 음험한 이야기가 떠올라 가슴을

두드렸다.

'…여차하면 저들 일족을 위험에 빠트릴 계획까지 지니고 있었지. 쯧!'

어쩌면 피아란은 이 같은 부분까지도 그 진실의 눈으로 판별해 냈을 것이고, 그 때문에 단 하루의 밤을 허락한 것일지도 몰랐다.

그녀야 말로 천마의 여인들 중에서 유일하게 그의 마수에 깊이 빠져들지 않은 여인이라고 여겼다.

그리고 이 때문에 그녀를 피하지 못한 채, 이렇게 직접 마중을 나오듯 달려온 것이기도 했다.

"…들어가시지요."

제튼이 먼저 그 말과 함께 찻집으로 걸음을 옮겼다. 그의 모습에 고개를 끄덕인 피아란이 다시금 로브를 쓰며 그 뒤를 따랐다.

안으로 들어가자 기다렸다는 듯, 종업원이 다가와 자리로 안내했다.

2층의 구석진 곳에 따로 마련된 방이었는데, 이는 종업원이 작게나마 제튼과 피아란에 대해 언질을 받은 게 있기에, 이 같은 공간을 마련해 준 것이었다.

그렇게 자리를 잡고 종업원이 차를 내어왔을 즈음, 제튼의 입이 열렸다.

"저에 대해서는 로렌스에게서 들은 것입니까?"

앞서의 질문을 재차 언급한 이유는 간단했다. 만약, 정말로 로렌스가 그에 대해서 전했다면, 따끔한 경고를 해주기 위해서였다.

하지만 피아란의 입에서 나온 대답은 의외의 것이었다.

"그 아이가 아닙니다. 이곳에 상단의 거점에 대한 정보를 제공받기는 했지만, 대공… 제튼님에 대해서는 듣지 못했습니다."

그럼 누구란 말인가?

'오르카?'

의문이 꼬리를 물고 이어질 때, 피아란의 입에서 또 다시 의외의 대답이 튀어나왔다.

"황제에게 들었습니다."

너무도 아찔한 대답이었다.

마치, 큼지막한 망치로 뒤통수를 두드려 맞은 듯, 정신이 혼미해지는 기분이었다.

◈

성녀가 탄생했다.

당연하게도 그녀에 대한 조사가 이어졌다. 바로 코앞에서 그 존재를 드러낸 만큼, 성녀에 대한 조사를 허투루

할 수 없었다.

감춰왔던 힘을 드러내고, 그 압도적인 능력으로 정권을
손 안에 움켜쥔 뒤, 가장 처음으로 한 일은 제국의 모든 정
보를 온전히 끌어 모으는 것이었기에, 성녀를 파악하는 건
생각보다 어렵지 않았다.

까마귀!

그간 억압받고 핍박받아왔던 그들의 온전한 능력을 드
러낸 이상, 놓치는 게 있을 수 없었다.

그리고 아주 재미난 사실 하나를 알아냈다.

상단 팔라얀!

어찌된 일인지 그들 상단의 요원들이 성녀의 정보를 통
제하고 있던 것이다.

흥미로운 부분이었다. 때문에 메리 반트라는 소녀를 파
고들기 시작했다.

그리고 찾아버렸다.

제튼 반트!

처음에는 그저 성녀의 부친 정도로만 여겼다. 하지만 오
래지 않아 그의 존재에 대한 의심이 짙어지는 사건이 발생
했다.

케빈 반트 그리고 쿠너 플란.

그들에 대한 까마귀들의 조사결과가 황당하게 나온 것
이다.

〈파악 불가!〉

그들이 현재 지닌바 능력에 대한 부분에서 물음표가 뜬 것이다.

오랜 세월 인내하면서, 별도로 키워왔던 정보조직 '달 그림자'의 수장을 직접 움직였다. 그리고 마찬가지의 결론이 내려졌다.

〈파악 불가!〉

두 단체의 동일한 대답은 하나의 결론으로 이어졌다.

마스터!

자연스럽게 두 청년의 스승에게로 시선이 뻗었다.

'제튼 반트!'

성녀의 부친이라는 이유만으로도 그는 특별했다. 헌데, 두 명의 마스터까지 길러냈다고 한다. 게다가 둘 모두 젊었다.

어쩌면 케빈이라는 청년은 10대에 별의 힘을 얻었을지도 모른다는 추측도 나왔다.

'제튼 반트!'

그에게는 분명 특별한 무언가가 있었다.

'뭘까? 뭐지?'

성녀를 향한 관심이 한 사내에게로 넘어가는 순간이었다. 그렇게 루마니언 지방의 작은 영지로 시선을 돌리고, 얼마 지나지 않아 놀라운 사실과 직면하게 된다.

팔라얀 상단의 요원들이 제튼 반트의 주변을 에워 쌓고 있는 걸 발견한 것이다.

달그림자의 수장도 섣불리 다가설 수 없을 정도였다. 그 작은 영지에 제국 수도에 버금가는 상단의 요원들이 숨겨져 있다는 사실에 경악해야만 했다.

직감적으로 깨달았다.

'브라만…'

제튼 반트의 정체가 대공일지도 모른다는 예감이 들었다. 하지만 세부적인 조사가 어려웠다. 팔라얀 상단의 눈과 귀가 너무 집중되어 있는 까닭이었다.

그나마 할 수 있는 일상적인 정보라도 얻어내었고, 그로 인해서 의심은 다시 의문으로 뒤바뀌게 된다.

'공처가? 애처가? 농부? 선생?'

아내에게 잡혀 산다는 정보, 하지만 자세히 보면 아내를 아끼기에 그런 것이라는 정보, 거기에 가족을 소중히 한다는 정보, 게다가 농사를 짓는다는 것과 학생을 가르친다는 정보까지.

어느 모로 봐도 대공과는 전혀 연관 지을 수 없는 내용들이었다.

그렇잖아도 암흑시대니 뭐니 해서 골머리가 아픈 상황에, 더욱 혼란스럽게 만드는 정보들이 날아들고 있었다.

맘 같아서는 제튼 반트에 대한 정보를 뒤로 미루고 싶었으니, 생각보다 그의 위치가 중요해 대공과의 연관성을 제외하더라도, 그 존재를 무시하기가 어려웠다.

직접 움직여야 할지에 대한 고민에 휩싸였을 때, 그녀가 찾아왔다.

피아란 테쓰!

과거, 대공에게 그녀에 대해서 들은 적이 있었다. 저 엘프들의 지도자로써, 인간세상의 '여왕'이나 다름없다는 여인이었다.

저 숲의 지도자가 어찌하여 차가운 대지로 모습을 드러냈을까? 물론, 짐작 가는 건 있었다.

'암흑시대에 대해서 들은 모양이군.'

저들 이종족이 팔라얀 상단과 연관되어 있음을 알고 있었다. 때문에 그들에게서 대륙의 정보를 얻었으리라고 여겼다.

짧게 대화를 나눴고, 그들 엘프들도 암흑시대를 대비하고 있다는 이야기를 들었다. 차후, 다가올 대전쟁에서 발생할 마찰을 줄이고자, 인간들의 정점이라 할 수 있는 황제를 찾아왔다는 것이다.

"그런 이유라면 대공을 찾아가면 되지 않나?"

슬쩍 운을 띄워봤다. 그녀 역시도 '대공의 여인'이라는 걸 알기에 미끼를 던져 본 것이다.

"아쉽게도 저는 그의 위치를 모릅니다."

로렌스가 알기에 혹시나 하고 물었건만, 아무래도 여왕에게도 비밀로 한 듯싶었다. 고개를 끄덕이며 정보를 건넸다.

"생각이 있다면 찾아가 봐."

아루낙 마을에 대한 정보를 건넸다. 사실, 이는 불확실한 정보였다. 하지만 그녀가 그곳으로 향하고, 그곳이 정말 대공의 터전이라면, 결국 로렌스와 팔라얀 상단의 요원들이 움직일 거라고 여겼다.

남은 건 그 결과를 기다리는 일이었다.

후우우웅…

갑작스럽게 밀려드는 바람에 고개가 돌아갔다. 저 한편에 열린 창으로 바람이 밀려들고 있었다.

'…열렸다고?'

황제의 머릿속을 스치는 한 줄기 의문.

그도 그렇게 저 창문은 분명 닫혀있어야 하기 때문이었다. 그 순간 들려오는 음성 하나,

"오랜만이네."

어느새 들어와 앉은 것일까? 그녀의 침상 한편에 엉덩이를 걸치고 있는 사내가 보였다.

그를 본 황제의 눈가에 싸늘한 한기가 맴돌았다. 기다리던 결과가 찾아온 것이다.

대공 브라만!

미끼는 월척을 낚아왔다.

＊

급작스럽게 기울기 시작한 지지도와 세력의 변화 때문
일까?

교황파는 더 이상 참지 못하고 케빈을 향해 이를 드러내
기 시작했다.

〈성검이라면 성력을 보여라!〉

예상했던 상황이었다.

신녀회와 심판관들이 열심히 발품을 팔아가며 이에 대
한 대처법을 찾고자 했으나, 아직 마땅한 대처 방안이 나
오지는 않았다.

성녀의 오라비와 마스터!

이 두 조합으로 최대한 버텨보고자 했건만, 결국 성력의
부재는 말썽이 되었고, 점차 교황파의 목소리를 높이기 시
작했다.

다시금 세력의 추가 기울어지기 시작한 것이다. 자칫 잘
못하다가는 성녀의 권위에 흠집이 날 수도 있는 상황이었다.

신녀회의 걱정이 하루가 다르게 커져가고 있을 때,

뜻밖의 존재가 찾아왔다.

루이나르!

그가 신녀회의 수장 에셀란 도엔과 독대를 요청했다.

비록 알려지지는 않았으나, 루이나르는 성녀의 스승으로써 이미 성국의 인사들 사이에 그 이름을 알리고 있었고, 그런 만큼 에셀란은 흔쾌히 독대를 받아들였다.

"오랜만에 뵙습니다."

"엘 로우 힘!"

간단한 인사와 함께 그들의 만남은 이뤄졌다.

"이번에 발생한 사태를 해결하실 방법을 알고 계시다고 들었습니다."

단도직입적으로 물어오는 에셀란의 모습에 루이나르는 생각보다 상황이 안 좋다는 걸 알게 되었다. 여유를 잃어버린 그녀의 모습에서 이를 짐작한 것이다.

때문에 루이나르도 말 돌릴 것 없이 즉각 본론을 꺼내들었다.

"검의 시험에 드는 것입니다."

에셀란의 눈가에 경련이 일었다. 너무도 뜻밖의 이야기가 튀어나온 까닭이었다.

"진정… 그 의미를 알고 하시는 말씀이십니까?"

내뱉는 음성 속에 은은한 떨림이 묻어나왔다.

"잘 알고 있습니다. 성국 지하에 보관되고 있는 신검을 꺼내는 것 아닙니까."

"그런 의미가 아니지 않습니까!"

조금은 높아진 에셀란의 음성에 루이나르가 웃으며 말했다.

"선택받지 못한 자. 그 검을 들지 말지어다. 신검과 함께 내려오는 이야기입니다."

바로 이 때문에 에셀란의 감정이 격해지고 있는 것이었다.

"자칫 잘 못 되었다가는 성검께서 크게 다치실 수도 있습니다. 선택받지 못한 이들이 신검에 손을 대었다가 그 능력을 잃어버렸던 걸 잊으셨습니까?"

"하하하! 우습군요. 에셀란 대신관님께서는 케빈 그 아이를 성검이라 부르면서, 실제로는 믿고 있지 않군요."

"그…건……."

일순 말문이 막힌 듯, 에셀란이 제대로 대답을 하지 못하는 게 보였다. 이에 한 차례 웃어 보인 루이나르가 재차 입을 열었다.

"진정, 케빈 그 아이… 으음! 이제는 아이라고 할 수 없겠군요. 케빈 그…분이 진정 성검이시라면, 무엇이 걱정입니까."

이 즈음에서 깨닫는 바가 있는 듯, 에셀란이 눈을 동그랗게 뜨며 외쳤다.

"설마, 선택받은 자가 성검입니까?"

시원한 웃음과 함께 루이나르의 고개가 끄덕여지는 게 보였다.

"그런… 그럴 리가…."

너무도 믿기 어려운 이야기였다. 그도 그렇게 역사적으로도 성검이 신검을 들고 활동했단 이야기는 없었다. 성녀의 수호자 정도가 가장 크게 알려진 내용이었다. 비슷하게 읽힌다고는 하나, 같은 선상에 두는 경우는 드물었다.

애초에 성검이라는 존재 자체가 의문투성이지 않던가.

"무슨 생각을 하시는지 압니다. 하지만 애초에 성검분들과 관련된 정보 자체가 극단적으로 적은 와중에, 과연 저희가 알고 있는 내용이 진실일거라고 여기십니까?"

루이나르의 이어진 질문에 이번에도 역시 말문이 막힌 듯, 에셀란은 조용히 침묵하고 있었다.

사실, 성검은 성녀보다도 보기 어려운 존재였다. 세상에 어둠이 올라올 때, 그 암흑의 시대에만 깨어나는 게 바로 성검이라는 존재가 아니던가.

당연히 역사적으로도 그 등장이 드물었고, 그들과 관련된 자료 역시도 적을 수밖에 없었다.

성국에서도 고위 인사들이나 겨우겨우 그 존재를 알 정도니, 굳이 말해서 무엇 하겠는가.

문득, 떠오르는 것이 있었던지 에셀란이 침묵을 깨며 물어왔다.

"하지만… 과거에 이미 신검을 들었던 분들이 계십니다. 그렇다면 그분들이 전부 성검이란 말입니까?"

그녀의 반박에 루이나르의 대답이 또 의외였다.

"예."

너무도 당당한 그 한마디가 또 다시 에셀란의 말문을 막아버렸다.

"알려지지 않았겠지만, 의외로 많은 성검들께서 역사와 함께 했을 것입니다. 단지, 잠들어 계실 뿐이지요. 아시다시피 성검은 암흑시대가 왔을 때, 비로소 그 능력을 드러내신다고 하셨습니다."

때문에 그 시기가 아닐 때의 성검은 그들도 확인하기가 어렵다는 의미였다.

"그… 그렇지만, 역대 성검들께서는 신검을 사용하셨다는 이야기가…."

"말씀 드렸듯이, 저희는 성검에 대해서 많은 것을 알지 못합니다. 때문에 그분들의 손에 신검이 있었는지, 아닌지는 사실 확신하기가 어렵습니다. 하지만… 저는 그분들이 신검을 들었다고 생각하고 있습니다."

너무도 확고한 그의 주장에 에셀란도 더 이상은 반박의견을 내보이지 못한 채, 조용히 그의 이야기에 귀를 기울이기 시작했다.

"암흑시대라며 세상이 어둠에 물들었다고 표현합니다. 마족을 상대하는 것이니까요. 때로는 마왕을 상대하기도 했겠지요. 그런 막강한 대적자가 나타나는 시대입니다. 신검이 아니라면 어찌 그들을 상대할 수 있겠습니까."

여기서 한 가지 의문이 뒤따를 수밖에 없었다.

성국에 보관중인 신검은 단 하나 뿐이다. 하지만 역사적으로 암흑시대는 여러 차례 존재해왔다. 성검 역시도 여럿 존재했다. 루이나르의 주장대로라면 그 숫자만큼의 많은 신검이 존재해야 하건만, 나머지 신검들은 전부 어디로 갔단 말인가?

어느새 신학수업을 듣는 학생마냥 다소곳이 귀를 기울이는 에셀란의 모습에, 가볍게 웃어 보인 루이나르가 충격적인 한방을 내던졌다.

"부서졌을 겁니다. 멀쩡할 수가 없겠죠."

그 순간 에셀란이 참아왔던 호흡을 내뱉었다.

"…어찌 신검이 부서진단 말입니까?"

"상대가 상대니까요. 암흑시대란 말 그대로 세상의 위기라고 할 수 있는 시기입니다. 막강한 적들의 군세에 드래곤들도 모습을 드러냈다고 할 정도인데, 신검이라고 어찌 배겨나겠습니까."

"그… 그래도… 어떻게…"

도저히 믿을 수 없다는, 혹은 믿기 싫다는 듯 보이는 그
녀의 태도에, 한 차례 쓴웃음을 지은 루이나르가 이야기에
살을 덧붙였다.

"그도 아니면 제 역할을 다했기 때문에 신의 품으로 돌
아갔는지도 모르지요."

"아… 그렇군요. 그럴 수도 있겠습니다."

겨우 납득할만한 대답이 나온 모양인지, 에셀란이 한 발
물러서는 태도를 보여줬다.

슬슬 마무리를 지어야 할 때였다.

"그러니 검의 시험을 내세워, 성검의 정당성을 주장하
십시오."

여기까지였다. 그가 할 수 있는 건 전부 다 꺼냈고, 나머
지는 저들이 선택하는 일만 남은 것이다.

"그럼…."

심각한 얼굴로 고민에 빠진 에셀란을 뒤로 한 채, 루이
나르는 조용히 방을 빠져나왔다.

밖으로 나온 루이나르는 에셀란의 모습을 떠올리다 저
도 모르게 자조 섞인 실소를 흘렸다.

'생각해보면 나도 다를 게 없었으니.'

그 역시도 그녀와 같은 생각을 했었다. 하지만 마르한을
만나고, 그를 통해서 새로운 '진실'의 '가능성'을 보았다.

그가 성국 '안'의 지식에 능통하다면, 마르한은 성국 '밖'의 지식을 두루 섭렵했다고 할 수 있었다.

거기에는 잊혀진 고서들도 여럿 존재했었는데, 이는 성국을 위해 여러 차례 변형된 '그들만의' 고서가 아닌, 말 그대로 원본 그대로의 고서들을 의미하는 것이었고, 거기에는 잊혀진 이야기나 전설 그리고 비화들이 여럿 존재했다.

마르한은 이를 통합하여 나름대로 그럴싸한 '가설'을 세운 것이다.

루이나르는 이를 받아들여, 최대한 '진실'에 가깝게 그림을 완성시켰다. 그리고 이 '가능성의 이야기'를 에셀란에게 건넸다. 남은 판단은 저들의 몫이었다.

'하! 검의 시험이라⋯.'

사실, 애초에 이 부분에 대한 이야기를 꺼냈던 것도 마르한이었다. 루이나르는 지금 에셀란의 위치에서 그의 이야기를 반박했었다.

하지만 대륙을 돌아다니며 쌓은 마르한의 지식에 결국 설득 당해버렸다.

'⋯너무 그럴싸했으니까.'

그럼에도 불구하고 주저했던 게 바로 검의 시험이었다. 하지만 케빈의 상황이 좋지 않음을 전해들은 뒤, 어쩔 수 없이 미뤄놨던 조커를 꺼내야만 했다.

이 부분은 철저히 마르한의 이야기를 믿고 있는 것뿐이었다.

〈검의 시험을 받았던 이들 중에서 능력을 뺏겼던 건, 하나같이 성기사들이었더군.〉

당연한 일이다. 신검을 드는 일인데, 어찌 성기사가 아닌 자에게 자격이 주어지겠는가.

〈재밌는 건, 정작 검을 들었던 이들은 성기사가 아니라는 것이지.〉

마르한의 이야기는 실로 놀라웠다.

〈그들이 성기사로 알려져 있지만, 사실은 그들 중 누구도 성력을 내보인 이가 없다는 것이지.〉

분명, 이 말대로라면 성기사이되 성국의 인정은 받지 못했을 것이다. 어찌 그런 이들이 검의 시험에 들었을까? 의문에 대한 답이 또 놀라웠다.

〈웃기는 건, 그들은 하나같이 별의 힘을 얻었다고 하더군.〉

그렇다면 또 이야기가 달라진다. 그 정도쯤 된다면 성국을 대표할 수 있었다.

성력이 없다는 게 문제가 될 것이나, 그렇다고 마스터를 괄시할 수 있는 국가는 없었다. 이는 성국 역시 마찬가지였다.

이 부분이 루이나르의 등을 떠민 것이다.

〈못 먹어도 고 아니겠나. 허헛!〉

마르한의 이야기처럼, 혹여 검의 선택을 받지 못한다고 해도, 본전은 칠거라고 여겼다.

◈

어디서나 흔히 볼 수 있는 평범한 철검을 든 채, 위에서 아래로 평범한 내려치기를 반복한다.

하지만 어째서인지 주변의 시선은 결코 평범하지 못했다.

동경심? 혹은 경외심? 또는 질투심?

복잡 미묘한 감정의 소용돌이가 휘몰아치며, 따갑게 피부를 두드리는 게 느껴졌으나, 크게 신경 쓰지는 않았다.

저들이 이 같은 반응을 보이는 이유를 아는 까닭이었다.

마스터!

그의 능력을, 케빈 반트라는 존재의 능력을 보았고 마주했기에 저처럼 반응하는 것이었다.

평범한 동작들 속에서도 배울 게 없나 싶은 마음에 저처럼 주시하고 있을 터였다. 케빈 역시도 제튼을 곁눈질하던 시기가 있던 까닭에 잘 알고 있었다.

분명, 젊은 성기사들의 수련장인 데라시움이었으나, 타라엔을 비롯한 다른 상위 성위사들이 구석구석에 보이는 이유 역시도 그와 같은 이유일 터였다.

　혹여 시비라도 걸어보려 대기하는 이들도 있을지 모른다. 어쨌든 그의 주먹아래 3개 기사단이 무릎을 꿇지 않았던가. 검도 뽑지 않았다. 말 그대로 단순 폭력으로 쓰러트린 것이다.

　그들 나름의 의리로써 검을 쥔 이들이 있을 수도 있었다. 하지만 이 역시 그렇게 신경 쓰지 않았다.

　오히려 시비를 걸어줬으면 하는 바람이었다. 그래야 합법적으로 저들에게 분풀이를 하지 않겠는가.

　지금이야 그의 존재로 인해 성국 대다수의 사람들이 성녀를 향한 눈빛이 달라졌다고 하나, 아직도 여전히 성국의 고위 인사들은 태도가 좋지 않음을 알고 있었다.

　이런 부분들이 가슴 한편에 차곡차곡 쌓이는 중이었다. 언제든 폭발할 준비를 마친 상태였다.

　'아무나 걸리기만 해라!'

　그러면서 새삼 부친이 했던 이야기가 떠올랐다.

　〈구타는 손맛이다.〉

　이번에 절실히 깨달은 찰진 진리였다.

　'그런 것보다….'

　신경 쓰이는 문젯거린 따로 있었다. 지난 밤 갑작스레

찾아온 루이나르의 이야기가 떠올랐다.

검의 시험!

머지않아 교황파에서 움직일 것이라고 했다.

'신검이라니.'

그 역시도 들어는 봤다. 이야기 책 속에서 자주 등장하는 용사들의 검이 아니던가.

그 실체가 성국의 보물이라는 부분에서 상당한 차이가 있었지만, 어쨌든 이야기 속에서는 주연급이나 다를 바가 없는 무기였다. 그런 신검의 선택을 받는 시험이라고 했다.

그러며 주의사항도 알려줬으니, 내심 긴장되는 마음을 감추기가 어려웠다. 때문에 더욱 열심히 검을 휘두르며 땀을 빼고 있는 것일지도 몰랐다.

〈그래도 너무 걱정 마라. 내 생각하기로 능력을 빼앗겼던 이들은 하나같이 그들이 지닌 '성력'만을 빼앗겼을 것이다. 그들은 신께서 남긴 경고를 무시하고 검을 들었다. 그러니 성력으로 죄 값을 치렀을 게다.〉

성기사들은 일반적인 기사들과 달리, 실력에서 성력이 차지하는 부분이 컸다. 이 때문에 일견 능력이 사라졌다고 여겨질 정도로 그 실력저하가 두드러졌고, 그로 인해 유난히 '검의 시험'에 대한 두려움이 커진 것이라는 게 루이나르의 주장이었다.

〈검을 들었던 마스터들이 실제로 성검이었는지는 나도 모른다. 당시가 암흑시대가 아니었으니 딱히 증명할 방법은 없지 않겠느냐. 하지만 분명한 건 그들이 멀쩡했다는 점이다. 어쩌면… 검의 선택을 받지는 못했더라도 검의 '인정'은 받았기에 들 수 있었던 걸지도 모르지.〉

이야기가 끝날 즈음 케빈이 물었다.

〈교황파도 이런 사실을 알고 있다면요?〉

그렇다면 굳이 케빈에게 검의 시험을 들게 할까?

〈걱정 마라.〉

루이나르는 그리 말하며 호쾌하게 웃었다. 그가 지니고 있는 성국의 지식과 마르한이 오랜 세월을 거쳐 쌓아온 고대의 지식이 합쳐져서 내어놓은 결론이었다.

하루 이틀 만에 알아낼 수 있는 사실이 아닌 것이다. 그리고 교황파는 한시라도 빨리 케빈을 잡고 싶어 하는 상황이었다.

〈신녀회와 만날 것이다.〉

하지만 그 전에 교황파에도 정보를 흘려 그들을 자극할 거라고도 했다. 물론, 그 일은 나일과 그의 심판관들이 맡았다.

루아나르는 철저히 신녀회와 손을 잡는 구도여야 했고, 그들의 독대에서 어떤 이야기가 오가는지도 알려져서는 안 되었다.

때문에 교황파는 그들과 전혀 무관하게 검의 시험에 대한 정보를 입수하는 걸로 되는 것이다.

거기까지 생각을 이어나갈 때였다.

"케빈 반트!"

문득, 일단의 무리가 데라시움으로 들어오며 그를 향해 목청을 높이는 게 보였다.

그 흉흉한 기세에서 저들이 교황파의 일원들이라는 걸 짐작할 수 있었다.

"교황 성하께서 그대를 찾으신다!"

아무래도 예상이 맞은 모양이었다.

〈자랑은 아니네만, 나를 따르는 이들이 제법 있다네. 나와 신녀회의 만남은 교황파를 더욱 조급하게 만들어 줄 걸세.〉

왠지 루이나르의 웃음소리가 들려오는 것 같았다.

◆

언젠가는 찾아올 상황이라는 걸 알고 있었다. 때문에 소식을 접했을 때, 잠시 놀라는 마음이 있기는 했으나 당황하지는 않았다.

이를 악 물며 자리에서 일어나 '그들'이 기다리는 곳으로 향했다.

소식을 전해왔던 이가 앞장서 안내했다. 평소 모이던 장소가 아닌, 지하로 내려가는 게 보였다.

이 역시 들은 바가 있기에 고개를 끄덕이며 아래로 내려갔다.

목적지에 도착하자, 안내자가 힘찬 외침을 터트렸다.

"성녀님께서 도착하셨습니다!"

끼이이익…

외침과 함께 지하 회의실의 거대한 문이 열리면서, 저 너머의 풍경이 한 눈에 들어왔다.

교황을 비롯한 성국을 대표한다고 할 법한 대신관들과 성기사단의 단장들 그리고 성국 내 비밀세력의 대표들이 보였다.

그렇게 모인 이들의 시선이 한 곳으로 향해 있었다.

성녀의 오라비!

마스터!

성검!

갖가지 호칭으로 불리는 사내, 케빈 반트! 그가 공간의 중심에 서 있는 게 보였다.

외침을 들은 것일까? 케빈이 고개를 돌려 그녀를 바라본다. 눈길이 닿자 부드럽게 웃어 보이는 그의 모습에 가슴이 찡해졌다.

'오빠…'

일순 표정이 흔들리려고 했으나, 애써 감정을 수습하며 자세를 바로잡았다.

허리를 곧게 세우고 당당한 걸음걸이로 문턱을 넘었다.

그 순간 지하 회의실에 자리해있던 이들이 일제히 자리에서 일어났다. 교황 역시도 마찬가지였는데, 이는 성녀를 맞이하기 위함이었다.

간단히 인사를 나눈 뒤, 메리가 자신의 자리로 가서 착석하자, 교황을 비롯한 회의실의 인사들도 자리에 앉았다.

그리고 기다렸다는 듯 '그들'의 회의가 시작되었다.

"오늘 이 자리는 케빈 공을 확인하기 위한 자리입니다."

교황파의 일원인 대신관 '베하만'이 운을 뗐다. 이에 에셀란이 잔뜩 굳은 얼굴로 물어왔다.

"무엇을 확인한다는 말입니까?"

이미 짐작하고 있었으나, 그래도 혹시나 하는 마음에 던지는 질문이었다. 아직 결심을 내리지 못한 상황에서 저들이 먼저 움직여버렸으니, 당혹스런 마음에 그녀로써도 표정을 관리하기가 어려운 듯 보였다.

"에셀란 대신관님께서도 들은 적이 있으실 겁니다. 최근, 케빈 공께서 성검이라 불리고 계시다는 걸요."

어찌 모르겠는가. 그 때문에 고민한 날이 며칠이던가. 마른침을 삼키는 에셀란의 모습에 슬쩍 미소를 지은 베하만이 이야기를 이었다.

"성검이라 함은 고대로부터 성녀님과 함께 또 다른 신성의 징표와도 같은 존재이십니다. 결코 허투루 대할 수 없는 일이고, 당연히 이 부분에 대해 확실히 하고자 자리를 마련한 것입니다."

에셀란이 즉각 반박하며 외쳤다.

"그건… 그것은 케빈 공께서 직접 주장하신 게 아닙니다. 그저 케빈 공의 능력에 감탄하여 자연스레 붙여진 칭호가 아닙니까."

그러니 이를 증명한다는 건 말이 안 된다는 소리였다.

"허헛! 물론 그렇습니다. 하지만 케빈 공께서는 성녀님의 오라비 되십니다. 당연히 특별한 무언가가 있으실 거라 여기고 있습니다. 저리 젊으신 나이에 별의 힘을 취하신 것만 봐도 케빈 공의 특별함을 알 수 있지요."

"맞습니다. 그야말로 신의 축복을 타고나신 것입니다. 케빈 공이야말로 성검이라는 칭호에 걸맞은 분이십니다. 엘 로우 힘!"

"그렇지요. 저희는 케빈 공께서 그저 이름뿐인 성검이 아니라. 정통성마저 지니신 진정한 성검이 되시기를 바라기에, 이 같은 자리를 마련한 것입니다. 엘 로우 힘!"

교황파의 인사들이 일제히 목소리를 높이기 시작했다. 얼핏 보아하면 케빈을 위해 행동하는 것 같았지만, 그들의 표정 눈빛 태도를 보아하면, 음흉한 흉계가 숨겨져 있음을 알 수 있었다.

'이걸 기회로 케빈 저 아이의 능력을 제거하려는 속셈이겠지.'

회의에 참석 중이던 루이나르는 교황파의 의도를 대번에 읽어냈다. 애초에 그가 꾸민 일이니 만큼 모를 수가 없었다. 자연스레 그의 시선이 에셀란에게로 향했다.

'여전히 의심하고 있군.'

그 때문에 더욱 열성적으로 교황파에 반대하는 의견을 내놓는 것이리라. 그녀를 비롯한 다른 신녀회의 대신관들도 거기에 맞춰 목소리를 높이고 있었다.

그리고 이런 분위기 덕분에 교황파는 더더욱 검의 시험에 대한 확신을 얻는 듯 보였다.

'성녀님은… 잘 참고 계시군.'

이미 이 일에 대해서 언급 정도는 해 놓은 상태였다. 그러며 되도록 말을 아낀 채, 무덤덤한 표정을 유지해 달라고 부탁도 해 놨었다.

오라비의 일이니만큼 그녀로써도 쉽지 않았을 것이다. 아마도 '케빈을 믿자!'는 그의 한마디가 통한 거라고 여겼다.

만족스레 고개를 끄덕이는 와중에도, 두 세력 간의 의견 다툼은 점차 과열되어 갔고, 회의장의 분위기는 점점 험악하게 변해가고 있었다.

그리고 이 즈음,

"받겠습니다. 검의 시험!"

회의 내내 닫혀있던 케빈의 입이 열렸다.

교황의 두 눈이 빛을 발했고, 이에 호응하듯 그들 일원의 입가로 은은한 미소가 그려지고 있었다.

당연히 그에 반대하는 신녀회의 표정은 잔뜩 구겨진 상태였다.

에셀란이 입술을 잘근 깨물며 케빈을 바라봤다. 문득, 지난 밤 나일과 나눴던 이야기가 떠올랐다.

〈성녀님을 믿습니까?〉

당연히 믿는다.

〈그렇다면 케빈 공은 믿습니까?〉

그에 대한 대답은 선뜻 하지 못했다. 루이나르와의 만남이 있었기에 더욱 답하기가 어려웠던 것일지도 모른다.

〈성녀님을 믿는다면 케빈 공도 믿어주십시오.〉

그처럼 생각하려 하지만 쉽지 않았다.

〈어려울 거라 여깁니다. 사실, 저도 비슷합니다. 쉽지 않지요. 그래도 저는 믿습니다. 성녀님을 믿기에 케빈 공도 믿습니다.〉

어째서 당신은 되는데 나는 안 되는 것일까? 하고 물었다.

〈비록 어둠에 산다지만, 저는 기사의 검을 보았기 때문입니다.〉

말인 즉, 나일은 검을 들었고, 에셀란은 검을 들어보지 않았기에, 그 차이에서 케빈을 향한 믿음도 차이가 나는 것이라는 의미였다.

비록 성법에 의지했다고는 하나, 그 역시 별의 영역에 발을 들이지 않았던가. 거기서 오는 차이가 제법 컸을지도 몰랐다.

〈성녀님을 믿습니다. 그리고 '마스터'이신 케빈 공도 믿습니다. 저와 달리, 에셀란 대신관님은 그저 성녀님에 대한 믿음이면 충분합니다.〉

입술을 잘근 깨물던 에셀란의 시선이 메리에게로 향했다.

'그래. 성녀님을 믿자!'

지금까지 그래왔듯이 메리를 향한 믿음을 앞세웠다.

물론, 그럼에도 불구하고 아직은 흔들리는 감정을 감추기가 어려웠던지, 그녀의 표정은 여전히 딱딱하게 굳어있었다.

그러는 사이에도 상황은 빠르게 진행되어갔고, 어느새 교황이 자리에서 일어나며 외치고 있었다.

"성검을 증명하는 검의 시험을 시작하겠습니다!"

의도적으로 '성검'을 앞세우는 교황의 의도에, 에셀란

은 믿음이 흔들리는 걸 느꼈다. 하지만 이를 악물며 가슴을 달랬다.

그그그그그긍…

돌연, 회의장 한편의 벽이 좌우로 갈라지는 게 보였다. 그리고 드러나는 거대한 바위와 그곳에 박힌 검 하나.

"오오오오…"

"엘 로우 힘!"

"엘 로우 힘!"

신검의 등장과 함께 회의실 가득 기도문이 울려 퍼졌다.

"선택을 받지 않고서는 검을 옮길 수가 없기에, 어쩔 수 없이 여러분을 이곳 지하 회의실로 모셔야만 했습니다."

교황의 말에 이미 예상하고 있었던 부분인지, 일제히 수긍하는 얼굴로 고개를 끄덕이는 게 보였다.

"그럼, 시험을 시작하겠습니다."

이 말과 함께 교황이 케빈을 바라봤다. 한 차례 호흡을 고른 케빈이 자리에서 일어나 검을 향해 걸어갔다.

덤덤한 모습을 보이고 있었으나, 아무래도 막상 신검을 보자 긴장되는 마음을 감추기가 어려웠다. 작게나마 표정이 흐트러지고 있었다.

'믿자!'

힘겹게 스스로를 달랬다.

앞서, 베하만 대신관이 그를 향해서 신의 축복을 타고나
이 같은 능력을 지녔다는 듯이 이야기를 했었다.

그 때에 했던 생각을 떠올렸다.

제튼 반트!

부친의 얼굴을 떠올렸었다.

'나를 믿는 거다. 그래도 자신이 안 서면, 아버님을 믿
는 거다!'

감정을 조절하고 표정을 감춘 채, 그렇게 차분한 모습으
로 신검을 향해 다가갔다.

검의 '선택'은 받지 못하더라도 검의 '인정'은 받겠다
는 각오로,

꽈드득…

검을 쥐었다.

이날, 성검이 깨어났고,

교황파의 몰락이 시작됐다.

◈

"오랜만이네."

그의 인사말이 왜 이리 거슬리는 것일까?

우우우웅…

감정이 역류한 것인지, 저도 모르게 기운이 일어나며 손이 나갔다. 어느새 하얗게 물든 '소수'가 '그'를 향해 사납게 이를 드러내고 있었다.

이곳이 그녀, 황제 본인의 침실이라는 것도 잊어버린 듯, 너무나도 강맹한 일격이었다.

"못 본 사이에 많이 화끈해졌네."

그가, 브라만 대공이 웃었다. 왠지 씁쓸한 미소였다.

콰우우웅!

침실에 폭풍이 쳤다.

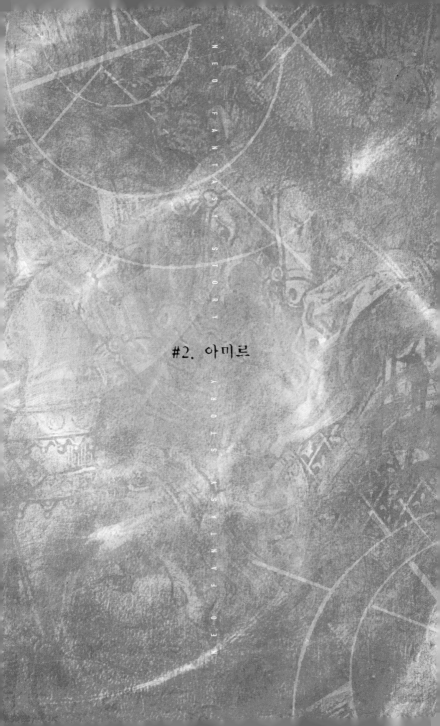

#2. 아미르

#2. 아미르

잠시지만 감탄이 나왔다.

'이게, 소수(素手)인가!'

그러며 손을 뻗었다. 마음 같아서는 소란을 일으키지 않고자, 거세게 밀어닥치는 기운의 소용돌이를 온전히 중화시키고 싶었으나, 아쉽게도 대응이 반 박자 늦어버렸다. 거기에 더해 생각 이상으로 소수의 기운이 강렬해 조용히 제압하기는 어려울 듯싶었다.

제튼은 할 수 없다는 얼굴로 양 손을 바삐 놀렸다. 한 손으로는 기운을 받아들이고, 다른 한 손으로는 그 기운을 풀어헤치며 최대한 그 사나운 북풍의 한파를 살살 달랬다.

그러며 저 한편에 열린 창으로 진정된 기운들을 날려 보냈다. 여전히 끈덕지게 남아있는 서늘한 기세가 한 여름의 무더운 날씨를 가르며 저 먼 창공으로 뻗어 나갔다.

과연, 저 무림에서도 손에 꼽히는 신공이라는 생각이 들 정도로 무시무시한 기운이었다.

'들켰겠네.'

창을 타고 흘러간 싸늘한 공기가 황궁의 실력자들을 깨웠을 것이다. 조용한 만남을 원했건만, 분위기를 보아하니 그건 어려울 것 같았다.

그나마 다행이라면 황제가 첫 일격을 연격으로 이어나가지 않았다는 점이었다. 그랬다가는 정말 소란스러워질 수도 있었으나, 황제는 첫 일격으로 가슴의 열기를 다스린 듯, 호흡을 고르며 소수를 내려놓고 있었다.

하지만 그 손끝에 은은히 흔들리는 시린 기운으로 보아하니, 완전히 놓지는 못한 듯 보였다.

'…어쩔 수 없나.'

작게 한숨을 내쉰 그가 그녀를 향해 물었다.

"나갈까?"

서늘한 눈빛으로 그를 응시하던 황제가 창가를 향해 다가가더니 훌쩍 밖으로 신형을 던지는 게 보였다. 그러며 슬쩍 뒤를 돌아보는데, 그 모습이 마치 따라오라는 것 같았다.

쓰게 웃어 보인 제튼도 밖을 향해서 몸을 던졌다.

그들이 내려선 곳은 수도 외부에 위치해 있었는데, 도착과 함께 제튼은 그곳이 상당히 눈에 익다는 걸 알 수 있었다.

지난 번, 천마와 4차전을 벌이던 장소였다.

그녀가 이미 지난 사건에서 그의 흔적을 읽었다는 걸 짐작하게 만드는 부분이기도 했다.

잠시간 그를 노려보기만 하던 그녀가 나직하니 말문을 열었다.

"생각보다 자주 수도를 찾아왔더군."

이미 '제튼 반트'에 대한 조사를 마쳤다면, 충분히 그 같은 사실들을 알 수 있을 터였다.

"로렌스와 연락을 하고 있지?"

답하지 않았다.

"오르카도 뭔가를 아는 눈치던데."

이 역시 답하지 않았다.

"나를 피하는 건가?"

이것은 답할 수 없었다.

그도 모르게 시선을 피했고, 그와 동시에 황제가 움직이며 다시금 소수가 그 서린 기세를 드러냈다.

콰아아아…

거세게 휘몰아치는 북풍한파 속에서 제튼 역시도 손을 뻗었다. 뼛속까지 시리게 하는 싸늘한 한기에 평소보다 감각이 둔해지는 느낌이 들었다.

아마도 소수에 대해 모르는 이들은 이 기이한 현상에 당황하여 시작부터 수세에 몰릴 확률이 높았다. 하지만 제튼은 이에 대해서 아주 잘 알고 있었다.

비록 '지식'으로써 아는 수준이었지만, 경지에 오른 그의 육신은 이 같은 상황에도 착실히 육신을 데우고 밀려드는 소수의 기운을 몰아내며, 차분히 반격을 준비하고 있었다.

파파파파파팍!

순식간에 십여차례의 공방이 오가며, 그 파동이 주변 일대를 크게 뒤흔들었다.

특히, 소수에서 나오는 시린 한기는 인근 일대에 하얀 서리를 일으키더니, 한 여름에 어울리지 않는 겨울의 풍경을 새겨 넣고 있었다.

제튼은 격돌은 최대한 짧게 한 채, 그녀와 대화로써 모든 상황과 이야기를 풀어가려 했다.

하지만 막상 소수를 마주하고, 여러 차례 공방이 오가면서, 선뜻 이 격돌을 끝내기가 어렵다는 걸 깨달았다.

기운에 담긴 이 '한(恨)'을 풀기 전까지는 결코 이 전투는 멈추지 않을 터였다.

감정적인 문제가 있을 줄은 알았다.

'그게… 설마, 이 정도일 줄이야.'

난감하다고 해야 할까? 이 뼛속까지 시린 한기가 그저 '소수'의 기운이라고만 보기는 어려울 것 같았다. 그녀 스스로가 쌓아왔던 분노가 차가운 서리가 되어 소수와 함께 흩날리는 것이다.

그래서 그냥 받아줬다. 반격의 흐름이 순간순간 감각에 잡혀들었으나, 애써 무시하며 밀려드는 여인의 '한'을 감당하기로 했다.

콰우우웅…

아찔할 정도로 파괴적인 섬광이 귀밑을 스쳐갔다. 경지를 넘은 여인의 맹공이 한층 위협적으로 다가오고 있었다.

이를 방어만 한다?

그에게도 결코 쉽지 않은 시간이 될 거라 여겨졌다.

◈

저 멀리서 밀려드는 무시무시한 충격파를 온몸으로 느끼고 있노라면, 왠지 손끝이 간질거리는 걸 참기가 어려웠다.

"아쉽네."

천마는 입맛을 다시며 손을 풀었다. 당장이라도 달려가 제튼과 한 판 벌이고 싶은 마음이 솟구쳐 올랐으나, 그와의 5차전은 따로 준비된 날이 있지 않던가.

"그렇다고 구경도 못 하게 할 줄이야. 쩝!"

슬쩍 저들의 뒤를 따르려 했었다.

〈오지 마!〉

하지만 제튼이 보낸 전음이 그를 막았다.

재차 입맛을 다신 그가 슬쩍 수도를 바라봤다. 저 어마어마한 충격파 속에서도 평소와 다름없는 저녁을 보내는 듯, 고요한 수도의 풍경이 보였다.

천마의 시선이 저 하늘 높은 곳으로 올라갔다.

저 창공 너머에 부유하고 있는 여인이 보였다. 제튼과 함께 왔으리라 추정되는 여인이었는데, 한 눈에 봐도 보통 존재가 아님을 알 수 있었다.

'드래곤인가.'

여인의 마법이 저 강대한 충격파로부터 이곳 수도를 보호하고 있음을 알았다.

슬쩍 호기심이 일었으나, 고개를 휘휘 저었다. 쓸데없이 소란을 일으킬 생각은 없는 까닭이었다.

게다가 지금은 드래곤과의 마찰을 자제해야 할 때였다. 이미 틈새에서 그들과 한 차례 충돌이 있지 않았던가.

괜히 나서서 저들의 경계심을 더욱 키울 이유는 없었다.

"에휴… 괜히 나왔네."

고개를 절레절레 흔든 그가 다시금 거처로 향했다. 한참 꿈나라에 가 있을 로렌스나 깨워서 노는 게 차라리 나을 것 같았다.

◆

얼마만일까?

"하아… 하아……."

이렇게 지친 건 실로 오랜만인 것 같았다. 이미 몸 안을 가득 채우고 있던 오러는 바닥을 드러냈고, 강철처럼 단련시켰던 체력도 한계를 내보이고 있었다.

그럼에도 불구하고 여전히 이 가슴의 열기는 사그라질 줄 몰랐다.

'어째서? 왜?'

이리 분노하는 것일까? 화가 나는 것일까?

잠시나마 이 끝없는 불길을 달래고 난 덕분인지, 소수의 본능이 발현되며 차가운 이성이 정신을 일깨우기 시작했다.

그로 인해서 이 정체모를 불길에 대한 고찰을 할 수 있었다.

'내가… 그를?'

형용할 수 없는 감정이 넘치고 있다는 걸 알았다.

그리움?

분명, 그 같은 감정을 예전에도 느꼈던 것 같다. 하지만 지금 이것은 거기에서 더 나아간 '무언가'였다.

'제튼… 반트!'

그에 대해서 들었다. 가정에 충실하다는 그의 정보를 보았다. 부인을 아낀다는 그의 정보를 읽었다. 아이들에게 좋은 아빠라는 정보를 들었다.

따뜻한 남자라는 기이한 보고서도 있었다.

'웃기는 군.'

주변을 모두 태워버릴 정도로 뜨겁기는 할지언정 결코 따뜻한 적은 없던 게 바로 브라만이라는 사내였다.

진정 생각지도 못한 내용이었다.

'그것 때문에 충격이라도 받은 건가?'

어쩌면 그 이전부터 이미 가슴에 앙금이 쌓여왔던 걸지도 모른다.

로렌스는 그를 안다. 오르카 역시 그를 아는 듯 보였다.

'당연한 건가?'

둘 모두 '브라만 대공'에게는 특별했다는 걸 알고 있었다.

'그렇다면… 나는?'

무엇이었을까? 그에게 자신의 존재는 그저 사자의 탑에 머물던 수많은 여인 중 하나였던 걸까?

왜? 어째서? 그녀만 그를 몰랐을까?

애초에 이런 고민을 했다는 것 자체가 우스웠다.

'황당하군.'

도리어 그 반대되는 경우가 그와 그녀의 관계였다. 그녀가 오히려 그를 수많은 남자 중 한명으로 보며, 차갑게 그를 밀어내지 않았던가.

'설마….'

웃기지도 않는 가정이 떠올랐다.

'…그게 질투였던가.'

여기서 또 한 가지 그녀를 흔들리게 하는 정보들이 떠올랐다.

겨우 호흡을 진정시키며 지친 육신을 달랜 그녀가 제튼을 바라보며 물었다.

"똑바로 말해. 너 누구야?"

질문의 순간 흔들리는 '그'의 동공을 확인했다. 확신을 얻고자 그동안 의문으로 품고 있던 내용들을 꺼내들었다.

"로렌스가 남자를 만나고 있더군."

그게 뭐 어때서? 라고 물을 수도 있었다. 하지만 그 대상이 로렌스라면 그리 생각하기가 어려웠다.

팔라얀 상단의 정보력으로 그 같은 사실을 숨기려고 했으나, 이미 황제의 권위를 찾기 전부터 수도권에서 만큼은 까마귀의 정보력을 살려뒀던 그녀였다.

당연히 모든 정권을 잡은 지금, 그녀가 이 같은 사실을 놓칠 리가 없었다.

이번에는 제튼의 눈가에 옅은 경련이 이는 걸 봤다.

"오르카는 그 남자를 브라만의 형제라고 하더군."

애초에 로렌스가 돌발행동을 보일 때부터 그녀를 주시하고 있었다. 이런 그녀와 마찬가지로 오르카 역시 관심을 기울이는 중이었고, 자연스레 이 같은 이야기를 들을 수 있었다.

그녀가 재차 물었다.

"너 누구냐?"

무거운 정적이 내려앉았다.

◈

'그'는 실로 많은 생각을 하게 만드는 존재였다.

'천마…'

어쩔 수가 없었다.

'…로렌스.'

오르카는 그녀가 '그'를 따르는 걸 보았다. 그야말로 골

머리를 아프게 만드는 광경이었다.

당연히 그가 했던 '형제'라는 주장이 더 이상 장난처럼 들리지 않았다. 하지만 제튼의 가족사를 모두 알기에, 더욱 이 상황이 어렵게 여겨졌다.

문득, 그의 행동 중에서 브라만과 꼭 닮은 것들이 많다는 걸 떠올렸다. 그리고 이어지는 하나의 상념,

브라만의 정체!

물론, 이미 알고 있는 부분이었다.

'제튼.'

하지만 만약 그녀도 짐작하지 못했던, 생각지도 못했던, 그런 예상을 벗어나는 상황이 존재한다면?

'그 상황이란 게 도대체 뭔데?'

무어라 정의할 수 없음에 그저 속앓이만 해야 했다. 두통은 거들 뿐이었다.

◈

어찌 답해야 할까?

제튼은 그늘진 얼굴로 애써 황제의 시선을 피하며 머리를 바삐 굴렸다.

진실을 바라는 눈초리가 따끔하게 피부를 찔러왔음에, 더 이상 피하기만 해서는 안 된다는 걸 깨달았다.

외면하던 그녀의 시선을 온전히 마주했다.

'예쁘네… 여전히!'

그에게는 특별할 수밖에 없는 여인이 바로 황제였다. 그녀를 가슴에 품었지만 천마로 인해 외로이 묻어야만 했던 여인이다.

그녀를 상처주고 싶지 않았다.

"…제튼 반트."

때문에 이리 답했다.

질문했던 의도와 전혀 다른 대답이 튀어나온 것이 마음에 들지 않는 듯, 황제의 두 눈이 얇아지는 게 보였다.

"지금 나와 장난 하자는…."

"장난 하는 게 아니야. 진실을 말해주는 거지. 로렌스가 만난다는 놈이 누군지도 궁금하지? 천마라는 놈이다. 굳이 이야기 하자면… 그래. 오르카가 말한 것처럼 형제 '같은' 놈이지."

'인정하긴 싫지만.'

그나마 형제라는 게 가장 납득하기 쉽기에 천마의 주장을 이용하기로 했다.

여전히 그녀의 질문 의도와는 맞지 않는 대답이었기에, 그 표정은 한층 딱딱하게 굳어져 있었다. 잠시나마 호흡을 고른 덕분에, 체력과 기운이 일부 회복된 상태였던지, 다시금 소수의 기운이 일렁거리는 게 보였다.

쓰게 웃은 제튼이 바로 이야기를 이었다.

"천마 그놈과 나. 둘 중에 누가 진짜 브라만인지가 궁금한 거겠지?"

드디어 원하던 내용이 나온 듯, 일어나던 소수의 기운이 일부 가라앉고 있었다.

혹시, 어쩌면, 행여라도, 이런 사태가 벌어질지도 모른다는 생각을 했다. 이는 천마의 등장 이전부터 간혹 생각했던 부분으로써, 그 결정적 계기는 카이든이 주었다.

피붙이를 통해서 그와 그녀가 아직 연결되어 있다는 걸 깨닫게 된 까닭이었다.

내내 고민해왔던 걸 드디어 내려놓을 때가 온 모양이었다.

한 차례 숨을 고른 제튼이 입을 열었다.

"둘 다 진짜야."

어찌 보면 뜬금없다 할 수 있는 대답일 것이다. 하지만 의외로 황제는 소수를 일으키지 않았다. 오히려 차분히 거둬들이고 있었다.

그리고는 유심히 제튼을 바라본다.

눈과 눈이 닿았다.

피해서는 안 된다고 여긴 것일까? 제튼은 그녀의 시선을 덤덤히 받아들였다.

문득, 황제의 눈가로 한 줄기 이채가 스쳤다고 여길 때, 그녀의 입이 열렸다.

"브라만이 둘이라는 거네?"

제튼이 고개를 끄덕였다.

"카이든은?"

질문의 의도는 이해했다.

"내가 아빠다!"

단호한 대답. 황제가 고개를 끄덕이며 질문을 이었다.

"결혼도 했고?

"그래."

"애가 넷?"

"그래."

"장녀가 성녀?"

"그래."

질문이 줄줄 이어졌다.

"데이트 하자."

"그래."

그리고 침묵.

"…뭐?"

이어진 반문.

"왜? 싫어?"

싸늘한 한기와 함께 소수가 슬그머니 일어나고 있었다.

뭐라 답해야 할까? 여기서 '그래'라고 답했다가는 전쟁이었다.

"아니."

그로써는 생각도 못한 이상한 전개였다.

❖

여름의 끝자락 대륙은 또 한 번 놀라운 소식에 눈을 번쩍 떠야만 했다.

성검의 출현!

그 실체에 대해서는 앞서 여러 차례 언급된 바가 있던 존재로써, 성녀의 오라비라는 '케빈 반트'가 그 주인공이었다.

이전까지는 그저 입에서 입으로만 떠들던 이야기였다. 하지만 이제는 달랐다. 그로 하여금 검의 시험을 들게 하여, 정당한 인증을 마쳤다고 알려진 상황이었다.

암흑시대니 뭐니 하며 흉흉한 이 시기에, 그의 등장은 성녀와 함께 여러모로 마음에 안도감을 들게 만들어줬다.

"이제 겨우 소문을 내는 건가."

천마는 한참 전에 이미 성검의 인증이 끝났다는 걸 알고 있었다. 단지, 성국의 인사들을 휘어잡고 교황파의 부정한 권력을 휘어잡느라 그에 대한 소식이 늦게 전해진 것이었다.

"그래도 이제라도 알리는 걸 보니, 얼추 성국은 정리가 끝난 모양이네."

더 이상 성국은 교황파의 시대가 아니었다. 신녀회가 그 세력을 회수했고, 그간 숨죽이던 여러 성국의 파벌들이 조용히 고개를 들었다.

또한 마르한의 이름 아래 모였던 이들이 루이나르의 곁에 결집하며 새로이 그들만의 세력을 만들었다.

물론, 그렇다고 해서 이들의 시대가 열린 것은 아니었다.

"성검이라… 큭! 잘 키웠단 말이지."

그들 모두가 단 한명, 성검이라는 존재의 등장과 함께 온전히 성녀를 따르고 있는 것이다.

"그래. 그렇지. 칼을 뽑았으면 무라도 썰어야지."

실질적으로 피를 본 것은 아니었으나, 케빈은 성국의 실력자들을 당당히 쓰러트리며 그 힘을 증명했다.

특히, 여전히 교황파의 권위를 앞세우려 하는 기사단들을 집중적으로 돌아다니며, 조용히 주먹을 들었고, 묵묵히 두드려 팼다.

어찌 보면 철권정치라 할 수 있겠으나, 그간 여동생을 은근히 업신여기던 교황파의 행태에 여간 쌓여왔던 것이 아닌지라, 그의 성격으로도 주저할 이유가 없었다.

성국의 주인이 바뀌었다.

대륙 모든 평민들이 성검의 탄생에 놀랐다면, 대륙의 정점에 있는 이들은 새로운 절대자의 탄생에 놀랐다고 볼 수 있었다.

　그렇게 대륙이 새로운 '왕' 의 탄생에 놀라고 있을 때, 천마 역시도 상상치 못한 풍경에 적잖이 놀라고 있었다.

　"황제와 제튼이라…."

　그의 거처라고도 할 수 있는 사자의 탑 꼭대기에서, 저 멀리 탑 아래로 시선을 던져 보냈다.

　실로 낯설다 싶은 광경이 그곳에 그려지고 있었다.

　어쩌다 이런 상황이 만들어진 것일까?

　스스로도 이해할 수 없는 현실 속에서, 제튼은 나직한 한숨과 함께 옆을 바라봤다.

　아미르!

　대 제국 칼레이드의 황제인 그녀가 절대적인 권력과 권위를 벗어던진 채, 이렇게 그의 곁을 나란히 걷고 있었다.

　〈데이트 하자.〉

　뜬금없는 그녀의 제안과 함께 뜻밖의 만남이 시작되었다.

생각지도 못했던 상황인 만큼, 그녀와 함께 있는 이 시간이 너무도 어색했다. 이를 감추고자 열성적으로 노력을 하기는 했지만, 생각보다 쉽질 않았다.

혹여, 그럴싸한 음식점에서 제법 괜찮은 음식으로 분위기를 조성한다고 해도,

"별로네."

반응 참 먹먹하다고 해야 할까?

확실히 황제가 먹는 음식과 비교한다면야, 대단하다고 하기는 어려울 터였다.

'내 월급으로는 이게 한계라고!'

버럭 성질을 내고 싶었지만, 막상 그녀와 시선을 마주하면 솟구치던 울분이 쪼그라든다고나 할까?

연극을 볼 때에도 마찬가지였다.

"흐아아암…."

주변의 흥미진진한 반응이 무안하게 길고 깊은 하품을 하는 그녀의 태도는 절로 식은땀이 나게 만들었다.

더욱 환장하겠는 건 이 웃기지도 않는 상황이 연장되고 있다는 점이었다.

"다음 주말. 같은 시간에."

짧은 단답형의 몇 마디 말만 남긴 채, 휙 하니 황궁으로 돌아가는 그녀의 태도에 골머리가 아플 지경이었다.

아무리 생각해도 데이트 분위기는 최악이라 할 수 있건

만, 어찌 이 같은 결과가 나올 수 있단 말인가.

'끄응….'

앓는 소리가 입에 붙을 지경이었다.

그나마 다행이라면 매주 딱 하루씩만 만난다는 것이다. 어찌되었건 제국 황제라는 위치에 있는 그녀가 아니던가. 이제 막 정권을 잡은 만큼, 유달리 바쁜 시기이기도 했다.

당연하게도 단 하루 시간을 내는 것으로도 상당한 무리를 한 것이라고 볼 수 있었다.

'정말… 다행인걸까?'

언제나 의문형으로 끝나는 질문은 가슴에 묻을 뿐이었다.

왜? 어째서? 그런 제안을 했던 걸까?

〈데이트 하자.〉

그녀에게도 많은 의문을 남겨줬던 한마디였다. 자신이 뱉어놓고도 왜 뱉은 것인지 모를 내용이었기 때문이다.

그냥 무의식중에 튀어나온 한마디였다.

이유를 알기 위하여 황궁으로 돌아가 홀로 생각에 잠겼고, 그렇게 내린 결론이 또 뜬금없었다.

'놓치기… 싫었던 건가.'

이미 그에게 마음이 있다는 걸 깨달은 상황이었기에, 그 같은 결론을 내리는 건 어렵지 않았다.

제튼을 잡은 행동이 '본능'에서 나온 행동이라는 것이다.

황당하게도 그녀 스스로도 이 같은 감정을 지니게 될 줄은 몰랐고, 여기에 휘둘리게 될 거라고도 생각지 못했다.

때문에 당혹스러운 마음을 감추기 어려웠으나, 이왕 이렇게 된 것 이 감정을 확실히 하기 위해, 그와의 시간을 한 번 가져보려 마음먹었다.

그렇게 첫 날을 보냈다.

'별로… 별 것 없네.'

솔직한 심정이었다. 하지만 여기서 더욱 우스운 건 그와 헤어질 때 내뱉은 인사말이 너무도 뜬금없다는 점이었다.

"다음 주말. 같은 시간에."

스스로도 놀란 나머지 휙 하니 발길을 돌렸고, 그 길로 뒤도 돌아보지 않은 채, 마치 도망치듯 황궁으로 돌아가 버렸다.

그렇게 두 번, 세 번, 어느새 여름이 끝나는 시점까지 그와 만나고 있었다.

정말, 별 것 없는 만남이었다.

하지만 어째서인지 그 여운은 잠자리에 들 무렵, 침대에 누웠을 때, 눈을 감았을 즈음에서야 밀려오고는 했다.

뭔가 거대한 해일처럼 들이닥치는 건 아니었다. 그저 잔잔한 여운이 남는 연극을 본 듯, 아련한 감정이 잠자리를 따라와 꿈속으로 파고들었다.

그래서일까?

왠지 아침이 뒤숭숭해지는 기분이었다.

점차적으로 감정의 형상이 제 모습을 갖춰가는 걸 느끼기에, 더더욱 하루의 시작이 상쾌하기가 어려웠다.

과연, 이 같은 감정을 지닌 적이 있었을까?

'…없었지.'

오랜 옛 시절, 아직 제국이 왕국이고 황제가 공주이던 무렵, 이와 비슷했던 감정을 느꼈던 것도 같았다. 하지만 '비슷'할 뿐, 이와 같지는 않았다. 아마도 굳이 정의를 하라면, 남녀 관계가 아닌 일종의 가족과도 같은 만남이었을 것이다.

여러모로 지금처럼 구체적이지도 않았다.

'첫 경험…인가.'

이상한 일이었다. 대공과 함께하던 시절에도 이 같은 감정에 휘둘린 적이 없건만, 막상 그가 떠나고 새 삶을 사는 모습을 확인하기가 무섭게 감정이 솟구치다니.

왜? 어째서?

의문은 항상 쉴 틈 없이 귓가를 속삭였다.

이제 와서 그에게 매달릴 이유가 무엇이란 말인가.

사실, 브라만이라는 사내의 가벼운 행사를 보고 있노라면, 그를 향한 애정이 샘솟기가 어려웠다.

오히려 화가 쌓이는 게 당연할 정도였다. 하지만 생각해 본다면 이런 감정 역시도 관심에서 비롯되는 게 아니던가.

해서 고민이 거듭되었고, 그와의 만남 역시도 계속 이어 나가게 된 것이다.

그녀 감정의 '진실'과 '진심'을 확실히 하기 위하여.

어느새 해가 저물고 날이 어둑해지는 게 보였다. 슬슬 데이트의 끝이 다가오고 있다는 신호이기도 했다.

내심 안도감이 들면서도 왜 한편으로는 아쉬운 마음이 남는 것일까?

제튼은 고개를 절레절레 흔들며 슬쩍 아미르를 바라봤다. 거리 데이트를 즐긴다는 명목 아래, 환영 마법을 사용했다고는 하나, 그 외모를 변형한 건 아니었다.

외부의 시선을 흩어놓는 일종의 착시의 마법일 뿐이었다. 당연하게도 제튼에게는 미치지 못하는 수준의 착시였고, 그로 인해 그녀의 아름다운 얼굴을 제대로 감상할 수 있었다.

그야말로 미의 결정체라 불리는 엘프들, 그들 일족 중에서도 여왕이라 불리는 피아란과 비교해도 결코 부족함이 없는 외모였다.

'오히려… 더 예쁘지!'

그의 솔직한 심경이었다.

축복이며 동시에 저주와도 같은 미모였다.

그도 그렇게 저 아름다운 미모로 인해, 어릴 적부터 많은 고통을 받아야만 했고, 그로 인해 점차적으로 마음을 닫아버린 여인이 아니던가.

'그 고통의 대상 중 한명이 '브라만' 이겠지.'

정확히는 천마였으나, 그래도 왠지 씁쓸한 부분이었다.

미리 봐놨던 식당에서 저녁 식사를 마치고 나오자, 어느새 하늘은 완전한 어둠 속에 빠져있었고, 이를 밀어내듯 거리 곳곳에 불빛들이 반짝이며 수도를 환히 밝히는 게 보였다.

"그러면 밤도 깊었으니, 오늘은 이만…."

데이트의 마무리를 알리고자 제튼이 운을 떼는 순간, 아미르가 갑작스레 손을 뻗어서 그의 말문을 막았다.

이건 또 무슨 의미인가 싶어서 그녀를 바라보는데, 둘의 시선이 마주하는 찰나, 그녀의 입이 열렸다.

"가자."

뜬금없는 한마디에 고개를 갸웃거릴 때, 그녀의 이야기가 이어졌다.

"저기."

그러면서 뻗었던 손의 방향을 바꾸며 한 곳을 검지로 가리킨다.

"쿨럭!"

사례라도 걸린 듯, 저도 모르게 괴상한 소리를 내뱉은 제튼이 애써 가슴을 달래며, 아미르의 손끝에 걸린 건물을 바라봤다.

그 건물 한편에 찬란하게 반짝이는 글자 두 개가 보였다.

호텔!

착시현상이 아닐까 싶어, 급히 눈을 부비고 다시 확인했으나, 변함없는 두 글자가 강렬하게 동공을 파고들었다.

몇 번을 다시 부비고 봐도, 귀족들이 이용한다는 고가의 숙박시설이 맞았다.

너무도 뜬금없는 그녀의 제안으로 인해, 갑작스레 뒷목이 뻐근해지며 골머리가 아파왔다. 양 미간을 억세게 누르고 잠시간 숨을 고르고 나서야 정신을 바로잡을 수 있었다.

"무슨 말도 안 되는 소리야?"

이어지는 그의 외침에 여전히 덤덤한 얼굴로 아미르가 입을 열었다.

"뭐가 말도 안 되지?"

"난 유부남이라고. 그런데 지금 나더러 바람을 피라는 거야?"

"웃기는 군."

그녀의 반문에, 이번에는 또 무슨 소리를 하려는지 두려워졌다.

"이미 너와 나 사이에는 카이든이 있다. 게다가 공식적인 자리를 만들지는 않았지만, 황제와 브라만 대공은 부부로써 알려져 있지."

쉽게 말해서 시집은 다 간 것이다. 상대가 대공이다. 누가 감히 그의 여인에게 손을 뻗겠는가.

더군다나 대륙의 굽어보는 대 제국 칼레이드의 황제이기까지 했으니, 말 그래도 절벽 위의 꽃마저도 너머, 하늘위의 태양이었다.

때문에 그와 그녀의 사이는 '바람'이라는 단어가 어울리지 않는다고 주장하는 것이다. 그러며 제튼을 날카롭게 바라본다.

"그건 오히려 내가 할 말이겠지."

바람!

브라만은 많은 여인과 사랑을 나눴다. 감히 대륙제일의 미인이라고도 알려진 황제를 두고서도, 여러 여자를 만난 것이다.

헌데, 이제는 바깥에서 부인까지 만들어 온 상황이었다.

"그… 그건…"

말문이 턱 하니 막힌다고 해야 할까? 천마가 벌인 일이라고는 하나, 그 역시도 죄악에서 자유로울 수 없기 때문이었다.

"오랜만에 실력 좀 보겠다."

그러며 휙 하니 호텔 방향으로 걸음을 옮기는 그녀의 모습에 정신줄이 끊어질 것만 같았다.

멍청하니 제자리에서 움직일 줄 모르는 그의 모습에, 앞서 가던 그녀가 슬쩍 돌아보며 물었다.

"오랜만이라 자신이 없나?"

자존심을 건드리는 그 한마디에 일순 정신이 돌아오며 발끈하는 마음이 올라왔다.

"끄응…."

하지만 그 감정을 뱉어내지는 못했다.

등 뒤로 따라붙는 그의 기척을 느끼자 그녀도 모르게 입꼬리가 슬쩍 올라갔다.

확실히 그는 그녀가 기억하는 '브라만'이 아니었다. 브라만이 둘이라고 밝히고 난 뒤, 마치 기다렸다는 듯 그는 자신의 본모습을 보이기 시작했다.

기억 속의 철저한 모습과 달리, 언뜻 허술한 부분마저 보이는 게, 여러모로 충격적이었을 정도였다.

그렇지만, 어째서인지,

'나쁘지 않아!'

흥미로웠다.

터덜터덜 그녀의 뒤를 따르는 스스로를 이해 할 수가 없었다. 아니, 사실은 알고 있었다.

오래 전, 외로이 묻어버렸던 감정이 깨어난 것이리라.

'하아…'

저도 모르게 한숨이 나올 것 같았으나, 애써 들이켰다. 그녀에게 들킬까 싶은 마음에 숨도 골랐다.

이런 복잡한 심경 속에서도 걸음을 멈추지는 않았다. 그 역시 이 감정을 확실하게 하고 싶었기 때문이다.

'…비싸겠지.'

괜히, 숙박비로 관심을 돌리는 자신의 모습에, 왠지 한심한 기분마저 들었다.

❖

어렴풋이 알고 있었던 것 같다.

희미하게 피어나는 낯선 향이나 전에 없던 자국?

'그런 건 없었지만….'

하지만 알 수 있었다. 아마도 이런 걸 여자의 감이라고 부를 것이다. 어쩌면 한 차례 비슷한 상황을 겪어봤기에 더 빨리 알아챘는지도 모른다.

그에게 여자가 생겼다!

매주 주말마다 밤늦게 들어오는 모습, 주저리주저리 변

명을 늘어놓는 행동, 시선을 바로 맞추지 못하는 것까지, 어찌 의심을 하지 않을 수 있겠는가.

셀린은 그 대상도 예상할 수 있었다.

그의 과거를 안다. 때문에 그를 흔드는 게 가능한 여인이 누구인지도 짐작하는 것이다.

옛 이야기를 하던 와중에, 악몽과도 같던 시간이라던 그의 이야기와 달리, 유독 한 여인을 입에 올릴 때만큼은 눈빛에 아련함이 깃드는 걸 봤었다.

'황제…'

또 다시 주말이 왔고, 그는 자리에 없었으며, 그렇게 밤은 깊어갔다.

평소보다 더욱 늦은 시간이었건만, 그가 오질 않았다.

혹시, 어쩌면, 만약에라도 이런 상황이 벌어지지는 않을까. 그의 비밀을 듣던 그 날부터 매일처럼 꾸준히, 이와 같은 시기를 생각하고 대비하며 마음을 정리해왔다. 아니, 다독여왔다.

브라만 대공!

그의 진실한 정체가 아닐지언정, 결코 자유로울 수 없는 이름이기도 했기에, 그를 독점하기가 어렵다는 걸 알았다.

특히, 옛 여인과의 사이에 존재하는 혈육으로 인해, 그들의 인연은 끝맺을 수도 없었다.

하지만 아직 준비가 부족했던 모양인 듯, 기다리는 시간이 전에 없이 길게 느껴졌다.

어느새 깊은 밤이 새벽에 닿아 새 하루로 넘어가고 있었다. 때 아닌 외박이기에 입술을 잘근 깨물며 각오를 다져야만 했다.

그렇게 새벽의 어둠이 가시기 전,

그가 돌아왔다.

그녀와 함께….

◈

불편한 몸 상태로 인해, 강제적으로 깊은 잠에 빠져야만 했으나, 수면을 방해하는 기운에 결국 눈을 떠야만 했다.

무엇이 이리 잠자리를 불편하게 하는 것일까?

"때가 되었구나…."

한 눈에 알 수 있었다.

지닌바 권위를 내려놓으며 권능을 잃어버렸다고는 하나, 세상의 흐름은 여전히 호흡하듯 자연스레 느껴지고 있는 까닭이었다.

편치 않은 몸이었으나 자리에서 일어났다. 그 순간 기다렸다는 듯, 한 줄기 빛 무리가 눈앞으로 모여들더니, 하나의 인영이 그 빛 속에서 튀어나왔다.

"어서 오시게. 로드."

넉넉한 웃음과 함께 손님을 맞았다. 이에 방문자가 다급히 거리를 좁히며 물어왔다.

"라바운트님. 몸은 괜찮으십니까?"

"허헛!"

방문자, 벨로아의 물음에 라바운트는 그저 웃음으로 답했다.

자연스레 벨로아의 표정이 굳어졌다. 라바운트의 너무 이른 기지개에 깜짝 놀라 달려왔다. 설마 싶었건만 역시나 몸 상태가 정상이 아님을 알 수 있었다.

로드의 권능이 이를 단번에 인지시켜줬다.

더 쉬어야 한다 말하고 싶었으나, 앞서와 같은 로드의 권능으로 인해, 라바운트가 급히 깨어난 이유를 알았기에 무어라 말을 꺼내기가 어려웠다.

"걱정 마시게나. 그래도 아직 젊은 녀석들보다는 쓸 만할 테니."

"무슨 그런 말씀을 하십니까."

전력적인 부분을 걱정하는 게 아니었다. 권능으로 라바운트의 몸 상태를 살폈기에 꺼낸 이야기였다.

'마나가…'

은은히 흩어지고 있는 존재의 향을 맡았다. 마치 드래곤이 수명을 다한 뒤, 자연으로 돌아갈 때와 같은 분위기가 풍기고 있는 것이다.

"역시 로드의 눈을 숨기기는 어렵군. 아주 나쁘지는 않네. 덕분에 세상의 흐름에 더욱 민감해졌으니. 허헛!"

라바운트가 넉살좋은 웃음을 터트렸다. 그 역시 로드직에 있었기 때문에 벨로아를 속이기 어렵다는 걸 알았고, 이에 순순히 인정하며 작게나마 숨기고 있던 상태를 내보였다.

"아무래도 나는 여기까지인 모양이네. 허헛!"

그는 다가올 암흑시대가 그의 마지막을 장식할 자리라는 걸 이미 인지하고 있었다.

"천마 그 자와 겨루다 너무 흥이 났던 모양이야."

하트에 큰 상처를 입어버렸다. 그로 인해서 강제 수면기에 들어갔어야만 했다. 온전한 회복을 위한다면 족히 100년 이상은 수면기에 들어야 할 정도로 심각한 부상이었으나, 상황이 이를 허락하지 않았다.

"…그냥 쉬셔도 됩니다."

어렵게 꺼내드는 벨로아의 이야기에, 라바운트가 재차 웃음을 터트리며 말했다.

"허헛! 자네도 알지 않나. 이번 환란이 얼마나 위험한 것인지."

로드이기에 모를 수가 없었다. 권능을 이어받아 절대의 능력을 지니게 되었건만, 하늘에 깔린 어둠은 두려움을 일으킬 정도로 깊고 짙었다.

때문에 라바운트가 성치 않은 몸으로 잠자리를 물린 것이리라.

"조금이라도 더 누워 계시는 것이 좋지 않겠습니까?"

벨로아의 걱정스런 물음에 라바운트가 재차 웃었다.

"슬슬 준비를 해야, 다가올 암흑시대에 대비를 하지 않겠나. 늦잠이라도 잤다가는 제대로 적응하기도 어려울 걸세."

엉망인 몸 상태라도 정비를 하겠다는 것이다.

"그나저나 제튼 그 친구는 어떻게 지내고 있나."

굳이 자신의 문제로 걱정이 길어지는 걸 원치 않았던지, 라바운트가 화젯거리를 슬쩍 돌렸다. 이런 그의 의도를 알기에 벨로아도 나직한 한숨과 함께 그의 문제를 뒤로 미뤘다.

"수련 중이라고 하더군요."

그러면서 마티나에게 들은 이야기들을 하나 둘 풀어나갔다.

"호오… 마티나가?"

와중에 흥미로운 이야기는 크라이온과 관련된 이야기였다. 생각지도 못했던 흐름이 튀어나온 것이다.

"마티나 그 아이의 마음에 들다니. 대단하군. 허헛!"

고개를 끄덕이는 크라이온의 모습에 벨로아가 쓰게 웃

었다. 그 역시도 생각지 못한 결과였던 까닭이었다. 일족 내에서도 찾기 어렵던 인연을 설마하니 인간에게서 만날 줄이야.

일족의 로드로써 마냥 웃을 수만은 없는 일이었다.

"뭐, 크라이온 그 아이라면 나도 몇 번 본 적은 있지. 나쁘지 않아. 불같은 성격이 조금 걱정되지만, 마티나 그 아이라면 문제없지."

벨로아 역시 제법 알기에 작게나마 웃는 것이다.

"그 성질은 어디다 버렸는지, 마티나에게는 살살 기느라 바쁘답니다."

"허헛!"

라바운트가 재미있다는 듯 연신 웃음을 터트렸다. 그런 그의 반응에 벨로아가 새로운 화젯거리를 꺼내들었다.

"게다가 제튼 그 친구도 요즘 아주 흥미로운 상황이라고 들었습니다."

수련 말고 또 무슨 이야기가 남았나 싶었는지, 라바운트가 눈을 반짝이며 벨로아의 이야기에 귀를 기울였다.

"이쪽도 마티나처럼 애정문제지요."

"호오!"

이야기는 그 시작부터 흥미진진했다.

어쩌다 상황이 여기까지 온 것일까?

'누굴 탓하랴.'

이 모든 상황이 자신의 잘못이라는 걸 알기에, 제튼은 그저 조용히 눈치만 보고 있을 뿐이었다.

슬쩍 전방을 바라보자 조용히 침묵하는 셸린이 먼저 눈에 들어왔고, 그 건너로 덤덤히 차를 들이키는 황제 아미르가 보였다.

조마조마한 심정으로 두 여인의 대치를 지켜보는 것, 그게 지금 그가 할 수 있는 전부였다.

문득, 찻잔을 내려놓은 아미르가 돌발 발언을 꺼내들었다.

"호텔을 다녀왔다."

그 순간 침묵하던 셸린의 눈가에 흔들림이 이는 게 비쳤으나, 따로 특별한 행동을 보이지는 않았다.

이를 유심히 지켜보던 아미르가 고개를 끄덕이며 이야기를 이었다.

"걱정 마라. 아무 일도 없었다."

그 말에 셸린의 시선이 제튼에게로 향했다.

'미치겠네.'

제튼의 등 뒤로 식은땀이 흘러내렸다.

분명, 아미르의 말처럼 그는 숙박비만 허무히 날려 보내
고 왔다. 아무런 행위도 하지 않은 것이다. 아니, 할 수 없
었다.

　이 역시 천마로 인해서였다.

　그로 인해서 불행해진 여인들을 보았다. 나름대로 행
복이라 할 만한 것들을 누리게 해 줬다. 하지만 그럼에도
불구하고 순수하게 기뻐하지만은 못하던 여인들을 보았
다.

　그 때문에 정을 나누기가 어려웠다.

　또한, 셀린의 존재를 떨쳐버릴 수도 없었기에, 결국 방
을 나와야만 했다.

　창을 타고 흐르는 달빛을 받아, 은은히 빛을 발하던 아
미르의 찬란한 나신을 뒤로 한 채, 그렇게 도망치듯 나왔
다.

　막상 나오고서도 죄책감에 떠나지 못한 채, 문 앞을 지
켰다. 잠시 후, 너무도 태연한 표정으로 그녀가 나와 한마
디를 던졌다.

　〈아루낙으로 가자.〉

　말릴 새도 없이 그녀가 먼저 출발했다.

　천마에게 배운 것이 있었던지, 길었으면 싶었던 여정은
너무도 짧아, 이렇게 새벽이 지나기도 전에 도착해 버렸
다.

마지막 선은 넘지 않았다는 최소한의 안도감이 존재했으나, 그것만으로는 셀린의 시선을 온전히 마주하기가 어려웠음에, 저도 모르게 고개를 숙여버리고 말았다.

잠시 그 모습을 지켜보던 셀린이 나직한 한숨과 함께 아미르에게 물었다.

"황제 폐하가 맞으십니까?"

"내가 그대에 대해 들었듯, 그대 역시도 나에 대해서 들은 게 있겠지."

긍정의 의미라는 걸 알기에 셀린은 자리에서 일어나 정중히 예의를 갖추려 했다. 하지만 아미르가 고개를 흔들며 말했다.

"이 자리는 황제로써 온 자리가 아니다."

그리고 잠시간의 침묵.

일어났던 셀린이 다시금 자리에 앉으며 입을 열었다.

"무엇을 원하십니까?"

"알면서도 묻는구나."

그리 말하며 제튼을 바라본다. 셀린 역시 그에게로 시선을 보냈다. 여전히 고개를 숙인 상태라, 그 얼굴은 보이질 않았다.

"제가 어떻게 할 것 같습니까?"

셀린의 물음에 아미르가 차갑게 미소지으며 답했다.

"원래 내거였다."

"지금은 제 남편입니다."

"그래서 찾아온 것이다. 내게 다오."

마치 제튼의 의사는 생각지도 않는다는 듯 보이는 태도였다.

"브라만 대공은 더 이상 존재치 않습니다. 그는 제 남편이자 반트가의 기둥인 제튼 반트입니다."

"그래… 그래서 더욱 마음에 들더군."

만약, 그가 브라만이었다면 애초에 이 같은 행동을 하기도 어려웠을 것이다. 아니. 하지 않았을거라 확신했다.

요 몇 주간의 데이트로 감정의 형상을 잡았기에 내린 결론이었다.

다시금 침묵이 찾아들고, 두 여인은 조용히 시선을 교환하기 시작했다. 그렇게 얼마나 지났을까?

"확실히… 예전과 다르게, 아무나 고른 건 아니군. 여자를 잘 골랐어."

아미르는 그 말과 함께 자리에서 일어났다.

"오늘은 이만 돌아가도록 하지."

말인 즉, 다음에 또 오겠다는 의미였다. 이에 셀린이 창밖으로 시선을 두더니 짧게 말했다.

"아침이네요."

과연, 그 말처럼 저 멀리 하늘이 밝아오고 있었다.

"바쁜가요?"

하늘에 시선을 둔 채, 셀린이 질문을 던져왔다. 무슨 의도일까? 아미르가 셀린의 옆얼굴을 바라보며 의중을 파악하려 고민할 때, 셀린의 이야기가 이어졌다.

"잠시 후면 식사시간이니, 아침은 들고 가세요."

그제야 무언가를 감지한 듯, 아미르가 두 눈을 얇게 뜨며 물었다.

"인정해 주는 건가?"

셀린이 눈을 질끈 감는 게 보였다. 그러더니 작게 고개를 끄덕인다.

다시금 그 눈이 뜨였을 때, 그녀는 아미르를 정면으로 응시하고 있었다.

"황자 전하… 카이든은 그이의 아들이니까요."

재차 두 여인의 시선이 맞닿았다. 그리고 또 다시 침묵의 시간이 이어졌다.

"내 입맛은 까다롭다."

퉁명스레 그리 말하며 아미르가 다시금 자리에 앉았다. 이에 셀린이 고개를 끄덕이며 말을 받았다.

"앞으로 언니라고 부르겠어요."

그 나이는 셀린이 더 많았다. 하지만 그와 만나고 함께했던 시간, 그리고 카이든의 존재까지. 이 모든 걸 인정하고 내린 결론이었다.

황제라는 그녀의 지위도 함께 고려한 결과이기도 했다.

"고맙군."

어색했던지 여전히 그 음성은 퉁명했으나, 아미르의 진심만큼은 전달되어왔다.

언제나와 다를 것 없는 시간에 이뤄지는 반트가의 식사 시간.

하지만 어제와는 다른 풍경이 가족을 맞이하고 있었다. 처음 보는 여인, 그것도 전에 본 적 없을 정도로 아름다운 미인의 등장에 케나가 제튼에게 물었다.

"누구…시냐?"

모친의 물음에 대한 대답은 아들이 아닌, 식탁에 변화를 가져온 여인이 대신했다.

"애인입니다."

그리고 정적.

가족 모두가 얼어있는 그 때에, 케나 홀로 자리에서 일어나 밖으로 향했다. 그리고 다시 안으로 돌아왔을 때, 그녀의 손에는 너무도 눈에 익은 빗자루가 하나 들려있었다.

"끼랴~앗!"

오랜만에 모친의 빗자루가 허공을 갈랐다.

따아아악!

"크릭! 엄마? 아… 아니. 그게, 이게, 오해가."

당황한 제튼이 급하게 목소리를 높였으나, 모친은 한마디로 일축했다.

"시끄럽다!"

모친의 나이가 무색할 만큼 빗자루는 화려하게 비상했다.

"어… 엄마? 우악!"

그의 나이 마흔일곱.

아직도 맴매를 맞는 나이였다.

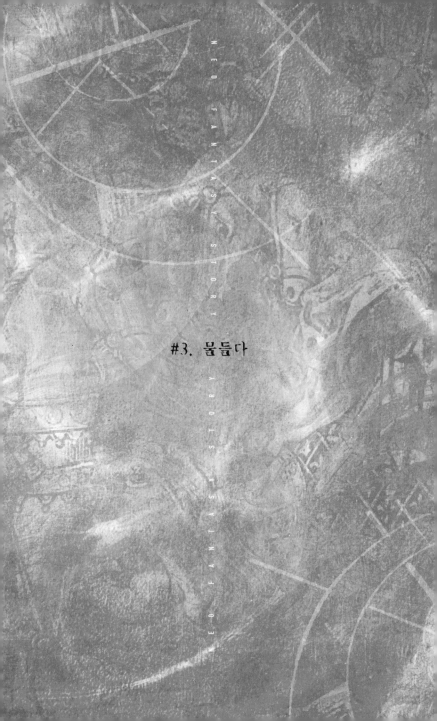

#3. 물들다

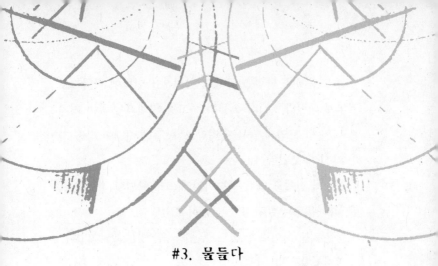

#3. 물들다

마치 둑에 금이 간 것 마냥, 조금씩 조금씩 새어나가는
기운으로 인해, 몸 상태는 전에 없이 고단했다.

하지만 그렇게 빠져나간 기운이 세상으로 흩어지며 비
치는 흔적으로 인해, 전보다 한층 더 민감하게 세상과의
소통이 이뤄지고 있음을 알았다.

라바운트는 로드로써 권능을 지니고 있을 적에도 느끼
지 못했던 이 거대한 일체감에 온몸을 부르르 떨었다.

어쩌면 권능으로 인해서 본연의 능력을 일부 망각했던
걸지도 모른다고 여기며, 이 새로운 감각의 물결 속에서
새로이 날아드는 '정보'를 읽었다.

"으음…"

그와 동시에 한껏 고양되었던 기분을 단박에 바닥으로 떨어져 내렸다. 좀 더 확실히 하고자 밀폐되어 있는 거처를 나와 탁 트인 하늘을 올려다보니, 검은 기운이 창공 가득 퍼진 게 보였다.

잠들기 전에도 봤던 광경이기에 그리 특별할 건 없었으나, 라바운트는 한껏 표정을 굳히고 있었다.

검은 기운 사이로 한 줄기 붉은 광채를 엿본 까닭이었다.

어째서일까?

'낯설지가 않은데.'

직감적으로 한 번쯤 마주한 적 있는 기운이라는 걸 알았다. 가만히 생각을 거듭하기를 잠시, 눈 꼬리가 올라가며 나직한 한마디가 흘러나왔다.

"버서커!"

전설적으로 유명한 그 버서커는 아니었다. 하지만 이를 흉내 내고자 했던 이들과 대상이 있었고, 의도했던 것처럼 당시 대륙에서도 버서커라 불리기도 했었다.

젊은 시절 유희가 한창이던 와중에, 먼발치서 본 적이 있었다. 완전치 못한 버서커였고, 그 때문에 충분히 사람의 손으로 해결할 수 있다고 판단했었다.

너무 오래전 기억인 탓에 바로 떠올리지 못했으나, 한 번 상기하고 나자 그 기운의 흐름들이 하나 둘 생각나기 시작했다.

동시에 그와 관련된 고대의 이야기 역시 떠올랐다.

"타락…천사인가."

워낙에 오래 전 일인지라, 그들 일족들 중에서도 제대로 아는 이들은 그리 많지 않았고, 그 역시도 전대 로드의 보고를 물려받으면서 알게 된 내용이었다.

이러한 사실들을 상기하자, 하나의 의문이 머릿속을 채워갔다.

'로드가 알고 있을까?'

그 역시도 전대의 지식을 물려받아 알았던 사실이 아니던가. 이제 막 로드의 자리에 오른 벨로아는 아직 완전하지 못했다.

혹여 저 붉은 기운을 눈치 챘을지라도, 특별한 이상점을 찾지 못한 채 그냥 넘겨버렸을 확률이 높았다.

"으음…."

좀 더 쉬면서 몸을 살펴야 했으나, 사건이 사건인 만큼 움직이지 않을 수가 없었다.

새어나가는 마나를 극소량까지 통제하고 하트의 상처를 잠시 억누른 그가, 조심히 한마디를 입에 담았다.

"텔레포트…."

이내 한 줄기 빛 무리와 함께 그의 신형이 자취를 감췄다.

그리 길지 않은 시간이었으나, 배움에 목말라 있던 만큼 열심히 했고, 그 덕분에 짧은 시간을 더없이 값지게 보냈다고 여겼다.

새로이 정립된 자신의 정령술을 실감할 즈음, 마누스는 숲을 벗어나야만 했다.

마음 같아서는 좀 더 배우고 싶었으나, 상황이 여의치 않아 맘처럼 행하기가 어려웠다.

〈때가 되었다.〉

그에게 정령술을 전수해주던 아루아난의 이야기가 여전히 귓가를 맴돌았다.

〈곧 어둠이 깨어날 테니, 앞서 대비하고 있거라.〉

그리 말하며 저들 엘프들 역시도 밖으로 향할 것이라고도 전해왔다.

"암흑시대라…."

이미 그와 관련된 소문 정도는 듣고 있었다. 당시에도 작게나마 상황의 위험을 감지했을 정도였다.

대륙 전역에 걸쳐 이미 그 이야기가 들끓는 중이니, 그 위험도를 느끼지 못하는 게 오히려 이상한 것이었다.

특히 엘프에게 직접 그 이야기를 들은 만큼, 그 경계심이 남다를 수밖에 없었다.

대륙에 떠도는 소문처럼, 그저 막연히 '머지않아' '곧' 등등의 이야기를 한다 해도, 물론 그들 숲의 일족이 입에 올리니 그 무게감이 더더욱 남다르게 느껴진 것도 있었다.

게다가 엘프들의 도움으로 새로이 깨어난 그의 정령 '가드'의 경고성이 더욱 짜릿하게 뇌리를 뒤흔드니, 암흑 시대에 대한 감정이 남다를 수밖에 없었다.

'가드⋯.'

더 이상 외면하기 어려울 정도로, 그 스스로에게는 큰 힘이 있었다. 무려 '정령들의 왕'이 될 '자격'을 지닌 정령 가드가 함께 하고 있는 것이다.

스스로에게 특별한 역할이 있을 거라 여길 수밖에 없었다. 가드 역시도 그렇게 의지를 보내오고 있기도 했다.

"후우⋯."

내심으로는 부담스런 마음도 제법 컸기에, 간혹 이처럼 뜬금없는 한숨이 불쑥 튀어나올 때가 있었다.

하지만 이내 쓴 웃음을 머금으며 훌훌 털어냈다.

"뭐, 어떻게든⋯ 되겠지."

최대한 가볍게 마음을 비워낸 뒤, 복잡한 머리를 환기시키기라도 할 겸, 순수하게 가드와 정령술에 집중해 들어갔다.

상단으로 돌아가는 여정을 생각해 본다면, 적어도 일주일 정도는 더 정령술에 전념할 수 있을 것 같았다.

어찌어찌 시간에 맞췄다고 해야 할까? 어둠이 형상을 잡기 전에, 새로이 입은 육신을 원하던 수준까지 끌어올리는데 성공할 수 있었다.

"마스터라고 하더니, 육체능력은 그 이상이었어. 큭!"

자신의 새 육신을 내려다보는 얼굴에 만족감이 가득했다.

과거, 버서커라 불리던 타천의 시기와 비교해도, 크게 밀리지 않는 강함이 전신에 채워져 있었다.

꽈드드득…

가볍게 주먹을 말아 쥐는 것만으로도 터질 것 같은 파괴력이 그 안을 넘실거렸다. 당장이라도 폭발하며 그 손이 산산조각날 것 같은 파괴력이었다.

하지만 육신은 이 강대한 힘을 버텨냈다. 육체가 지닌 본연의 재능이 특별했고, 이를 길러낸 방식 역시도 남달랐다.

"브라만."

어렴풋이 읽어낸 육신의 기억 중 일부에서 가장 인상 깊은 얼굴로써, 육체를 재능의 낭비 없이 단련시켜 준 존재였다.

비록 일부의 기억일 뿐이었으나, 인간 중에 그 같은 강자가 있다는 것도 나름대로 신선한 충격이었다.

더욱 흥미로운 건, 이 육신은 그를 떠올리는 것만으로도 은은한 두려움을 표출해 낸다는 점이었다. 처음 바르르 떨리는 손끝을 느끼고는 얼마나 놀랐던가.

"궁금하긴 하군."

기억이 아닌 실제를 마주하고 싶다는 생각이 들었다. 하지만 아직 전면에 나설 시기가 아니었다.

그의 시선이 슬쩍 하늘로 올랐다.

"얼마 안 남았군."

그가 행동하는 건, 저 먼 어둠이 도래할 때였다. 그렇다고 해서 마냥 숨죽이고 있을 생각은 없었다.

"육신도 완성되었으니…."

한동안은 여유나 부려볼 생각이었다.

＊

어느새 무더운 여름이 가고, 후덥지근한 공기 한편에 선선한 바람이 끼어든다고 여긴 것도 잠시, 금세 서늘한 바람이 파고들며 계절의 완전한 변화를 주장하는 시기가 왔다.

제튼은 그 시원한 바람을 맞으며, 나직이 한숨을 내쉬었다.

지나버린 여름의 끝 무렵, 반트가를 방문했던 뜻밖의 손님 덕분에 여러모로 집안에서의 그의 위치가 고행, 고난, 고역의 길에 올라 있었다.

특히, 방문자가 내뱉었던 충격 발언들이 그의 설 자리를 위태롭게 만들어 버렸다.

〈애인이라니? 아들이라니!〉

황제, 아미르가 했던 '애인' 발언에 모친은 놓았던 빗자루를 들었다.

거기에 더해 '아들'에 대한 이야기가 언급되자, 거기서 한 발 더 나아가 식칼까지 손에 쥐고 있었다.

어릴 적, 이 같은 상황까지 이르면, 밤이 깊어 모친의 화가 풀릴 때까지 바깥을 서성이고는 했었다. 그러다 혹여 걸리기라도 하면, 그 식칼에 옷이란 옷은 죄다 찢겨져, 헐벗은 모습으로 쫓겨나기 일쑤였다.

얼마 안 되는 천으로 중요부위만 가린 채 마을을 배회하던 추억이 떠올라, 그도 모르게 몸서리를 쳐야만 했다.

성인식을 치르기 바로 전 해에도 그와 같은 사태가 발생하였던 걸 생각한다면, 이 나이라고 해서 안전하다고 볼 수는 없었다.

애인이라는 소리에 아미르를 향한 시선 가득 불을 토하던 모친이었으나, 카이든의 존재가 언급되며 그 눈빛은 크게 변화했다.

그도 그렇게 카이든의 나이까지 알려지면서, 아미르가 셀린 이전에 만나던 여인이라는 것도 밝혀진 까닭이었다. 식칼도 그 즈음에서 내려놓았었다.

이후부터는 제튼의 수난시대였다.

매일처럼 그에게 무언의 압박을 보내오는 까닭이었다. 손자가 있다는 걸 알았는데 어찌 모른 척 한단 말인가. 카이든과의 만남을 잡아보라는 의미였다.

그나마 셀린이 있기에 대놓고 언급하지 않는 것이었다. 덕분에 하루하루가 피를 말리는 기분이기도 했다.

"하아…."

고개를 절레절레 흔들며 머리 아픈 생각들을 털어낸 그가 하늘로 시선을 던져 보냈다.

푸른 창공에 흐린 안개마냥 검은빛 기류가 일렁이는 게 보였다.

그 같은 초월적 존재의 눈에만 보이는 것이 아닌, 일반적인 사람들도 느낄 수 있는 그런 기류였다.

대부분 이상하게 날씨가 흐리다는 정도로 여기고 있었는데, 제튼은 결코 날씨 문제가 아니라는 걸 알았다.

"결국… 쯧!"

오지 않았으며 하던 시기가 와버린 모양이었다.

어디서부터 잘못 된 것일까?

무엇이 문제였던 걸까?

많은 생각들을 머릿속을 복잡하게 휘몰아쳤다. 하지만 마땅한 결론을 내리기가 어려웠다.

'왜?'

어째서? 저들이 연합이라도 한 것 마냥 호흡을 맞춰가며 공격을 했던 이유가 뭘까?

최초, '놈'이 없고 그 밑의 불편한 녀석도 사라진 것을 알고, 2년 안에 주변 정리를 마치고자 했다.

시작은 순조로웠다. '놈'의 책사라고 불리는 녀석이 이런저런 방해공작을 펼치며 귀찮게 굴었지만, 그 정도는 압도적인 힘으로 감당할 수 있었다.

하지만 어느 순간을 기점으로 계획은 크게 어긋나기 시작했다.

주변의 '왕'들이 하나 둘 도발을 해 오는 것이 아닌가.

'감히!'

분노했다. 같은 선상에 놓인 이들도 아닌, 하위의 왕들이 이를 드러내고 으르렁 거리는데, 어찌 가만히 있을 수 있겠는가.

짧은 기간 압도적으로 쌓아올린 권위를 보여줄 때였다.

하지만 이를 실행하지는 못했다.

뿔을 앞세우고 투레질을 하려는 찰나, 같은 격을 지닌 왕들이 움직인 것이다.

물론, 직접적으로 전면에 나선 건 아니었다. 그저 한 발 물러난 위치에서 조용히 압박을 해 오는데, 그것만으로도 심적인 부담감이 어마어마했다.

그 덕분에 순조롭던 내부 정리도 조금씩 틀어지기 시작했다.

갑자기 모든 상황이 엉망으로 변한 것이다. 주변에서 들어오는 압박과 내부의 비틀려버린 흐름이 더해지는 걸 보며, 더 이상 계획을 앞세우기 어렵다는 것을 깨달았다.

도약의 시기를 2년으로 잡고 있었다. 하지만 과연 그때까지 버틸 수 있을까?

결국, 그는 선택을 해야만 했다.

"중간계로 간다!"

결정과 동시에 움직였다.

호시탐탐 뒤를 노리는 많은 왕들을 머리와 가슴에 박아 넣으며, 도약의 대지를 향해 몸을 던졌다.

비헤름은 언제나처럼 대륙의 밤을 뒤척이게 하느라 정

신없던 와중에, 거대한 힘의 흐름을 느꼈다.

"오는구나!"

바삐 공간을 뛰어넘어 준비해놨던 장소로 향했다.

북대륙 깊숙한 곳에 자리한 이름 모를 설산.

사람들의 발길이 닿지 않는, 닿을 수 없는 그런 깊숙한 곳에 거대한 마법진이 펼쳐져 있었다.

시기적절하게 도착한 모양인 듯, 그의 등장과 함께 마법진에서 어두운 기류가 뿜어져 나오기 시작했다.

마법진을 관리하던 시체들이 그 기류에 휩쓸려 가루가 되는 게 보였다.

눈이 번쩍 뜨였다. 입 꼬리가 올라갔다. 가슴이 펄떡거리며 뛰었다.

'제천대성.'

놈에게 복수해 줄 생각에 절로 흥분이 일었다.

◈

먼저 이변을 알아챈 이들은 각국을 대표한다 할 수 있는 마법사들이었다.

이들은 하늘의 흐린 날씨에서 '무언가'를 느꼈고, 이내 그 정체가 굉장히 어둡고 음습한 기운으로써 암흑마나와 굉장히 닮아있다는 걸 깨달았다.

그리고 이내 눈에 보이는 하늘 전역이 흐린 것을 확인하고서야, 그것이 마기일거라 확신을 가졌고, 뒤이어 암흑시대와 결부시켜 이야기를 정리해갔다.

그렇게 정리된 내용은 즉각 각국의 정상으로 보고되었고, 기다렸다는 듯 국가 간의 비공식 회담이 시작되었다.

최초 회담을 시작으로 몇 차례 더 이야기를 나눠보았던 덕분인지, 통신은 바로 이어졌고 사태의 심각성에 대한 이야기가 즉각 이어졌다.

"이번 사태가 암흑시대에 대한 본격적인 징조라…."

회담의 내용을 엿듣고 있던 천마는 입 꼬리를 말아 올리며 나직이 중얼거렸다.

이미 사건은 발생했건만, 저들은 아직 그 겉면만 보려하고 있었다. 사태의 심각성을 인지하면서도 인정하려하지 않는 것이다.

성녀와 성검이 탄생했을 때, 이미 상황은 그들에게 경고를 하고 있었다. 때문에 회담을 가지게 된 것이 아닌가.

하지만 바로 그 성녀와 성검, 정확히는 성검의 등장으로 이들이 새로운 경계심도 지니게 된 것이다.

신을 믿는 성직자들이 모인 성국이라고는 하나, 그곳 역시도 하나의 국가였다.

당연히 강렬한 힘의 탄생에 경계심이 이는 건 어쩔 수 없었다.

특히, 성검의 능력이 감히 저 브라만 대공과도 비견된다
는 말이 나올 정도라면 더 말해 무엇 하겠는가.

물론, 당장이야 대공에 비하기가 어렵다는 평이었으나,
그는 아직 젊었다. 발전의 가능성이 무궁무진한 것이다.

또한 이미 그 능력이 별의 영역에서도 그 끝자락까지 뻗
어있다는 소식이었다. 거기에 신검의 능력이 더해진다면?

이미 충분히 위협적이었다. 당연히 경계심이 일어날 수
밖에 없는 것이다.

"뭐… 상관없으려나."

어깨를 으쓱이며 웃었다.

"머지않아 '놈들'도 움직일 테니."

그는 자신이 '매개체'로써 이용되던 순간을 기억했다.
그를 중심으로 세상의 흐름에 거대한 비틀림이 일어나던
찰나였는데, 이를 인지하기 무섭게 자리를 이동해야만 했
다.

그가 머무는 장소가 제국의 수도인 크라베스카였던 까
닭이었다.

이곳 중간계를 대표하는 거점이라고 할 수 있는 장소였
다. 시작부터 대륙 심장부라 할만한 장소가 꿰뚫리는 일이
발생해서는 안 되기에, 바삐 신형을 날려 자리를 옮긴 것
이다.

매개체라는 건, 말 그대로 그를 목표로 상대가 이동해

온다는 것과 같기 때문이었다.

　대충 짐작은 하고 있었으나, 그럼에도 유유자적하니 이
곳 수도에서 버티고 있던 건, 여차하면 마법을 이용해 공
간을 넘으려 계획하고 있던 까닭이었다.

　하지만 이게 웬일?

　'마법이 안 될 줄이야.'

　그때를 생각하는 천마의 입가에 쓴웃음이 걸렸다. 허나
당시의 천마는 당황하지 않았다. 만에 하나의 사태라고,
혹시나 하며 예상해둔 영역이기 때문이었다.

　그럴 때를 준비해 마련한 장소가 있었으니, 바로 제국의
경계부근에 위치한 황량한 벌판이 그 중심였다. 그의 이동
속도라면 순식간에 다다를 수 있는 거리이기도 했다.

　위치도 나쁘지 않았다.

　중앙 대륙에 자리를 잡고 있어서, 사방에 적을 두는 장
소였다.

　그 광범위한 영역에 걸쳐 마법을 펼쳐두었다. 기존 대륙
의 마법에 무림의 진법 그리고 술법과 사법 등, 지닌바 모
든 지식이 포함된 독특한 결계를 만들어놓은 것이다.

　오랜만에 땀이 송글송글 맺힐 정도로 전력질주를 해서
준비한 장소에 도착했고, 그 즈음에 뭔가가 잘못 되었다는
걸 깨달을 수 있었다.

　혹시나 하며 기다렸지만, 역시나 라고 해야 할까?

"이렇게 물 맥일 줄은 몰랐는데, 큭!"

분명, 그가 매개체로써 이용된 건 맞았다. 하지만 어찌 된 일인지 그를 중심으로 한 비틀림 현상이 끝났을 때도 그의 앞에 나타나는 이들이 없었다.

애초부터 그가 차원을 넘기 위한 매개체의 역할만 할 뿐이고, 소환 장소는 따로 있는 것일까?

'그럴 리가 없지.'

은각에게서 날아온 보고를 통해 이유를 알 수 있었다.

'비헤름!'

그를 중심으로 비틀림 현상이 발생하던 날, 비헤름이 종적을 감췄다는 소식이 들어왔다.

그 역시 마계의 왕이라 불리는 존재였고, 또한 사령술사라 불리며 마계를 대표하는 마법사이기도 했다. 아마도 그가 모종의 수작을 부렸을 거라 여겨졌다.

'왕들의 연합이라. 일이 재밌게 됐네.'

저들 각국의 정상들이 사태의 심각성을 인정하지 않으려 들어도 상관없었다.

그가 이곳에 발을 딛고, 겨우 1년 남짓의 시간이 흘렀다.

"소대가리 녀석이 벌써 내부정리를 끝내지는 못했을 테니."

결국 천마가 계획했던 상황이 먹혀들었다는 의미였다.

주변 왕들의 압박에 의해 황급히 차원을 넘었으리라.

당연히 그 힘도 상당부분 반감되었을 게 분명했다. 원래
대로라면 이곳에서 잠시 호흡을 가다듬으며, 힘을 비축해
야 할 것이나, 비헤름이 우마왕에게 붙었다면 이야기는 달
라질 수밖에 없었다.

"재밌게 됐어. 재밌게… 큭큭큭!"

그의 시선이 하늘로 올라갔다. 마치 안개가 낀 듯, 뿌연
창공의 풍경이 보였다. 전보다 한층 진해져, 구름 한 점 없
는 하늘도 마치 구름에 쌓인 듯 느껴지게 만들고 있었다.

이전에 보았던 어둠은 초월자들의 시야에만 보이던 일
종의 '환상'이라고 할 수 있었다.

그것은 절대자들이 지닌 초감각을 통한 일종의 '예지'
와도 같았으나, 저것은 환상을 벗어난 것으로써, 말 그대
로 '현실'을 의미하며, 마기가 세상에 풀어지고 있다는 뜻
이기도 했다.

"남은 건 기다리는 것뿐인가."

❖

갑작스런 하늘의 이상현상에 대륙이 조금씩 문제를 인
식하며 술렁거리기 시작할 즈음,

그것은 갑작스럽게 시작되었다.

"끄어어어…."

"으어어어…."

죽음이 일어나 걷는다.

시체 썩은 내와 함께 흘려보내는 기괴한 신음성은 절로 공포를 유발시켰으나, 이미 한 차례 겪어 본 진통이기에 침착할 수 있었다.

"크롸롸롸롸롸…."

하지만 상상조차 못했던 환상의 존재가 출현하면서 이성은 빠른 속도로 자취를 감춰야만 했다.

드래곤!

전설상의 존재가 그 모습을 드러낸 것이다.

뿐만 아니라 환상의 몬스터라고도 불리는 눈 하나의 괴물, 사이클롭스를 비롯하여, 이야기 속에서나 나올 법한 경이의 존재들이 하나 둘 그 거체를 일으켜 세우며, 사나운 기지개를 피기 시작했다.

공포가 깨어난 것이다.

뭐가 어떻게 된 일인가? 이를 채 확인하기도 전에 죽음과 공포가 달려들며, 전쟁이 시작되었다.

얼음국이라고도 불리는 북 대륙의 에칠란 왕국!

정확히 일주일,

그곳이 세상에서 지워지는데 필요한 시간이었다.

애초에 계획하던 전력의 절반 가까이를 손실하고, 거기서 또 절반이 떨어져 나간 상황이 되어서 중간계로 넘어왔다.

그야말로 최악이라 할 수 있었다.

"꼴이 우습게 됐군."

우마왕은 작게 실소를 내뱉으며 고개를 흔들었다.

최근, 마계에서 가장 큰 권위를 떨치고 있다는 그의 명성에 어울리지 않는 조촐한 규모.

소수의 군단만이 차원을 넘은 것이다.

그나마 다행이라면 이들이야말로 그가 지닌 전력의 핵심이라는 점이었다.

하지만 이는 어쩔 수 없는 부분으로써, 급작스럽게 넘어오느라 이동을 위한 준비가 덜 된 까닭이었다.

2년이라는 시간은 내부 정리를 시간이면서, 동시에 대규모 병력의 대대적인 이동을 위한 대 이적 마법진을 형성하는 기간이기도 했다.

"너무 그렇게 자조할 필요는 없다고."

상념을 파고드는 음성에 고개가 돌아갔다.

'…비헤름.'

차원을 넘어 이곳 중간계로 건너왔을 때, 가장 처음으로 마주한 사내였다.

먼저, 매개체가 되었을 천마가 아니라는 부분에 한 번 놀랐고, 상대가 그 유명한 사령술사라는 점에서 두 번 놀라야만 했다.

그리고 천마의 계획에 대해 듣게 되었다. 어느 정도는 예상하고 있던 부분이기에 크게 놀라지는 않았다.

단지, 마계에서 벌어졌던 왕들의 행동이 천마에게서 나왔다는 점에서 분노했을 뿐이다.

그 때문일까?

비헤름을 보는 눈빛 가득 사나운 기색이 묻어나오고 있었다.

천마가 계획했다지만, 마계에 수작을 부린 건 바로 눈앞의 비헤름이 아니던가.

삼장을 비롯한 천마의 수족들이 다른 왕들과 접촉을 하지 못하는 걸 알고 있었기에, 마계에서도 크게 그들을 의심하지 않았었다.

그도 그렇게 천마가 '대공'의 자리를 얻으면서, 마계의 많은 왕들이 새로운 왕의 탄생을 경계하며, 그의 수족들과도 거리를 두었기 때문이었다.

이런 행사가 벌어진 건 천마가 지닌 능력이 너무나도 뛰어난 까닭이었다. 기존의 왕들, 그 중에서도 상위의 마왕들은 천마의 가능성이 그들 이상이라는 걸 직감하며, 더더욱 경계심을 키운 상태였다.

또한, 천마가 하급 마족과 마수들에게 성장의 발판을 제공한 점 역시도 크게 반감을 샀고, 자연스레 그 힘을 받은 천마의 수족들도 경계의 대상이 되어 버린 것이었다.

"워 워. 그렇게 노려보지 말라고."

비헤름의 장난스런 말투가 더더욱 우마왕의 심기를 자극했다. 하지만 여기서 그의 분노를 표출할 수는 없었다.

엉망이 되어버린 계획으로 인해, 당장은 비헤름의 도움이 필요했기 때문이었다.

"앞전에도 말했지만, 나도 이용당한 거라니까. 억울하다고. 그러니 이렇게 너를 도우려도 열과 성의를 다하는 것 아니겠나."

비헤름의 변명 같지도 않은 변명에 우마왕의 얼굴이 옅은 미소가 어렸다. 하지만 그 눈은 여전히 타오르고 있음에, 입가에 머금은 게 분노라는 걸 알 수 있었다.

'웃기지도 않는군.'

마족이 그것도 마왕이 누군가를 돕는다?

'원하는 게 있는 거겠지.'

분명 목적이 있다고 여겼다. 그리고 그건 아마도 천마를 비롯하여 그를 이용한 세 마족을 향한 것이리라.

이런 부분을 짐작하고 있기에, 순순히 그의 의도에 넘어가며 분노를 억눌러 준 것이었다.

본의 아니게 줄어들어버린 소수의 군단이 온전히 군단이라 불리기 위해, 비헤름이 지닌 죽음의 기운을 이용할 생각이었다. 시체만 있다면 얼마든지 수를 늘리는 게 가능한 왕이 바로 사령술사인 까닭이었다.

물론, 그렇다고 하여 얼굴을 보고 웃으며 이야기를 나누고 싶은 마음도 없었다. 어찌 되었건 그의 계획을 가장 크게 비틀어버린 실행자가 아니던가.

목적을 위해, 겨우겨우 억누르는 게 그가 할 수 있는 최선이었다.

"웬일이냐?"

나직하게 흘러나오는 우마왕의 물음에 비헤름이 어깨를 으쓱였다.

"이제야 겨우 입을 떼는군. 거 참! 별 건 아니고. 얼마나 회복했는지 확인하러 온 거지."

차원간 소환으로 인해 소실된 힘의 회복을 묻는 것이었다. 차원 간섭으로 사라진 힘을 완전히 복구시키는 건 무리였으나, 비헤름의 도움으로 마계에서와 같은 힘을 다시금 쌓아올리는 중이었다.

그리고 이러한 부분 역시도 비헤름을 내치지 못하는 이유가 되었다.

"보름 안에 마무리 지을 수 있을 거다."

"그렇다면 다행이네."

"무슨 문제라도 있나?"

갑자기 찾아와서 몸 상태에 대해 묻는 게 이상했다.

"별 건 아니고, 아무래도 이번 침공을 시작부터 너무 화
끈하게 질러버린 것 같단 말이지. 설마하니 처음부터 마룡
군을 움직일 거라고는 생각도 못했다고."

"마왕군의 침공이다. 당연히 그 정도는 보통이다."

"이곳은 마계가 아니라 중간계라고, 마룡은 드래곤과
다를 게 없잖아. 시작부터 끝판왕이 등장하는 격이란 말이
지. 인간들에게는 충격이 너무 컸을 거야."

"그러라고 움직인 거다."

힘을 회복중인 우마왕이기에 움직일 수 있는 전력 중,
가장 영향력이 강한 이들을 일부러 내보인 것이었다.

"에칠란 왕국을 무너트린 건 좋지만, 마룡까지 내비친
건 좋지 않았어. 덕분에 인간들의 경계심이 극도로 올라가
버렸단 말이지."

"그게 무슨 문제라도 되나?"

'쯧! 이래서 초짜는….'

비헤름은 우마왕이 왕의 권위를 얻은 지는 오래되었으
나, 실질적인 중간계 침공은 이번이 처음이라는 걸 잘 알
고 있었다.

때문에 여전히 마계에서의 생활 의식과 관념이 머릿
속에 박혀있다는 것도 잘 알았다. 그리고 이런 생각들을

지녔던 마왕들은 대부분 오래지 않아 실패를 겪으며 마계로 떨어진다는 것 역시 잘 알았다.

여기서 '떨어진다' 라는 건, 정말 말 그대로 밑바닥까지 추락한다는 의미였다.

마계로 역소환이 된다고 해도 그들은 여전히 마왕이었다. 하지만 전력 대부분을 잃어버린 마왕은 결국 주변에 왕들의 좋은 먹잇감이 되기 마련이었다.

비혜름은 죽음을 부리는 존재로써, 사령술사라 불리며 오랜 세월을 왕으로써 버텨왔기에, 이 같은 수순을 잘 알고 있었다.

물론, 우마왕을 걱정하지는 않았다.

'그렇다고 내버려 둘 수도 없으니.'

대성과 천마에게 복수를 하기 위해서는 우마왕의 전력이 좀 더 멀쩡할 필요가 있었다.

게다가 이를 잘 이용한다면, 그 역시 좀 더 '격' 을 높일 수 있지 않겠는가. 때문에 우마왕에게 한 수 접어주며, 그의 참모이자 정보원 역할을 자처하는 것이 아니던가.

'뭐… 아직 힘을 완전히 회복하지도 못했으니.'

본신능력을 되찾기에는 아직 '죽음' 이 부족했다. 때문에 더더욱 우마왕의 군세가 최대치까지 능력을 발휘해줘야 하는 것이다.

'귀찮게 됐군.'

에칠란 왕국의 멸망소식은 대륙 전역을 충격에 빠트렸다. 특히, 몇몇 생존자들을 통해 전해들은 드래곤과 이야기 속 괴물들의 등장은 충격 그 이상의 경악이었다.

제튼은 이 놀라운 소식을 듣자마자, 단번에 그 내용의 숨겨진 의미를 파악했다.

마왕의 등장!

그 정확한 시점도 대충 짐작이 갔다. 한 차례 대기가 크게 흔들리며 하늘의 어둠이 현실과 한층 더 가까워지던 무렵일 것이다.

"좀 더 시간이 있을 줄 알았건만."

아직 대륙은 뜻을 모으지 못한 상황이었다. 마왕군과 달리 대륙은 이제 겨우 준비를 갖춰가는 중이었다. 당연히 아쉬움이 남을 수밖에 없었다.

〈우리는 먼저 움직이겠네.〉

이면의 세상을 대표하는 에르낙에게서 지난밤 날아든 통신이었다.

과연, 영웅의 후손이라고 해야 할까?

상황이 발생한 와중에도 여전히 눈치를 보는 왕국들과 달리, 그들은 즉각 힘을 꺼내들며 북 대륙으로 향하고 있었다.

'어쩔 수 없나.'

미뤄두었던 선택지에 발을 들여야 할 모양이었다.

"후우…."

나직한 한숨과 함께 그의 머리가 검게 물들어갔다. 눈도 검은 빛을 머금었다.

대공 브라만!

다시금 잊고자 했던 모습으로 돌아간 것이다. 원치 않던 상황에 짜증이 확 치밀었다.

그리고 이날 밤,

각국의 정상들은 사신의 방문을 받아야만 했다.

마치 약속이나 한 듯, 대륙 모든 왕국들이 일제히 마족 토벌의 뜻을 밝혔다.

이들의 갑작스런 행보는 많은 부분에서 대륙을 깜짝 놀라게 만들었다. 그도 그럴게 바로 전날까지만 해도 그들은 마족이 아닌 몬스터들의 등장 정도로 정보를 수습하며, 대륙의 눈과 귀를 가리고 흐려왔던 까닭이었다.

물론, 사람들도 그 나름대로 짐작하는 바가 있었다고는 하나, 그래도 각국 정상이 이처럼 직접적인 선포를 하는 건, 그 말의 무게감이 달랐다.

당연하게도 비밀스레 이뤄지던 회담 역시 공식적인 만남으로 바뀌었고, 발 빠르게 성국에 연락을 취하고 성검과 성녀에게 만남을 요청하는 등, 성국과의 본격적인 연계를 구성하기 시작했다.

그렇게 일정한 체계가 갖춰지는데 걸린 시간은 놀랍도록 짧았으니, 겨우 일주일이라는 시간도 안 걸려 대륙 연합의 틀이 갖춰진 것이었다.

"큭큭큭큭…."

이 소식을 들은 천마는 뭐가 그리 즐거운 것인지, 연신 배꼽이 빠져라 웃어댔는데, 이는 이번 사태에 제튼의 개입이 있었음을 짐작한 까닭이었다.

"결국, 내 말대로 할 거면서, 쓸데없이 튕기기는. 큭큭큭!"

대충 어떤 만남이 이뤄졌을지도 충분히 예상되었다.

"먼저 사정없이 팼겠지."

묻지도 따지지도 않고 그냥 두들기는 것이다. 그러나 완전히 제압당할 정도가 아닌, 일말의 정신적 여유는 남겨놓은 채 때리다 잠시 쉴 틈을 준다.

"그러면 분명히 반발을 할 테고."

아마도 자신들의 지위와 권위 등을 이용해서 상대를 회유하거나 협박하려 들 터였다.

"이럴 때, 짜안! 하고 정체를 밝히는 거지."

제국전쟁의 영웅이라는 브라만 대공이 상대였다. 어찌 회유가 먹히고 협박이 통할까.

"그러면서 더 무섭게 더 달콤하게 속삭이면, 끝!"

특히, 왕이라 불리는 이들인 만큼 가진 게 많다보니 소중한 것 역시 많을 터였다. 이 모든 것들을 가지고 '협박'을 했을 것이다.

"회유는… 뭐, 이것도 대충 예상가는 게 있지."

그들에게 가장 달콤한 회유법은 간단했다.

브라만 대공!

그 자신을 걸고 하는 것이다.

"이번 일만 끝나면 다시는 세상에 나오지 않을 것이니 어쩌니 했겠지."

만약 그 조건이 통한다면, 협박 자체도 무효가 되는 일이기에, 충분히 들어 먹혔을 것이다.

당연하게도 의심 같은 건 없었다.

"의심? 해서 뭘 하겠어."

상대가 그 브라만 대공이었다. 믿는 것밖에 할 수 있는 것이 없으니, 믿고 또 믿으려 할 것이다.

어차피 회유가 안 통했더라도, 애초에 협박에서 하나같이 마음이 꺾였을 터였다. 회유는 그저 귀라도 즐거우라고 내세우는 서비스 같은 거나 다름없었다.

"큭큭큭!"

새삼 웃음이 터져 나왔다. 분명, 은퇴니 뭐니 거론을 했을 것이나, 애초에 은퇴 상태인 제튼이 아니던가.

"가만 생각해보면, 내가 참 잘 가르쳤단 말이지. 큭큭큭큭!"

"뭐가 그리 즐거운 거예요?"

연신 웃음을 터트리는 그에게 감미로운 음성이 하나 날아들었다. 고개를 돌려보니 최근 들어서 지겨울 정도로 붙어 지내는 로렌스가 다가오고 있었다.

"부탁했던 건?"

천마의 물음에 로렌스가 품 안에서 서류 한 장을 꺼내 건넸다. 이를 받아든 천마가 재차 웃음을 터트렸다.

"역시, 크큭…큭큭큭!"

서류에는 이번 왕국들의 갑작스런 합심에 대한 이유가 적혀 있었는데, 천마가 예상했던 그대로의 내용들로 가득했다.

"고생했어."

대륙 제일이라는 팔라얀 상단의 정보력이 아니었다면, 이처럼 단기간에 알아내기가 어려웠을 터였다.

때문에 이처럼 치하의 말을 건네는 것이었다. 이런 그의 반응에 로렌스의 눈에 불이 들어왔다.

그러며 살며시 혀끝으로 입술을 핥는 게 보였다. 그 의미를 읽은 천마가 빙긋 웃으며 서류를 비볐다. 한 줌 재가

133

되어 흩어지는 서류를 뒤로 한 채, 천마가 손짓했다.

"그렇지. 말 보다는 행동이지!"

로렌스가 훌쩍 몸을 던져왔고, 천마는 마치 깃털을 잡듯
가볍게 그녀를 안아들며 침대로 뛰어들었다.

치하의 '말' 보다는 치하의 '행동' 을 원하는 그녀에게
흔쾌히 행위로써 보여줄 생각이었다.

"흐흐흐! 기분도 좋으니, 보너스를 잔뜩 주마."

"꺄악!"

그들의 하루는 언제나 불같았다.

"끄으으으으…."

"꺼허어어억…."

곳곳에서 들려오는 비명소리가 귓전을 울리며 절로 가
슴을 흐뭇하게 만들었다.

이들을 보며 웃고 있노라니, 한 사내가 괴로움 가득한
음성으로 물어온다.

"크흐으윽… 에룬 단장… 왜?"

어째서 이런 행동을 하느냐는 사내의 물음에, 잠시 상대
의 정체를 떠올려봤다.

"세르만 마적단 부단장 올트. 그래. 이 몸의 직속 수하

였지. 큭!"

한 차례 고개를 끄덕인 에룬이 활짝 웃으며 말했다.

"다 너희들을 위한 거다. 그 지저분하고 추잡한 육신의 굴레를 벗어던지고, 더 나은 존재가 될 기회를 부여해주는 것이지."

"끄으… 읍… 그게… 무슨?"

"큭! 이해하려 할 필요는 없다. 애초에 지금의 너희는 이해할 수도 없는 것이니까. 그냥, 받아들여라. 그리고 종의 한계를 넘어서라."

거기까지가 올트가 버틸 수 있는 한계였던 듯, 다시금 괴로운 비명성과 함께 바닥을 뒹굴며 눈을 까뒤집는 게 보였다.

"큭!"

그 모습을 흥미롭다는 듯 지켜보던 에룬이 뒤편을 향해 물었다.

"이 모든 걸 기록했겠지?"

그러자 허공중에 뿌연 안개가 일렁이는가 싶더니, 이내 에룬의 등 뒤로 로브인이 한명 모습을 드러냈다.

에룬을 버서커로써 재탄생시킨 바로 그 로브인이었다.

"킥킥킥킥! 완벽히 기록을 마쳤습니다. 그나저나 아주 재미있군요. 설마하니 '사이펀' 님 외에도 이처럼 훌륭한 '재료'들이 넘쳐날 줄은 몰랐습니다."

사이펀은 에룬이 버서커로써 깨어난 뒤, 스스로에게 새로이 부여한 이름이었다. 그 피의 본질에는 다른 이름이 자리하고 있었으나, 이미 타락의 날에 버린 이름이기에 잊었고 버린 터라, 새롭게 지은 것이다.

애초에 고대의 존재와 지금의 존재가 완전히 같다 하기도 어려운 탓에, 새 시작의 증거로써 사용한 것이기도 했다.

"저희 일족도 저렇게 해서 태어난 것이겠지요? 킥킥킥! 사람이되 사람이 아니었다니. 킥킥킥킥!"

본디 사이펀의 뿌리는 천계의 존재였다. 하지만 그는 타락한 존재로써, 인간들과 사랑을 나누어 그 후손을 남길 애정은 없었다.

때문에 그저 '피'만 부여한 채, 반쪽짜리 후예를 남긴 것이고, 그것이 바로 로브인과 그들 일족이었다.

"너희는 선택받은 존재다."

"킥히힉! 그래서 죄다 미친 겁니까?"

"원래 세상은 미친 거다. 크흐흐흐…."

둘은 꼭 닮은 웃음을 터트리며 한참을 더 그렇게 마적단의 변화를 지켜보았다.

"저들 중 몇이나 성공하는 겁니까?"

로브인의 물음에 사이펀이 마적단을 바라보며 어깨를 으쓱였다.

"운이 좋으면 절반, 아니면 거기서 다시 절반, 보통은 여기서 한 번 더 절반쯤 성공하겠지."

그나마도 에룬이 익힌 연공법의 개량형을 익히고, 그에게 단련되었기에 이 정도의 성공률을 보이는 것이었다.

"키힉. 힉! 극악하군요."

로브인은 새삼 자신들의 선조가 인간에게 애정과 자비가 없음을 깨달았다. 재미있는 건 이 모든 게 그저 흥미로울 뿐, 불쾌하다거나 하질 않는다는 점이었다.

애초에 이들에게도 사이펀과 같은 고대 타락한 존재의 피가 흐르고 있지 않던가. 특히, 그 중에서도 로브인은 일족 중에서도 가장 깊은 곳까지 광기에 발을 들였던 사내였다.

어찌 보면 당연하다 할 수 있는 상황이었고 수순이었다.

"저들이 깨어나면 분노하지 않겠습니까?"

로브인은 자연히 떠오르는 의문을 내비쳤고, 사이펀은 여전한 웃음으로 대답했다.

"그것도 제정신일 때나 가능한 이야기지. 큭큭큭큭!"

"킥! 키히히힉!"

하늘 가득 선명한 어둠의 흔적이 흩뿌려지던 어느 날, 초원의 무법자이며 또한 지배자라고 불리던 이들은 소리 없이 그 흔적을 감췄다.

대륙이 합심의 뜻을 밝히던 무렵이기도 했다.

제압이나 굴복이라 여겨서는 안 된다. 그 때문에 구타가 이어지는 와중에도 그 정신이 꺾이지 않도록 조절을 했다.

거래라고 여겨야 하기에, 구타에 이은 협박으로 먼저 분위기를 조성하고 회유로써 환기를 시켰다.

꺾이지 않은 정신이 그들로 하여금 굴복이 아닌 거래라는 기억을 새겨줄 것이다.

비록 그것이 진실이 아니더라도 그들의 기억은 이 거짓을 선택하게 될 터였다. 이유는 간단했다.

그들이 '왕'이기 때문이다.

굴복은 그들의 선택지가 아니었다.

때문에 거래로써 저들에게 '선택권'을 준 것이다. 이는 차후에 있을 저들의 복수심을 줄이기 위한 방편이기도 했다. 물론, 이것만으로는 부족할 수 그 힘을 일부 보여주었다.

그들을 호위하던 기사단을 소리 없이 잠재워 머리로써 느끼게 한 것. 거기에 더해 직접적인 폭력을 행사해 피부로써 깨닫게 한 점까지.

인정하기 싫겠으나, 그들의 심연에는 짙은 두려움이 쌓였을 것이다.

때문에 '거짓'된 기억과 거래를 더욱 강하게 가슴에 새기고 더더욱 중요하게 여기게 될 터였다.

어찌 보면 주먹구구식 해결책이라 하겠으나, 작게나마 대륙의 상황은 일단락 시켰다고 볼 수 있었다.

"하나 해결하면 또 하나인가. 끄응…."

그렇게 외부적인 문제를 처리하고 나자, 새로운 문젯거리가 찾아왔으니, 이번에는 내부의 문제였다.

"언니~! 저 왔어요."

쾌활한 목소리와 함께 그의 집으로 다가오는 여인이 있었으니, 그 이름도 유명한 검작공 되시겠다.

'끄응….'

어찌 알았는지 황제의 이야기를 전해들은 오르카는 그날부터 시간이 날 때마다 이곳 아루낙 마을로 찾아왔고, 마치 절친한 친구라도 되는 양, 셀린과 매 주말을 함께 보내기 시작했다.

그나마 황제 아미르와 다른 점이 있다면, 오르카의 경우에는 이전에도 틈틈이 찾아와 셀린과 친분관계를 다져놓고 있었다는 점이었다.

특히, 로렌스와 달리 시작부터 제튼이 목적이라는 걸 내비친 게 아닌 까닭에, 셀린과의 관계도 제법 돈독하다 할수 있었다.

이야기를 전부 들은 이제는 오르카의 진실한 정체나 목적 등을 알고 있었으나, 그래도 이전에 쌓아놓았던 관계 덕분에 여전히 친분을 유지하고 있었다.

"이번에 남작령에 서커스단이 왔다고 하던데, 같이 구경 안 가실래요?"

오르카의 쾌활한 음성이 들려왔다. 그 안에 담긴 진심 역시도 느껴졌다. 제튼이라는 목적을 제외하더라도, 오르카는 셀린 개인에게도 많은 애정을 느끼고 있었다.

어쩌면 이러한 마음 때문에 그녀들의 관계가 아직 이어지고 있는 것일지도 몰랐다.

"서커스? 이 시기에?"

당연스레 이어지는 셀린의 물음에 오르카가 고개를 끄덕이며 대답했다.

"이 시기니까 그런 유희거리가 더욱 필요한 거죠."

혼란스런 시국인 만큼, 더더욱 분위기 전환이 필요했고, 그 대상으로는 서커스만한 게 없었다.

아마도 대륙 각지에서 바삐 이 같은 작업을 하고 있을 터였다.

"가실거죠?"

애교가 철철 넘치는 얼굴로 바싹 붙으며 초롱초롱한 눈망울을 만들어내며 묻는다.

'우웩!'

제튼에게는 낯선 모습이었으나, 셀린은 여러 차례 봐 온 얼굴이기에 웃음을 그리는 게 보였다. 그리고 끄덕이는 고갯짓에 오르카가 환호하며 그녀를 끌고 나갔다.

물론, 옷을 갈아입어야 한다느니 어쩌니 하는 소란으로 잠시 지체된 건 당연한 수순이었다.

❖

셀린과 오르카는 여인들만의 우정을 나눈다며 제튼을 떼어낸 뒤, 서커스를 본다는 이유로 마을을 벗어났으나, 정작 그녀들이 향한 곳은 행사준비로 한창인 스테일 남작 령이 아니었다.

그곳을 넘어 저 멀리 아루낙 마을에서 한참이나 벗어난 지역까지 이동하고도 더 신형을 날린 뒤에야 내려섰다.

주변을 돌아보니 황량한 벌판만이 가득했는데, 곳곳에 남아있는 전투의 흔적들로 인해, 더욱 을씨년스러운 분위 기를 자아내는 기괴한 장소였다.

"오늘도 잘 부탁할게."

착지 후, 잠시 숨을 돌리는가 싶던 셀린이 그 말과 함께 먼저 신형을 날렸다.

이에 익숙한 듯, 오르카가 그녀의 돌진을 받아들이고, 뒤이어 맹렬한 전투가 이어지기 시작했다.

셀린이 내비치는 손짓 발짓 몸짓 그 어느 하나 가벼운 것들이 없었으나, 오르카는 너무도 태연히 이 모든 걸 막 고 흘려 넘기며 받아내고 있었다.

'대단해!'

오로지 수비 일변도로 대응하는 오르카의 눈에 작은 감탄의 빛이 떠올랐다.

황제에게 아루낙 마을에서 일어났던 일을 들었다. 당연하게도 오르카 역시 아루낙으로 향하게 만드는 사건이었다.

그리고 전보다 더욱 열성적으로 셀린과의 관계를 다졌다. 이제는 볼 수 없는 친언니를 떠올리게 하는 셀린이기에, 더욱 그녀에게 인정을 받아야만 한다는 생각이 강했고, 그 때문에 셀린과의 관계를 허투루 생각하지 않는 것이다.

이전에는 평균적으로 한 달에 한 번 정도 마을을 방문했다면, 이제는 시간이 날 때마다 틈틈이 찾기로 했다.

그리고 이런 그녀의 잦은 방문에, 셀린이 의외의 제안을 해 왔다.

〈대련을 해 줄 수 있을까?〉

실로 뜬금없는 내용이었다. 하지만 그녀가 제튼으로 인해 적잖은 맘고생을 한다는 걸 알기에, 고개를 끄덕이며 제안을 받아들였다.

분명, 제튼에게 배우는 것이 많겠으나, 그가 배려하는 부분이 있을 거라 여기는 탓에, 또 다른 실력자에게도 가르침을 받고자 한 것이다.

그 이후부터는 이렇게 먼 장소에, 별도로 공터를 찾아낸 뒤 주말마다 대련을 해 오고 있었다. 혹여 제튼의 감각에 걸리는 걸 염려한 조치였다.

그리고 이렇게 대련이 이어질 때면, 오르카는 매번 셀린의 발전 속도에 놀라야만 했다.

한 주, 한 주, 매주 마다 새로운 모습을 보여주는데 어찌 놀라지 않을 수가 있겠는가.

셀린의 경지가 이제 낮다면 또 모르겠으나, 그녀는 제튼의 지도아래 빠르게 성장을 해 온 터라, 이미 급속성장의 시기는 지난 것과 다를 게 없었다.

대련을 시작하던 당시만 해도, 익스퍼트 끝자락에 닿은 그녀였다. 하지만 지금은 어떠한가.

마스터!

무려, 별의 영역에 닿아있는 것이다.

'이건 뭐, 콩나물 키우는 것도 아니고.'

그야말로 경악할만한 성장 속도라 할 수 있었다.

제튼이 10년여에 달하는 오랜 시간에 걸쳐, 그녀의 내부를 다져오면서 이미 마스터의 '힘'을 지니고 있기는 했다. 하지만 실질적진 깨달음을 얻어 별의 '영역'에 올라선 건 아니었다.

지닌바 힘을 따라잡기 위한 공부는 최근에서야 시작했다고 볼 수 있는 것이다.

'절대, 단기간에 이룩할 수 있는 경지가 아닌데…'

헌데도 그녀는 하루가 다르게 성장했고, 결국에는 초인이라고 불리는 경지에 다다랐다.

'뭐… 아직은 미묘하게 균형이 덜 잡힌 것 같기는 하지만.'

과하다 못해 넘칠 정도의 힘 덕분에, 당당히 별의 영역에 두 발을 딛고 설 수 있었다.

분명, 오르카와의 대련이 촉매제가 되기는 했을 터이나, 실질적으로 제튼의 가르침이 주효했다고 여겨졌다.

이 부분에서 또 한 번 놀라게 되었는데, 과거 제튼이 마졸들을 가르치던 것과 전혀 다름을 느낀 까닭이었다.

'삿됨이 없다… 라고 해야 하나?'

마졸들, 특히 그 중에서도 용병왕의 성장은 가까이에서 지켜봤었고, 그 성장에서 적잖게 부정한 기운을 읽어낼 수 있었다.

하지만 셀린에게서는 결코 그와 같은 기색이 느껴지지 않았다. 오히려 마치 저 성직자들의 성스럽고 거룩하며 고결한 성력의 기운마저 느껴질 정도였다.

'누가 보면 성녀 엄마라고 해도 믿겠네.'

생각하고 보니 우스웠다. 실제로 성녀가 그녀의 딸이 아니던가. 친 모녀관계는 아닐지언정, 메리는 그녀의 사랑을 받고 자란 아이가 아니던가.

새삼 깨닫고 보니, 이들 반트가의 가족관계가 범상치 않았다.

게다가 황제와 황자까지!

'이런 특별한 가족이라면….'

검작공 정도 한명 더 끼어도 이상할 게 없을 터였다.

'흠흠!'

상념에 너무 빠져있었던지, 위력적이 공격들이 그녀를 위협하며 다가왔다.

파파파팡!

순간, 방어 일변도이던 그녀의 손이 매섭게 전방을 두드리며 공세를 취했고, 셀린이 욱신거리는 손목을 부여잡은 채 물러나는 게 보였다.

그리고 이때부터는 오르카의 일방적인 공세가 시작되었다. 앞서의 반대 역할을 자처하듯, 이번에는 셀린이 방어 일변도로 수비적인 자세를 취해갔다.

공격 그리고 방어가 나뉜 대련, 그리고 둘 모두가 혼합된 정식 대련까지.

그녀들이 지금까지 해 온 대련 방식이었다. 그리고 대련이 끝나면 공방 중에 부족했던 부분을 지적 및 조언하며 마무리를 하는 것이다.

이날 역시도 여느 때와 다를 것 없는 수순으로 대련의 끝을 맺었고, 그 즈음에는 더 이상 서있기가 불편한 듯, 셀린은 누워서 모든 조언과 지적을 받아들이고 있었다.

145

그렇게 가만히 누워 경청하던 셀린이 제법 기력이 난 모양인지, 슬쩍 허리를 일으켜 앉더니 오르카를 향해 물어왔다.

"또 다시 전쟁이 일어나겠지?"

비록 직접 참여를 한 것은 아니라고는 하나, 셀린 역시도 제국 전쟁을 거친 시대였다. 특히, 그녀의 본국인 칼레이드 왕국이 일으켰던 전쟁인 만큼, 피부로 느껴지던 감각은 더없이 위태로웠던 걸 기억하고 있었다.

"암흑시대라면… 그이도 결국 참전하겠지?"

연달아 이어지는 질문에 오르카의 말문이 턱 하니 막혔다. 저 같은 질문이 언젠가는 나올 거라 여겼었으나, 지금 이 순간 생각지도 못한 타이밍에 너무도 뜬금없이 튀어나와 잠시 할 말을 잃은 것이다.

하지만 이내 정신을 차리고 호흡을 고른 뒤, 차분히 그녀의 질문에 답을 내어줬다.

"아마도… 아니, 분명히 참전할 거라고 생각해. 아이들이 있으니까."

메리와 케빈을 말하는 것이었다. 셀린이 고개를 끄덕였다. 그녀 역시도 아이들 때문에 이처럼 몸을 단련하기 시작한 것이 아니던가.

"하지만 전면에는 나서지 않을 거야."

그렇기에 더욱 위험할 수 있다는 말은 굳이 삼켰다. 하지만 셀린은 남편이 지닌 위치를 알기에, 전쟁에서 그의 역할이 결코 가볍지 않을 것이라는 걸 짐작하고 있었다.

특히, 천마와도 연루된 전쟁인 만큼, 제튼은 가장 크고 무거운 짐을 들게 될 거라 여겼다.

고개를 끄덕이던 셀린 조심스레 물었다.

"나는 어떨 것 같아?"

명확치 않은 질문에 오르카가 의문을 표했다. 이에 한 차례 마른침을 삼키던 셀린이 좀 더 자세한 내용을 내비쳤다.

"만약, 내가 전쟁에 참여한다면… 도움이 될까?"

그 순간 오르카의 표정이 굳어졌다. 이 역시 어느 정도는 짐작하고 있던 질문이었다. 그도 그렇게 너무도 치열하게 대련에 임하고 수련을 하며 성장을 해 왔기 때문이었다.

그녀 역시도 지키기 위해 움직이고자 하는 것을 절절히 깨달을 수 있는 나날들이었다.

무어라 답해야 할까? 많은 생각들이 오갔다. 하지만 내심 그녀가 정해놓은 답은 하나였다.

짧지 않은 침묵의 끝에서 오르카의 입이 열렸다.

"…언니의 실력이면, 분명 많은 도움이 될 거야."

어찌 보면 긍정적인 대답이었다. 하지만 그 목적지가 '전쟁'이기에 둘 모두 밝은 표정을 내비치지 않았다.

오르카는 여기서 이야기를 끝낼 생각이 없었기에, 이 분위기가 차라리 마음에 들었다.

"하지만, 나는 언니가 전쟁에 참여하지 않았으면 좋겠어."

그녀가 생각해왔던 답을 꺼내 보였다. 남은 건 정당한 설득의 시간이었다.

"확실히 언니의 실력은 도움이 될 거야."

별의 영역에 이른 전력이었다. 결코 부족함이 없었다.

"하지만 아직 실전을 겪어보질 않아서, 많이 힘들 거야. 게다가 언니가 전쟁에 참여하는 순간, 제튼이 이번 전쟁을 위해 구상했던 계획이 어그러질 거라고 생각해. 시선이 분산 될 테니까. 아이들도 언니 소식을 들으면 집중력이 흔들릴 게 분명해."

그도 그렇게 지금까지 셀린의 이미지는 가정에 충실한 엄마였지, 전장에 선 여기사가 아니었다. 그 실력을 전해 듣더라도 걱정되는 마음을 감추기 어려울 터였다.

"게다가 언니가 능력을 보인다면, 대륙의 많은 이들이 반트가에 시선을 모으게 될 거야."

이미 성녀와 성검의 출현으로 인해, 그들 가족은 상당부분 불편한 시선에 노출된 상황이었다.

팔라얀 상단과 성국, 그리고 제국 측에서 자체적으로 정보교란을 하고 있다고는 하나, 각국의 정점들은 이미 진실을 알고 있는 상황이었다.

아직까지 제튼은 제법 실력이 있는 기사 정도였고, 덕분에 메리와 케빈만이 관심의 대상일 뿐이었다.

그렇지만 여기서 셀린까지 실력을 내비친다?

"나는 언니의 참여는 별로 추천하고 싶지 않아."

애초에 셀린에게 전쟁을 맡긴다는 생각 자체를 하기가 싫었다. 고된 어린 시절 중에서, 유일하게 따스한 기억이라 할 수 있는 친언니를 떠올리게 만드는 존재가 아니던가.

때문에 이런 저런 이유들을 다 더해가며 설득에 설득을 하는 것이었다.

"한 사내의, 전사의 부인으로써, 또 아이들의 엄마로써, 그렇게 돌아올 곳을 지켜주는 게… 언니가 해 줬으면 하는 역할이야."

이에 가만히 듣고만 셀린이 차분한 음성으로 말문을 열었다.

"넌… 참전하겠지?"

굳이 답하지 않았다. 말하지 않아도 답은 뻔했기 때문이었다.

검작공!

대공 브라만이 없는 지금, 무력을 대표하는 또 다른 이름이 바로 그녀였다. 이제는 황제가 대공의 자리를 대신한다고는 하나, 그래도 최초의 여성 마스터이자 제국의 검작공이라는 위치는 특별할 수밖에 없었다.

"…그이를 부탁할게."

왠지 먹먹한 그녀의 음성에 오르카가 쓰게 웃었다.

"누가 그 녀석을 위험하게 하겠어. 걱정하지 마."

그녀의 답에 셀린의 안색이 한층 어두워졌다. 오르카가
천마의 진실 된 정체를 모른다는 걸 새삼 깨달은 까닭이었
다.

이번 전쟁이 천마와도 엮여있기에 제튼은 더더욱 발을
뺄 수 없을 것이고, 그렇기에 큰 위험을 맞이할 거란 걱정
이 컸다.

"그이를 부탁해!"

재차 이어진 그녀의 한 마디에 고개를 절레절레 흔들려
던 오르카는 문득 느껴지는 바가 있었던지, 행동을 멈춘
채 셀린을 바라봤다.

이내 멍청하니 시선을 던져오기만 하는데, 이 모습을 잠
시 마주하던 셀린이 쓰게 웃으며 물어왔다.

"설마… 너도 언니 소리가 듣고 싶은 건 아니지?"

그제야 뒤늦게 찾아오는 깨달음.

오르카가 짤막한 탄성과 함께 고개를 힘차게 젓는 게 보
였다.

황제 역시도 이와 같은 흐름을 거쳤다는 걸 상기해낸 것
이다. 그것이 말해주는 건 하나였다.

"…고마워요. 언니!"

몸을 던진 오르카가 그대로 훌쩍 셀린을 끌어안았다. 이에 처음은 쓰게 하지만 넉넉히 그리고 부드럽게 미소를 변화시킨 셀린이, 차분히 오르카의 등을 쓸어내며 고개를 끄덕였다.

"그이를 잘 부탁할게!"

다른 누구도 아닌 검작공 오르카만이 할 수 있는 역할이기에, 그녀에게 한껏 그 마음을 떠넘길 수밖에 없었다.

"걱정 마!"

오르카 역시 이런 그녀의 마음을 읽었기에, 열심히 고개를 끄덕이며 힘차게 대답했다.

하지만 은연중에 드는 불안감 하나.

'그럼… 내가 그년한테 언니라고 해야 하는 거야?'

왠지 황제의 차가운 미소가 머릿속을 떠오르는 순간이었다.

◆

어느새 차가운 공기가 슬금슬금 어깻죽지를 타고 오르려는 시도를 하며, 또 한 번 계절이 옷걸이를 바꾸려는 시기가 왔다.

"벌써, 회복한 건가."

비릿한 웃음과 함께 천마가 잠자리에서 일어났다. 창밖을 바라보니 아직 깊은 밤이었다.

"새벽부터 움직이기는 귀찮은데."

하지만 가만히 있기도 어려웠다. 저 멀리서부터 날아드는 끌림을 거부하기가 쉽질 않을 까닭이었다.

우마왕!

그와 연결된 종속의 관계가 연신 끌어당기고 있었다. 그간 잠잠하던 것이 이제야 발동을 한 이유는 간단했다. 우마왕이 드디어 모든 힘을 되찾았다는 의미였다.

"우웃~차!"

진하게 기지개를 한 번 피며 자리에서 일어난 뒤 차분히 옷을 걸치는데, 문득 들려오는 뒤척임에 시선이 뒤로 돌아갔다.

"깼어?"

로렌스가 침대에서 몸을 일으키고 있었다. 갑작스런 옆자리의 공백에 허전함을 느끼고는 잠에서 깬 듯 보였다.

잠시 천마의 모습을 바라보고만 있던 로렌스가 조심스런 음성으로 물었다.

"이제… 가시는 건가요?"

과연, 팔라얀 상단의 주인다운 눈치라고 해야 할까? 단번에 상황변화를 읽어내는 그녀의 감각에, 천마의 입 꼬리가 슬쩍 올라갔다. 굳이 대답은 하지 않았다.

그 모습을 또 다시 바라만 보던 로렌스가 침대에서 벗어나 옷을 입기 시작했다.

이에 천마가 뭔가 싶어서 바라보는 사이, 어느새 복장을 갖춰 입은 로렌스가 활짝 웃으며 팔짱을 껴왔다.

"같이 가요."

너무도 뜬금없는 그녀의 한마디에 천마도 잠시간 넋을 놓아야만 했다. 하지만 이내 정신을 차린 듯, 시원한 웃음을 터트리며 물었다.

"후회하지 않겠느냐?"

이에 로렌스가 웃으며 답했다.

"당연하죠!"

그곳이 설령 지옥이라 할지라도, 결코 이 팔을 놓을 생각은 없었다.

계절은 어느새 또 한 번 변화를 거쳐 겨울이 왔다.

그리고,

카마카탄 왕국이 멸망했다.

북 대륙의 심장부라 할 수 있는 국가였다.

천마!

그곳을 홀로 평정한 존재의 이름이었다.

이 즈음,

더 이상 세상을 밝지만은 않았다.

어느새 하늘은 잿빛으로 물들어 있었다.

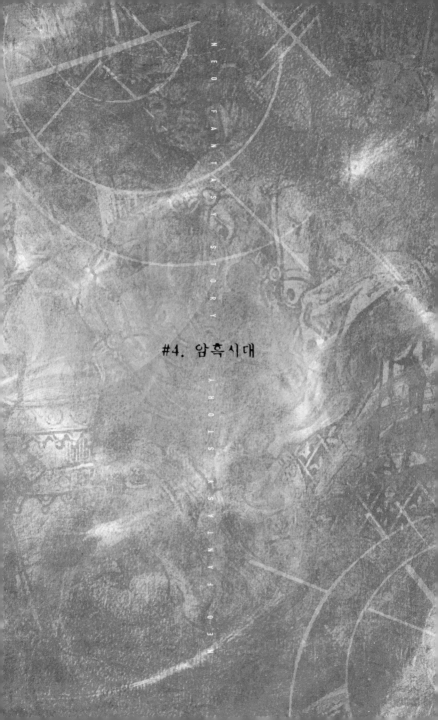

#4. 암흑시대

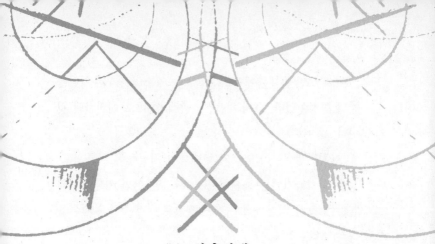

#4. 암흑시대

벌써 두 개의 왕국이 그 명운을 달리했다. 하지만 이번 카마카산의 사건은 앞서 에칠란 왕국의 멸망과는 그 무게감이 달랐다.

그도 그렇게 카마카산은 북 대륙의 정점이라고 불리는 국가이기 때문이었다.

앞서 에칠란 왕국이 비록 하나의 국가로써 인정받고 있다고는 하나, 그들의 국력은 그리 대단치 않았다.

듣기 좋게 '겨울나라' 라고 불렀으나, 실질적으로는 그들의 힘이 부족하여 밀리고 밀리다, 결국 가장 시리고 매서운 바람이 부는 혹한의 대지에 터전을 잡았기에, 그와 같은 이름으로 불리게 된 것이기도 했다.

어찌 보면 북대륙에서도 손꼽히는 약소국이라는 의미를 지닌 명칭이었다. 그저 허울뿐인 왕국이 바로 에칠란인 것이다.

그래도 왕국이라 불리기에 대륙의 정상들이 나름 심각성을 인식하기에는 충분했었다. 하지만 이번 카마카산의 멸망은 그저 심각하게 여기는 것으로는 부족하단 결론을 즉각 내려주었다.

브라만 대공의 등장과 비밀 면담으로 인해, 이미 병력은 모여지고 있는 상황이었으나, 자의적인 느낌이 부족했기에 다급하단 느낌은 없었다.

하지만 이제는 급박하게 병력을 모으고 일을 추진하기 시작했다.

"이제야 발등에 불이 떨어진 걸 알다니. 쯧!"

대륙 전반에 걸친 소식을 접한 제튼이 짧게 혀를 차며 고개를 흔들었다.

게다가 저들의 행동에 결코 순수한 의도만 존재하는 게 아님을 알기에, 더더욱 그의 표정은 좋지 못했다.

"카마카산이 무너졌다… 이건가."

북 대륙의 중심이 사라졌다. 새로운 중심이 필요한 것이다.

"그 자리에 자신들이 발을 들이밀겠다는 거겠지."

당장 눈앞의 마족이 아닌, 저 먼 미래의 영토를 떠올리는 저들의 행태에 헛웃음만 나올 뿐이었다.

고개를 절레절레 흔들던 그가 이번 소식의 핵심 인물을
입에 담았다.

"천마…."

드디어 그가 움직였다.

"…시작하는 거냐."

특히, 그의 이름 뒤에 따라오는 명칭이 너무도 낯설었
다.

"마왕군 제 1 돌격대장!"

그와 더불어 조금은 익숙한 단어도 따랐다.

마계대공 천마!

이리도 대놓고 자신들을 알려왔다. 그들 스스로 정체를
밝힌 것이다. 앞서 대륙이 추측으로 내어놓던 것과는 그
무게감이 달랐다.

하지만 대륙 정상들이 보여주는 행동들은 여전히 한심
스러울 따름이었다.

"매가 부족했나. 쯧!"

확실히 차후의 상황을 고려하여 손속에 사정을 두긴 했
었다. 다시 방문하고 싶은 생각이 굴뚝같았으나, 꾸욱 눌
러 삼켜야만 했다.

그나마 다행이라면, 에르낙을 비롯한 이면의 실력자들
이 북대륙에서 활동을 시작했다는 부분이었다

에칠란 왕국을 비롯하여 카마카산 왕국의 생존자들을 규합하고자, 바쁘게 움직이는 중이었는데, 그들이 내세운 이면의 기치를 지키고자 전면에 나서지는 않고 있었다.

물론, 아무리 망국의 생존자들이라고는 하나, 그들 중에서도 전사라 불리는 이들이 있고 무리의 지도자라 할 만한 이도 있을 터였다.

이런 이들이 뜬금없이 등장한 인물들의 뜻을 따를 리는 없었다.

"에르낙 어르신의 고생이 많겠네."

그 때문에 절대적인 실력자가 필요했다. 별의 영역마저 넘어선 강자가 그들을 돕는다고 나서는데, 어찌 그 손을 마다하겠는가.

하지만 그럼에도 불구하고 갑작스런 강자의 출현에, 일말의 불안감이나 의심 역시도 존재할 터였다.

이 부분을 해결해 준 것이 바로 그레일이었다.

서리왕!

카마카산이 북 대륙을 대표하는 국가라면, 그레일은 북 대륙을 대표하는 강자였다.

이 같은 절대자의 가문이 그레일의 지시 아래, 직접 전면에 나서서 에르낙과 그들 이면의 존재를 받아들인 것이다.

게다가 그레일 역시도 가문으로 복귀하는 중이기도 했다. 어찌 보면 당연한 수순이었다. 그의 터전이라 할 수 있는 북 대륙이 짓밟히고 있는 상황이 아니던가.

어마치 새로운 벽을 만난 황자에게는 더 가르칠 것도 없었다. 애초에 천마의 등장 이후로 그의 역할 자체가 사라진 것이나 다름없었다.

오히려 한 수 배우는 기분이 강할 정도였고, 이런 심정 때문에 할 일도 없건만 굳이 엉덩이를 비비고 있던 것이기도 했다.

이런 그레일의 복귀를 본 팩터 역시도 자신의 본거지인 바다로 돌아가고 있는 중이었다.

물론, 그냥 돌아가지는 않았다. 그간 적잖게 우정을 쌓았던지, 바다의 병력을 모아 북해로 치고 들어간다는 약조를 나눈 뒤였다.

학살자!

저 바다의 지배자가 지닌 이름값은 결코 가볍지 않았다. 그가 모아온다는 병력이라면, 충분히 그레일의 가문 못지않은 세력일 게 분명했다.

이 모든 내용들은 그들이 직접 오르카를 통해 전달한 것으로써, 혹여나 있을 일말의 도움을 원한다는 의미를 내포하고 있다는 걸 단번에 알아챌 수 있었다.

"도움이라…."

그레일과 팩터 덕분일까? 작게나마 그가 움직일 수 있는 세력이 좀 더 존재한다는 걸 깨달을 수 있었다.

산왕 팔룬!

암살왕 딜릭!

용병왕 크라이온!

당장 가까이에 있는 마졸들의 세력이 떠올랐다. 하지만
선뜻 입에 담기가 어려웠다. 마졸들에게 희생을 강요해야
하는 까닭이었다. 이미 제국 전쟁이 끝나며 그들은 제 역
할을 다한 것이나 다름없기 때문이었다.

게다가 크라이온의 경우에는 이제 겨우 그 몸에서 독기
가 빠져나가며, 뒤늦게 평범한 삶을 누리기 시작한 상태가
아니던가.

오랜 시간 이웃으로써 부대끼며 살아온 까닭인지, 더더
욱 마음이 쓰였다.

"후우…."

많은 고민들의 시간이 이어졌다.

"언질… 정도는 괜찮겠지?"

씁쓸한 중얼거림과 함께 그들을 향한 단문의 서신이 출
발했다.

◆

〈구경만 할 거냐?〉

짧은 내용의 서신이었다. 하지만 그 의미를 파악하기에

는 충분했다.

고민하고 있을 즈음, 오르카에게 새로운 이야기를 들었다.

'형님들이 돌아갔다고?'

그레일과 팩터.

각기, 서리왕과 학살자라 불리는 무시무시한 이들이었으나, 그에게는 왠지 친근하게 와 닿는 이들이었다.

마졸!

그들이 각기 다섯 번째와 여섯 번째라는 이야기를 들었고, 자신이 아홉 번째라는 걸 밝히면서, 순식간에 친분을 쌓게 되었다.

순식간에 형 동생하게 된 것이다.

이 모든 건, 브라만 대공이라는 공통의 적이 존재하기에 가능했던 일이기도 했다.

'확실히… 북 대륙은 그레일 형님의 터전이니까.'

카마카산 왕국까지 멸망한 만큼, 바삐 돌아갈 수밖에 없었을 것이다.

"그 녀석들은 나름대로 세력이 있으니까."

그래서 더욱 바삐 움직인거라는 오르카의 이야기에, 세바르는 잠시 생각에 잠겨야만 했다.

"세력이라…."

무기력자라고 불릴 정도로 나태하며, 그런 만큼 귀찮은

걸 싫어하는 까닭에, 그에게는 세력이라 불릴 만한 것들이 없었다.

하지만,

"되려나?"

그의 부름에 응해줄 이들이라면 몇 알고 있었다.

"그 아저씨들하고 엮이면 귀찮은데…."

마졸이라는 공통점 때문일까? 제법 마음이 맞았던 이들이었다. 또한 '막내'라고 부르며 그의 나이에 맞지 않는 귀여움도 받았다.

"구경만 하기는 그렇지. 쯧!"

입술을 비죽 내민 그가 무거운 엉덩이를 뗐다.

◈

예상은 하고 있었으나, 막상 마주하니 그 대단함을 절절히 깨닫는다고 해야 할까?

비혜름은 실로 오랜만에 등골이 오싹해지는 감각을 맛볼 수 있었다.

'천마!'

새로운 왕이 탄생할 거라며, 한참 마계를 떠들썩하게 만들던 존재였다.

하지만 '대공'이라는 웃기지도 않는 명예직을 끝으로

더 이상의 전진을 멈춘 기이한 사내였다. 그 때문에 또 한 차례 이야깃거리가 되었던 존재이기도 했다.

이젠 우마왕과 손을 잡으며 그 실상을 파악하게 되었으나, 그렇기에 더더욱 상대의 대단함에 몸서리를 쳐야만 했다.

'상위 마왕!'

어쩌면 그 이상의 존재가 될지도 모르는 존재라는 생각을 가지게 되었다.

그도 그렇게 종속의 관계에 있으면서도, 주인을 집어삼키려드는 그 기세는 감히 왕이라 해도 경시할 수 없는 것이었다.

그 스스로가 사령술사라 불리며 죽음의 왕으로 군림하기에 더욱 절실히 느끼는 부분이었다.

'과연…'

감탄이 절로 나온다고 해야 할까?

하지만 그렇기 때문에 그를 경계하기로 했다.

그는 왕이었다!

자신보다 높은 존재를 인정하지 않는 자였다. 우마왕 역시도 잠시 손을 잡는 것으로써, 언젠가는 그 이용가치가 다 떨어지면 반드시 내칠 계획이었다.

그 전에 내칠 존재로써 천마라는 존재를 최우선 순위로 두기로 했다.

복수의 대상으로 지목하고 있던 대성마저도 뒤로 미룰 만큼, 천마의 강함은 압도적이며 또 인상적이었다.

'하지만….'

만약, 이런 모든 위협들 속에서도 살아남는다면?

'어쩌면, 그때는 인정해 버릴지도….'

고개를 절레절레 저으며 차분히 다음 계획들을 준비하기 시작했다.

두 왕국의 멸망으로 죽음의 기운은 충분히 보였다. 이젠 그의 충실한 종복들을 불러들일 시간이었다.

⬥

카마카산 왕국의 멸망.

천마 개인이 해낸 업적에 우마왕을 따라 중간계로 넘어온 상위의 마족들은 새삼 그가 특별하다는 걸 절감했다.

이는 왕이라 하여도 쉬이 이루지 못할 업적으로써, 저들 인간 개개인이 아무리 약하다 할지라도, 그들이 뭉쳤을 때 내비치는 힘은 결코 얕볼 수 없는 것이었다.

하지만 천마는 이를 홀로 처리해 버렸다. 그것도 우마왕의 명령이 떨어지고, 겨우 일주일이라는 시간 만에 이뤄낸 성과였다.

이러니 어찌 그를 두려워하지 않겠는가.

특히, 그가 저들을 처리하는 방식이 놀라웠다. 너무도 마족다운 수법이었던 까닭이었다.

먼저, 내분을 일으킨다.

에칠란 왕국의 멸망 소식으로 인해, 이미 카마카산은 비상이 걸린 상태였다. 하지만 그 와중에도 제 실속을 챙기려는 이들은 존재했고, 천마는 정확히 그들을 집중적으로 파고들며 내분을 조장하고 내부에 불심을 심어놓았다.

이후, 주변 왕국들과 연락을 취하게 만들어 그들에게 '배신'이라는 단어를 더욱 깊숙이 각인시켰다.

실제로 연락을 취하지 않았다고 해도, 그리 믿게 만들기만 하면 충분했다. 이미 커질 대로 커져버린 의심의 싹은, 그것만으로도 꽃을 피우기에 충분했다.

당연하게도 병력은 제대로 모이지 않았고, 시선은 분산되었으며, 세력은 단합을 이루지 못하는 수순으로 이어졌다.

"그 상태에서 유유히 카마카산의 심장부로 걸어 들어가는 거지. 크크크!"

이후 적진의 수뇌부를 잡고, 거짓 정보를 흘려서 순차적으로 병력들을 불러들여, 하나 하나 별도로 잡아내는 것이다.

적들이 이상한 징조를 느꼈을 즈음에는 이미 더 이상 카마카산이란 북 대륙의 중심축은 존재하지 않았다.

"누워서 떡 먹는 수준으로 간단한 일이지."

천마의 자화자찬에 우마왕의 표정이 와락 일그러졌다. 고생깨나 하라는 심정으로 맡긴 임무였건만, 너무도 수월하게 처리해 버리자, 오히려 그를 향한 추종세력마저 생길 지경이었다.

이곳 중간계로 넘어온 마족들은 그를 따르는 세력들로만 이뤄졌건만, 그럼에도 불구하고 몇몇 눈빛이 돌변하는 이들이 있을 정도였다.

'젠장!'

차라리 안 하니만 못한 명령을 내린 꼴이었다.

"임무를 끝냈으면 바로 돌아와야지, 뭘 하느라고 이렇게 늦은 거지?"

뭔가 꼬투리를 잡고 싶은 마음에 별것도 아닌 걸 물고 늘어질 뿐이다. 그 의도를 짐작한 듯 천마가 실소하며 답했다.

"놀았지."

그 순간 우마왕이 눈을 번쩍 떴다. 드디어 '잡았다!' 싶은 마음에 급히 쪼아대려는 찰나였다.

"왕국 하나를 박살냈으면, 그 정도 휴가는 줘도 되잖아."

그러며 어깨를 으쓱이는 천마의 모습에, 우마왕이 표정을 한껏 굳힌 채 손을 휘휘 저었다. 더 말해봐야 속만 상하니 그만 나가보라는 의미였다.

"참다가 병난다."

문을 나서기 전, 천마가 옅은 미소와 함께 던진 한마디가 상당한 자극제가 되었음일까?

순식간에 마왕전 가득 활화산 같은 마기가 넘실거렸다.

당연하게도 좌우에 시립하고 있던 상위 마족들만 죽어날 뿐이었다. 천마는 유유히 문을 닫았고, 마족들의 수난이 시작되었다.

◈

방문을 열고 안으로 들어서자 너무도 익숙한 여인이 활짝 웃으며 다가오는 게 보였다. 천마의 입가에 슬쩍 미소가 걸렸다.

로렌스!

그를 바라보며 이곳 북 대륙 마족들의 영역까지 따라온 여인이었다.

"수고하셨어요."

아름다운 로렌스의 얼굴을 보니 괜스레 흐뭇해졌다. 조금 전까지 칙칙한 마족, 그것도 괴수들의 얼굴만 보다 와서 그런지, 정신적인 환기가 되는 기분이었다.

"어때? 귀찮게 하는 놈들은 없었고?"

천마의 물음에 로렌스가 살포시 웃으며 답했다.

"그랬다가는 호되게 당했을 걸요."

이에 천마 역시도 한 차례 웃었다. 그들의 거처 주변에 펼쳐진 '진법'을 아는 까닭이었다. 천마도 적잖게 놀랐을 만큼, 뛰어난 수준으로써, 그간 로렌스가 얼마나 많은 발전을 이뤘는지 짐작하게 만들어주는 진법이었다.

"헌데… 정말로 끝까지 따라올 생각이냐?"

천마의 물음에 로렌스가 단호히 고개를 끄덕였다.

"당연하죠. 주인님이 계시는 곳이 제 자리니까요."

때문에 이곳 북 대륙까지 함께 한 것이고, 언젠가는 저 세상 너머까지 쫓아갈 생각이었다.

그런 이유로 인해 마기 가득한 이 불편한 장소를 고집하고 있는 것이기도 했다.

"게다가 저는 이제 중간계에서 살기에는 너무 멀리 와버렸는걸요."

카마카산의 멸망.

거기에는 로렌스가 지닌 팔라얀의 정보력이 지대한 역할을 했다. 그녀의 정보력이 있기에 카마카산의 내분을 조장할 수 있었다.

또한, 주변 왕국과의 관계를 조작하는 게 가능했으며, 이를 이용해 세력간의 마찰을 빚어내 카마카산의 전력을 분산시키기까지 했다.

당연하게도 팔라얀 상단에서는 이 같은 사실을 모르고 있었다. 그들이 알게 된다면 상단 내에서도 좋지 않은 소리가 오갈 수 있고, 여차하다가는 외부로 흘러 나가, 상단에 위기가 찾아올 가능성도 있는 까닭이었다.

때문에 정보를 적절히 통제하며, 이 같은 부분들을 의도적으로 감추고 지웠다.

결국, 북 대륙을 뒤덮은 어둔 그림자는 로렌스의 손으로 만들어 낸 것이나 다름없었다.

"상황이 이러니까. 더는 중간계에 있기가 어렵네요."

"진실을 아는 녀석은 아무도 없잖아."

"에~이. 제가 알고 주인님이 아는데, 아무도 없다뇨."

로렌스의 너스레에 천마가 실소하며 고개를 흔들었다. 이런 그에게 바싹 다가가 몸을 기댄 로렌스가 속삭이듯 말했다.

"그러니 돌아가실 때, 저도 꼭 데려가셔야 해요. 게다가 저번에 듣기로는 마계에도 핍박받는 저희 일족이 있다면서요."

다크 엘프들을 말하는 것이었다.

"이참에 마계에서도 개혁이나 해 봐야겠어요."

그 말에 천마가 크게 웃음을 터트렸다.

"마계의 팔라얀이라. 큭큭큭! 확실히 재미는 있겠다. 크하하하!"

한참 웃어대던 천마가 로렌스를 바라보며 말했다.

"그렇다면 떠나기 전에 일은 확실히 해 놓고 가야겠지?"

"예. 이미 상단의 세력을 움직여서, 북 대륙에 터를 잡도록 지시했어요."

위기는 기회라는 명목 아래, 팔라얀 상단의 요원들을 침투시켰다. 하지만 상단을 확장시키기 위한 목적으로 움직이는 게 아니었다.

카마카산이 무너지며 중심축을 잃어버린 지금, 마왕군의 본격적인 진군이 시작되면, 북 대륙은 회복 불가능에 가까운 상처를 입을 터였다.

"무주공산이 된 주인 없는 땅이니, 먹는 놈이 임자지."

이곳 북 대륙에 이종족들의 새로운 역사를 써내려갈 터전을 마련할 계획이었다.

그리고 이는 로렌스가 이곳 세상에서 마지막으로 남겨놓는 상단과 일족을 향한 이별의 선물이기도 했다.

✦

상황이 급박한 까닭일까? 그야말로 숨이 턱턱 막히는 강행군이 이어질 수밖에 없었다.

북 대륙을 조사하기 위하여 움직이는 만큼, 그 와중에도 호흡을 골라야 한다는 게 참으로 힘들었다.

쿠너는 애써 숨을 달래며 저 멀리 보이는 북 대륙의 관문지점을 바라보았다.

"저기가 북의 경계라고 불리는 타바단 왕국의 국경지대입니다."

옆에서 들려온 목소리가 시선이 돌아갔다.

대공의 기사!

그들 중에서도 최초의 기사라고 불리는 이들의 일인으로써, 그의 부관을 자처하고 있는 에르망이 곁을 지키고 있었다.

나이차이도 있고 경력이나 지위 등을 생각해서라도 말을 편하게 하라 하였으나, 이미 그들 최초의 기사들은 쿠너의 밑으로 들어가기로 결심했다면서, 관계를 좀 더 확실히 하고자 한다며 말을 놓으려 하지 않았다.

에르망 너머로 세 명의 기사가 더 보였는데, 역시나 최초의 기사들로써 쿠너를 따라 북 대륙에 투입된 이들이었다.

더 많은 이들이 있었으나, 이번 '임무'를 맡으며 각기 다른 경로를 따라 북 대륙에 '침투'하기로 되어 있었기에, 함께하는 이들은 네 명이 전부였다.

"저곳을 통과하고 나면, 그때부터는 사실상 적들의 영역이라고 봐야 할 겁니다."

에르망의 이야기에 그 이유가 궁금하다는 듯, 쿠너가 의문 가득한 눈빛을 보냈다. 이를 읽은 것인지 에르망은 자연스레 이야기를 진행시켰다.

"황제 폐하께서 보내주신 정보대로라면, 이미 저들 마족의 눈과 귀가 북 대륙 전체에 넓게 뿌려져 있다고 합니다. 적의 능력이 어느 정도인지 명확하게 나오지 않은 이상, 당장은 최악의 가정까지 염두에 둔 채 움직여야 합니다. 그래야 만에 하나의 사태에도 최적의 움직임을 보일 수 있는 것입니다."

설명을 하는 한편 경험에 따른 가르침도 함께 전하는 듯, 그의 설명은 세세하게 상황을 분석하고 있었다.

'황제 폐하라….'

에르망의 설명을 듣던 쿠너는 문득 지금 상황의 시작점을 떠올렸다.

〈네가 그의 제자인가?〉

갑작스런 황제의 호출과 만남.

황제가 말한 '그'가 스승이라는 것을 알았고, 또한 그 정체가 '대공 브라만'이라는 것 역시 알고 있었다.

하지만 황제가 쿠너를 찾은 이유는 '대공의 제자'로써가 아니었다.

최초의 기사들!

그 지휘자로써의 만남을 원한 것이었다. 생각지도 못한

상황에 의문을 제기하니, 황제의 대답이 당황스러웠다.

〈그들은 네 뜻을 따른다던데.〉

이미 따로 만남을 가졌고, 이야기를 나눴다는 걸 알 수 있는 대답이었으나, 중요한 건 이 같은 부분이 아니었다.

그들이 쿠너를 머리로 두었다는 점이 중요했다.

〈지금은 전시고 나는 전문가가 필요하다.〉

때문에 대공의 기사들이 필요하다는 것이다. 그것도 무려 최초의 기사들이니, 황제가 바라는 조건에는 더없이 부합되었다.

적진 침투 및 교란에 특화되었다고 해도 과언이 아닌 이들이 바로 최초의 기사들이었다. 게다가 그 실력 역시도 이제는 과거 못지않게 회복되다 못해, 더 높은 곳으로 발돋움을 하는 중이기도 했다.

사실, 흑사자 기사단이 이 같은 임무에는 제격이겠으나, 그들인 이제 막 재기를 준비하는 중이었다.

현장요원이라고 해 봤자, 아직은 한참 경험이 부족한 이들이 다수였다. 이런 까닭에 더더욱 최초의 기사들에게 관심을 기울일 수밖에 없었다.

물론, 그렇다고 해서 흑사자 기사단이 아예 움직이지 않는 건 아니었다. 몇몇 인정된 요원들은 앞서 북 대륙으로 향한 상태였다. 하지만 그 수가 많지 않기에, 최초의 기사단을 끌어들이려는 것이었다.

〈내게 그들을 넘겨라.〉

황제는 제안했고,

〈제가 그들을 이끌겠습니다!〉

쿠너는 거절했다.

허나, 그 의도 자체를 거부하지는 않았다. 그 역시도 상황의 심각성을 아는 까닭이었다.

게다가 그가 거부한다고 해서, 황제가 저들 최초의 기사들을 포기할 것 같지 않았다. 때문에 직접 움직인 것이다.

저들을 외면할 수도 있었으나, 그간 적잖게 정이 들었던지 차마 모른 척 하기가 어려웠다. 또한 그 역시 한 명의 기사로써, 이 상황에 등을 돌릴 수도 없었다.

"복장은 여기서 갈아입고 가시죠."

에르망의 제안에 상념을 접은 쿠너가 고개를 끄덕이며 구석진 곳에 자리를 잡았다.

실전은 이미 여러 차례에 걸쳐 치러 봤으나, 전쟁은 이번이 처음이었다. 그것도 무려 마족이라 불리는 이들과의 전쟁이었다.

목적지가 코앞인 까닭일까? 옷을 갈아입는 쿠너의 심장이 전에 없이 크게 뛰었다.

'진정하자!'

애써 가슴을 달랬다. 그러며 한 소년의 얼굴을 떠올렸다.

케빈 반트!

이제는 성검이라 불리며 대륙의 유명인사가 되어버린 아이였다. 물론, 더 이상 아이라 불릴 나이는 아니었으나, 워낙 어릴 적부터 봐 온 까닭일까?

여전히 그에게는 어릴 적 얼굴이 먼저 보였다. 그 어린 얼굴과 함께 성검이라는 무거운 단어가 머릿속을 맴돌았다.

자신보다 어린 케빈마저도 그 힘겨운 싸움을 하고 있었다. 그뿐 아니라 메리 역시도 다를 게 없었다.

이들은 이미 성국에서 각자의 위치를 확고히 하며, 무거운 중압감 속을 당당히 걷고 있었다. 그 소식을 들었을 때, 얼마나 많은 탄성을 내질렀던가.

두 아이를 떠올리자 슬쩍 가슴이 진정되며, 흔들리던 감정이 바로잡혔고, 비어가던 용기가 새로이 채워졌다.

'할 수 있다!'

차분히 스스로를 다스리는 쿠너의 모습에, 곁에서 지켜보던 에르망과 기사들은 조용히 시선을 나누며 고개를 끄덕였다.

이런 그들의 입가에는 하나 같이 은은한 미소가 어려 있었다.

❖

그간 비밀스런 회담을 이어오던 이들에, 이번 북 대륙

사건으로 인해 위기의식을 느낀 왕국과 세력들까지 가담 의사를 밝히면서, 실로 역사적이라 할 수 있는 대륙 연합군이 탄생하게 되었다.

특히, 북 대륙과 인접해 있어, 당장이라도 저 짙은 어둠에 물들 듯 보이는 왕국들은 하나같이 연합군에 참여하고 있었다.

그들은 일제히 병력의 전진 배치를 외치며, 연합군이 움직이기를 바라고 있었다.

이런 열성적 외침 때문일까?

아니면 북 대륙을 향한 남다른 욕망이 꽃핀 것인지, 연합군은 일제히 병력을 일으켜 북 대륙을 향해 진군하기 시작했다.

하지만 그들의 행보는 채 며칠을 이어가지 못했다.

또 다시 언데드가 깨어난 까닭이었다. 그것도 무려 각 왕국의 심장부라 할 수 있는 수도 인근에서부터 발생한 것들이었다.

전과 같은 소규모의 언데드라면 자체 방어력으로 그냥 무시하고 지나쳤을 수도 있었다.

"무시하기에는 규모가 너무 크군."

보고서를 바라보는 황제의 미간에 옅은 주름이 잡혔다. 나직한 중얼거림과 함께, 일일이 보고서들을 훑어보던 그녀의 두 눈에 옅은 이채가 스쳤다.

특이점을 발견한 까닭이었다.

"지난 사건의 발생지역들인가."

한 차례 언데드로 인해 작은 소동이 있던 지역 인근에서부터 언데드가 들끓기 시작했다는 것이다. 분명, 각 왕국에서 언데드를 제압한 뒤, 성직자를 불러 정화의식까지 행했다고 들었다.

그럼에도 불구하고 당시의 사건 발생지역에서 재차 언데드가 깨어난 것이다.

좀 더 자세히 보고서를 살피고, 지난 보고서를 찾아 비교를 하던 황제는 둘 사이에 미묘한 차이가 있음을 알았다.

"같은 지역은 아니라는 건가."

하지만 지난 사건과도 전혀 무관하지도 않았다. 인접 지역에서부터 언데드가 발생한 것이다.

"눈속임용으로 사용한 거겠지."

문득, 들려온 음성에 황제의 시선이 돌아갔다. 언제 도착한 것인지, 창가에 걸터앉은 제튼의 모습이 보였다.

"왔나."

제튼의 얼굴을 확인하는 순간, 차가운 기운이 풀풀 풍기던 그녀의 얼굴 위로, 한 줄기 온기가 감도는 게 보였다.

이 모습에 제튼이 슬쩍 뒷머리를 긁적이며 시선을 피했다. 최근, 만날 때마다 그녀가 보내오는 진심에 당황한 까닭이었다.

한 차례 쓰게 웃은 제튼이 창가에서 벗어나 그녀의 곁으로 다가갔다. 그리고는 보고서 몇 장을 짚어들었다.

황제가 파악했던 부분을 그 역시 단번에 분석해냈다. 그 모습을 잠시 지켜보던 황제가 슬쩍 물었다.

"눈속임용으로 쓰였다면, 이번에 나온 언데드가 진짜라는 거겠지?"

"그래. 직접 보고 오는 길인데, 그 규모가 만만치 않아."

"보고 왔다고?"

"겸사겸사 몇 군데 처리고 하고."

어깨를 으쓱이는 제튼을 향해, 황제가 상세한 내용을 요구했다.

"보고서에 적힌 것처럼, 규모가 제법 대단하기는 해. 하지만 중요한 건, 지금까지와 다르게 이번에는 '진짜'가 끼어있다는 점이야."

"그게 무슨 소리지?"

"전쟁에서 봤잖아."

황제가 의문을 내비치자 제튼은 짧게 답해줬다. 하지만 그걸로 충분했다.

"설마…."

"그래. 지난 번 언데드 군단을 지휘하던 데스 나이트 같은 놈들이 끼어있다는 거야. 의도적으로 뒤에서 숨어서 활동하는 걸로 봐서는, 이놈들 '머리'도 지니고 있어. 그냥 가볍게 쓰고 버리는 시체들과는 질적으로 달라. 뭐, 지난 번 녀석보다는 실력적인 면에서 부족하긴 하지만, 제대로 '사고'를 한다는 게 문제지."

설명을 들은 황제의 표정이 한껏 굳어졌다. 만약 그의 이야기가 사실이라면, 이는 실로 심각한 문제로 이어질 터였다.

등 뒤의 적을 둔 채, 어찌 전진을 하겠는가.

게다가 연합군이 제대로 된 병력집결을 하지 못하는 상황이 발생할 수도 있었다. 이미 몇몇 왕국은 병력을 빼내 뒤로 돌리고 있는 실정이기도 했다.

한껏 굳어버린 황제를 향해 다가간 제튼이, 대뜸 손가락을 뻗어 그녀의 양 입술 끝을 누르더니 슬쩍 위로 올렸다.

그러자 본의 아니게 억지웃음을 짓게 된 황제가 눈살을 찌푸리며 제튼을 노려봤다.

"걱정하지 마. 해결사들이 들어왔으니까."

그 순간 튀어나온 제튼의 대답이 의외였다. 찡그려졌던 황제의 미간이 펴지며 동공이 확장됐다.

'해결사?'

성국에서의 지원을 바라고 싶었으나, 당장 교황파가 무너지고 권력의 이동이 이뤄진 뒤, 성국 전역과 대륙의 성직자들을 대상으로, 대대적인 개혁이 진행되는 와중인 까닭에 즉각적인 지원은 어려웠다.

이번 연합군의 북 대륙 원정계획의 경우에도, 성국의 이런 사정을 알기에 진군 중에 성국이 합류하기로 되어 있었다.

당연히 제튼의 이야기가 이상하게 들릴 수밖에 없었다. 이런 그녀의 반응에서 의문을 읽은 듯, 제튼이 슬쩍 웃으며 답했다.

"이미 만나 봤잖아."

황세의 머리가 빠르게 돌아갔다.

분명, 그녀가 생각지 못했던 존재들이 튀어나올 거라 여겼다. 그런 방면으로 조사를 시작하면 되고, 거기에 더해 만났던 존재라면 그 대상이 더욱 압축될 수 있었다.

그녀의 눈가에 짧은 이채가 스쳤다. 제튼이 한층 짙어진 미소를 그리며 고개를 끄덕였다.

'엘프!'

숲의 여왕이라 불리던 여인과 만남을 가졌던 게 떠오른 것이다.

"뭐, 정확히는 그녀의 '동맹'이라고 해야겠지만."

'동맹?'

또 다시 뜬금없는 이야기가 나오자, 원래의 크기로 수축했던 황제의 동공이 살짝 크기를 키워야만 했다.

"이야기책에서 요정족이라고 했을 때, 엘프 외에 떠오르는 건?"

바로 답이 나왔다.

'드워프!'

제튼이 웃으며 설명을 더했다.

"아무리 마기로 채웠다고 해도, 시체라는 건 기본적으로 땅에 속해 있으니까."

불과 대지의 일족!

드워프들을 칭하는 단어였다. 그 중에서도 '대지'의 기운으로 죽음의 망령들을 다시 옭아매겠다는 의미였다.

성직자들이 망령들의 '마기'를 읽는 것과는 다른 방면에서의 접근이었다.

"게다가 아직 숨어있는 망자의 기운들을 찾아내는 데에도 탁월한 능력을 발휘할 거야."

아무리 망령이 깨어난 위치가 달랐다고는 해도, 지난 사건 발생지역에서 그리 먼 장소가 아니었다.

헌데도 정화의식 당시에 성직자들이 발견하지 못한 건, 그 마기의 중심체가 땅 속 깊은 곳에 자리해 있었기 때문이라는 결론이 나왔다.

천마로 인해 넘어간 오행의 기공들은 저들 일족의 능력을 극대화 시켰을 것이기에, 충분히 저 깊은 대지의 어둠을 탐색할 수 있을 터였다.

거기까지 이야기를 듣고 있던 황제가 슬쩍 말문을 열었다.

"안 돼?"

짧고 굵은 한마디.

제튼이 어색하게 웃으며, 억지미소를 그리던 손가락을 뗐다.

그 모습을 잠시 노려보던 황제가 어쩐 일인지, 그 차가운 눈빛 끝자락에 한 줄기 미소를 머금었다.

꾸준한 관계개선의 결과일까?

확실히 최근 들어서는 작게나마 그들 사이의 거리감이 줄어들었다는 게 느껴졌다. 조금 전 제튼의 행동이나 그녀의 반응들이 그 증거였다. 황제의 웃음기는 이런 부분을 상기했기에 떠오른 것이었다.

여러 의미로써 그 미소가 빛나는 순간이었다.

"제국의 도움을 바라는 건가?"

반짝이듯 사라진 미소 뒤로 차가운 물음이 이어졌다. 이에 제튼이 쓰게 웃으며 고개를 끄덕였다.

분명, 저들 엘프와 드워프를 비롯하여 깊은 산 속으로 떠났던 이종족들이 하나 둘 모습을 드러내게 될 것이다.

그리고 이는 대륙의 많은 이들로 하여금 불순한 생각들을 품게 할 것이 틀림없었다.

혼혈들의 능력만으로도 감탄을 연발하는 이 시기에, 순혈의 이종족들이 모습을 드러내는 것이다. 게다가 천마의 도움으로 인하여, 저들은 한층 발전된 모습으로 등장할 터였다.

사람의 탐욕을 자극하기에 충분한 조건들을 지니고 있었고, 분명 이로 인해서 분란이 일어날 것이 틀림없었다.

황제는 엘프 여왕과의 만남에서 이 부분에 대한 언질을 받기도 했었다.

물론, 직접적인 언급은 아니었으나, 그녀들은 한 세력의 지도자들로써, 원하는 바를 충분히 짐작해낼 만한 눈치 정도는 있었다.

그리고 이 같은 눈치로 저들 이종족들이 전쟁 이후에 바라는 것도 읽어냈다.

"북 대륙을 원하는 건가?"

"대륙의 모든 왕국들이 바라는 거지."

"그렇다면 나 역시 원하고 있단 생각은 못 하나?"

이에 제튼이 왠지 모를 어색한 웃음을 그리는가 싶더니, 슬쩍 시선을 창밖으로 내던지며 머쓱한 얼굴로 흘리듯 중얼거렸다.

"대신… 내가 있잖아."

너무도 뜻밖의 순간에 훅 하고 들어오는 정면 찌르기였다. 잠시간 숨 막힐 듯 답답한 침묵이 방 안을 가득 메워갔다.

왠지 호흡마저 가빠지려는 찰나, 황제가 짧게 툭 내뱉었다.

"백성들은 이런 걸 오그라든다고 하더군."

확실히 어렴풋이 보이는 제튼의 옆모습이 붉어져 있는 것으로 봐선, 그 역시도 절감하고 있는 부분인 듯 보였다.

'젠장!'

창밖을 향한 제튼의 시선이 돌아오는 길을 잃은 듯, 밖으로만 떠돌았다.

유난히 달빛이 고운 밤이었다.

◈

오랜 세월을 흩어져서 제 살을 깎아먹듯, 내부로만 날을 세우던 사막의 힘이 한 자리에 모였다.

붉은 용!

랍탑이라는 걸출한 인물이 만들어낸 기적의 순간이었다. 하지만 오랜 세월을 이어져 온 전쟁과 그렇게 탄생되어온 전사의 혈통 때문일까?

그들의 본능은 전쟁의 끝을 건너, 새로운 전장을 찾아 시선을 돌리고 있었다.

암흑시대!

하나의 그늘 아래에 몸을 담갔다고는 하나, 이제 겨우 '시작'이라 할 수 있는 만큼, 전사의 피를 달래며 새로운 전장을 통해 그들 사이에 형성되어있는 원망 역시도 해결하고자 했다.

때문에 '마족'이라는 존재를 '제물'로써, 암흑시대를 '무대'로써 붉은 용이라는 이야기의 마무리를 장식할 생각이었다.

'뭐… 결국, 이 길 외에는 답이 없으니.'

바탑은 쓰게 웃으며 주변을 돌아봤다. 북 대륙 원정을 위한 사막의 전사들이 대규모로 움직이는 풍경이 보였다.

일대 장관이라는 말이 부족하지 않았다.

그 숫자만 해도 무려 일만!

대륙적으로 보자면 대단치 않게 느껴질 수 있는 규모일지도 모른다. 하지만 그 실상을 파고들면 전혀 달랐다.

이들이 전부 사막의 각 부족을 대표하는 전사들로써, 그야말로 사막의 정예들인 까닭이었다.

또한, 저들을 이끄는 일백의 전사들은 붉은 용 랍탑이 직접 키워낸 이들로써, 사막 전사들은 '지룡'이라 부르며 랍탑과는 다른 의미로써 칭송하는, 그야말로 전사중의 전사라 불리는 이들이었다.

바탑 역시도 그 훈련을 지켜봤기에, 충분히 부족하지 않는 칭호라 여겼다.

이런 대규모 정예들의 이동에 적잖게 흥분한 듯, 전사들 중에서는 언뜻언뜻 얼굴에 붉은 빛을 비치는 이들마저 있을 정도였다.

'저 모습들이 끝까지 유지돼야 할 텐데.'

확실히 장관이라고 하기에 부족함이 없다. 그러나 이 모습은 이들 외에도 대륙 전역에서, 수많은 국가들이 공통되게 만들어내는 풍경이기도 했다.

북 대륙!

마족 토벌!

이 두 가지의 목적으로 하는 만큼, 각 국가들 역시도 정예병을 움직이고 있었다. 게다가 사막과 달리 대규모의 병력 이동도 고집하다고 들었다.

이유는 여러 가지가 있었다.

대규모로 펼쳐질 마법진을 활용하고자 사람들의 '머릿수'를 채우고자 하는 것, 또한 이미 보고된 바가 있는 소규모 몬스터와 마수들의 처리, 그리고 각종 후방 지원 병력의 필요성 등, 분명 다양한 이유가 존재했다.

'실상은 다른 거지만….'

부가적으로 더해지는 것이지만, 실제 목표이기도 한 것.

북 대륙 점령!

저들의 병력들은 이끌고 오는 병력들로 전쟁 후, 폐허가 된 지역을 점령 및 주장하려는 의도였다.

안타깝게도 사막 일족은 이 같은 계획을 세울 수가 없었다.

'오랜 전쟁이 이제 막 끝났으니….'

정예병은 많으나 실질적인 병력의 구성요소인 일반병이라 할 만한 이들은 적었다. 그나마 남아있는 이들은 차후 사막을 이끌어가야 하는 젊거나 어린 층이 상당수였다.

또 다시 전쟁으로 잃을 수는 없는 것이다.

어찌 보면 그들 사막으로써는 별달리 얻는 게 없어 보이는 전쟁일지도 모른다.

'…이 길 외에는 답이 없으니.'

대륙이 참전하는 전쟁이었다. 사막이라고 어찌 피할 수 있겠는가. 여기서 발을 빼는 건 차후에 좋지 못한 시각으로 비쳐질 수 있었고, 이리 저리 발생할 수 있는 불합리한 일들도 계산에 둬야 했다.

때문에 참여할 수밖에 없었다. 전사들의 맘을 달랜다는 건, 어쩌면 일종의 변명거리일지도 몰랐다.

그렇다고 해서 아주 이득이 없는 건 아니었다.

〈이참에 거래를 터놓는 거지.〉

출발 전 랍탑이 했던 이야기처럼, 대륙 각국과의 연결고리를 만들고, 사막 왕국을 정식으로 알린다는 명목으로 움직이면 되는 것이다.

'언제부터 우리가 저들 눈치를 봤다고….'

바탑은 나름대로 반박을 하며, 이번 전쟁에서 한 발 빼자는 제안을 했었다. 사막 일통을 이루기 위해, 그들이 삭막한 모래위에 흘린 피가 너무나 많았던 까닭이었다.

실제로 이번 전쟁에 대륙의 모든 왕국이 참여하는 건 아니었다.

쉬쉬하고 있었으나 분명 뒷짐만 선 채 외면하는 왕국들이 존재했고, 바탑은 이들을 입에 올리며 자신의 주장을 강조했다.

헌데, 이에 대한 대답이 또 기이했다.

〈구경만 할 거냐고 연락이 왔더라.〉

바탑은 한숨을 푸욱 내쉬며 고개를 흔들었다. 그 '연락'이 누구에게서 온 것인지 짐작해낸 까닭이었다. 랍탑과의 친분으로 작게나마 그의 비밀 일부를 엿볼 수 있었기에 허락된 짐작이고 추론이었다.

'믿어 보자. 그래도 제국의 대공인데….'

그럴싸한 보상이 있을 거라고 믿을 뿐이었다. 고개를 끄덕이며 전사들을 돌아보려는 그 때,

"커허어어어엉…."

저 멀리서부터 들려오는 오싹한 울음소리가 돌연 등골을 적셔왔다.

'무슨?'

잠시 후, 모습을 드러내는 검붉은 빛 무리의 질주가 보였다. 용의 책사라고도 불리는 만큼, 바탑도 적잖은 지식을 쌓고 있었고, 덕분에 오래지 않아 무리의 정체를 짐작할 수 있었다.

'헬… 하운드?'

마수들의 기습이었다.

사막 전사들이 그 삭막한 대지를 벗어나기 직전의 일이
었다.

◈

예상외의 상황이었다.

"벌써, 움직일 줄이야."

천마는 마왕군의 진격이 아직 이르다고 판단하고 있었다.
마왕 스스로야 제 힘을 다 회복했다고는 하나, 마계에서와
비교한다면 일말의 틈이 존재했고, 또한 마족들의 경우에는
여전히 제 힘을 되찾지 못한 이들이 절반가량은 되었다.

때문에 에칠란 왕국을 치고 난 뒤, 카마카산을 그에게로
넘긴 것이기도 했다.

물론, 시험이라는 이유 역시도 거짓은 아니었다.

'제 딴에는 안 들켰다고 여기는 모양이지만…'

누구보다 마기에 민감한 게 바로 그와 천마신공이었다.
마족들의 상태에 대해서는 이미 꿰뚫고 있었다.

물론, 비혜름의 합류로 생각보다 빠른 회복을 이루는
듯, 하루가 다르게 제 모습을 찾는 마족들이 보이기는 했
다.

그래도 올 겨울은 보내야 한다고 여겼건만, 마치 그의
예상을 비웃기라도 하듯 발 빠르게 움직인 것이다. 얼핏
짐작가는 바가 없지는 않았다.

'이번에도 역시 그놈이겠지.'

분명, 비혜름의 조언이 있었을 터였다. 우마왕이 비록
겉모습은 무식하게 힘만 쓸 것 같은 외형이었으나, 하위
마왕 생활이 제법 길었던 탓에, 제법 머리가 깨어있었다.

때문에 비혜름의 조언이 주는 달콤함을 놓치지 않았을
것이다.

물론, 당연하게도 언젠가 일어날 쓴맛 역시도 경계하고
있을 터였다. 왕이 왕을 순수한 의미로 도와줄 리는 없는
까닭이었다. 그것이 마계고 마족이며 마왕이었다.

'산 하나에 두 마리 호랑이는 어울리지 않지.'

하물며 지금 이곳에는 천마까지 포함하며 무려 셋이었
다. 우마왕의 경계심은 전에 없이 올라가 있을 터였다.

"뭐… 차라리 잘 된 건가."

어차피 저들 대륙은 한 번 뜨거운 맛을 본 뒤, 패배의 아
픔을 간직하고 기억해야 했다.

연합이라 불리고 있으나, 그들은 북 대륙을 향한 욕심으
로, 실질적인 단결은 하지 못한 채, 가지각색의 상념으로
진군을 하고 있지 않던가.

"이래서야 굶주린 승냥이 떼만도 못 하지."

호되게 데여봐야지 제대로 힘을 모으게 될 터였다. 게다가 대대적인 전면전이 이곳 북 대륙에서 발생해서야, 그가 만들어 놓은 대규모 마법진이 너무 허무하지 않겠는가.

"한 번 제대로 밟혀 보라고. 큭큭큭!"

혼잣말과 나직한 웃음성에 깬 것일까? 옆자리에서 고이 자고 있던 로렌스가 뒤척거렸다.

천마가 소리를 죽이며 조용히 미소 지었다.

냉정하게 이야기 하자면, 로렌스는 잠시 즐기고자 하는 마음으로 만났던 것뿐이었다. 또한, 상인들을 규합 후 이용하기 위한 마음도 컸다.

때문에 이곳 세상을 떠난 뒤, 거짓말처럼 잊고 지냈었다. 그의 머릿속에 남았던 건 기껏해야 제튼 정도였고, 그나마 떠오르던 여인은 황제 한명이 전부였을 것이다.

여인으로써 검의 경지를 밟은 오르카의 경우, 이곳에서야 특별하겠으나, 그가 지내던 무림세계에서는 흔치는 않아도 간간히 마주할 수 있는 존재였다. 그 때문인지 특별하다고 할 수준은 아니었다.

황제 역시도 그 절대적인 아름다움이 아니었다면, 머릿속에 남지 않았을 것이다. 그나마도 제튼에 비한다면 비중이 적었기에, 결국 이 세상의 인연은 제튼 한명에 제한되었다고 봐도 과언이 아니었다.

그래서일까?

지금 이 순간이 새삼스러웠다.

'설마, 이런 기분을 느끼게 될 줄이야.'

오래 전, 황제에게서 겨우 맛봤던 감정으로써, 쌍방이 아닌 일방통행이었기에 결실을 맺지 못하고, 빠르게 희석되어 흩어져버린 감정이었다.

그나마도 적당히 즐기는 것으로써 마무리를 지으며, 순식간에 끝나버렸기에 너무도 희미한 감각이기도 했다.

〈저도 데려가주세요.〉

결정적인 순간은 이 시기였을 것이다.

함께 마족들 소굴에 들어가겠다고 할 때, 이곳 세상을 떠나 마계로 향하겠다 외칠 때, 그녀를 향한 마음이 일부 진지해지는 걸 느꼈다.

당장 무언가가 변한 건 아니었으나, 로렌스라는 여인의 위치가 제튼이나 황제처럼, 머릿속으로 한 번 정도는 더 떠올리는 위치가 되었음은 확실했다.

그녀의 뒤척임에 소리 없이 웃던 천마가 조용히 자리에서 일어났다.

바깥으로 거대한 마기의 이동을 느낀 까닭이었다.

'또 움직이는 건가.'

초기 기선 제압을 확실히 하려는 듯, 마족과 마수들이

밖으로 향하고 있었다.

'이번 전투로 좌절까지 안겨주면 안 되는데.'

상황을 조절하기 위한 조율자가 필요한 순간이었다. 자연스레 그려지는 얼굴에 입꼬리가 올라갔다.

'제튼.'

그가 아는 최고의 카드였다.

마음 같아서는 우르르 몰아치고 싶었다.

하지만 그러기에는 걸리는 게 너무 많았다. 당장 계획보다 못한 전력, 그나마도 회복되지 못한 군사들, 등 뒤에 위험요소가 존재한다는 점까지, 문젯거리들이 너무나도 많았다.

"후우우우…."

우마왕은 나직한 한숨과 함께 가슴 가득 들끓는 열기는 토해냈다.

왕의 자리에 오르던 무렵, 혈기에 취해있던 시절의 모습을 내보이며, 생각 없이 거칠게 몰아치고 싶었다.

하지만 머리에 의존하던 하위 마왕의 생활이 이제는 습관 혹은 버릇이 되어, 어지러울 정도로 많은 생각들을 하게 만들었다.

특히, 천마의 존재가 가장 골치였는데, 상황을 더욱 답답하게 만드는 건, 대성을 비롯한 천마의 수하들이 문제였다.

계획대로 중간계를 올라왔더라면 문제가 없겠으나, 전력이 깎이고 깎인 상태인 만큼, 그들 세 마족의 존재는 부담스러울 수밖에 없었다.

'제천대성⋯.'

어느새 저리 커버린 것일까? 감히, 왕과도 비견되는 능력을 지니고 있음을 깨달았다.

'그놈하고 관련된 것들은 하나같이 재수가 없어!'

천마를 향한 분노에 전신 가득 무시무시한 마기가 넘실거렸다.

그렇잖아도 부족한 전력이었다. 맘 같아서는 좀 더 회복을 시킨 뒤, 만전의 상태로 전면전을 치를 생각이었다.

하지만 이게 웬일?

이미 대륙은 암흑시대를 입에 담고 있었고, 세상은 뜻을 한데 모으는 중이었으며, 어느새 그 의지가 연합군이라는 형태로 갖춰져 버린 것이다.

최악이라고 생각했던 시점에서 또 한 번 밑바닥으로 추락하는 기분이었다.

어찌할까 고민하던 즈음 비헤름이 찾아왔다. 그러며 저들 왕국 내부에 숨겨났던 힘을 움직였으니, 외부에서도 흔들어 달라는 요청을 했다.

이미 알고 있던 부분이었으나, 그 병력 규모를 듣고는 흔쾌히 고개를 끄덕이며 마족들을 움직였다. 생각 이상으로 많은 규모였던 까닭이었다.

그를 따라 올라온 상위 마족들이 이곳에서 새롭게 일궈낸 종속들을 일제히 풀었다.

일종의 반마수라 할 법한 존재들로써, 마계 기준치에 비한다면야 한참 부족하나, 이곳에서 본다면 충분히 마수라 오인할만한 수준이라 할 수 있었다.

혹여 모자란 부분들은 마족들이 직접 보충할 터였다.

'합류하기 전에 기선을 잡아야겠지.'

저들이 하나로 뭉치기 전, 각개격파를 할 생각이었다.

◈

파틀란 왕국, 타티아난 왕국, 라베이리시안 왕국 등등, 대륙 연합군으로써 원정을 위해 움직이던 각국 병력의 패퇴소식이 곳곳에서 들려오기 시작했다.

갑작스런 마족과 마수들의 등장에 제대로 된 대응도 하지 못한 채, 속수무책으로 당하고 물러났다는 것이다. 어쩌면 도망쳤다는 표현이 더 어울릴 정도의 상황이었다.

"제대로 한 방 먹었군."

쓰게 웃은 제튼이 고개를 절레절레 흔들며 전방을 바라봤다. 저 멀리 너른 평야와 그 너머로 밀려드는 어둠의 군세가 보였다.

"연합군의 각개격파에 본진 기습인가. 이 정도면 기선 제압 수준이 아니겠는데."

팔라얏 상단을 통해 건너온 천마의 언질에, 혹시나 하고 주변을 살폈고, 그로 인해 적들의 2차적인 움직임을 파악해냈다.

"패배를 경험시키는 건 좋지만, 전멸은 안 된다라."

천마 스스로는 움직이기 어려운 상황이니, 결국 제튼이 움직이라며 막무가내로 정보를 건넨 것이다.

"쯧!"

게다가 우마왕이 승승장구 하도록 둬서는 안 된다는 경고도 함께 더해졌다.

이런 이야기들로 인해, 더더욱 무시하기가 어려워 결국 움직여야만 했고, 이렇게 마족의 군세가 움직이는 경로에서 기다리게 된 것이었다.

당연하게도 그 혼자서 마왕군의 2차 기습 부대를 막아내기는 무리였다. 애초에 하나의 길로만 움직이는 게 아니었다. 다양한 경로를 통해 이동을 하고 있는 까닭이었다.

때문에 그 중에서 가장 크고 강력해 보이는 군세를 목표로써 움직였다.

"얼추… 일천인가."

저들이 어둠의 군세라는 생각을 해 본다면, 그저 일천이 아니었다. 충분히 열배 이상의 전력은 예상해야 했다.

게다가 천마가 보내온 정보로는 상위 마족들도 끼어있다고 하니, 그로써도 쉽지 않은 전투가 될 거라 여겼다.

"한동안은 힘쓰는 건 자제하려고 했더니. 쯧!"

'조금 정도는 괜찮겠지….'

스스로를 다독이며 슬쩍 기세를 일으켰다.

◈

커클라이던은 우마왕 휘하의 최상위 마족으로써, 오래 전 몇 차례 중간계로 건너왔던 경험이 있는 노련한 경험자였다.

게다가 그는 '마룡'이라 불리는 마계 드래곤의 정통한 혈통으로써, 우마왕의 직속이라 할 만한 전력이기도 했다.

때문에 이번 대륙 연합군 타격부대 중에서도 가장 강렬한 부대를 이끄는 지휘자의 역할도 부여받을 수 있었다.

이곳으로 넘어와 새롭게 사육한 종속들로 이뤄진 부대라고는 하나, 그 중에서도 특별히 우수한 마수들만이 배치되었고, 거기에 더해 상위 마족도 무려 여덟이나 뒤따르고 있어서, 이번 타격전의 핵심이라 불릴 만한 전력이라 봐도 과언이 아니었다.

'이만한 전력이라면, 나 혼자서도 중간계를 뒤흔들기에 충분하겠군. 크흐흐흐!'

과거, 이곳 세상을 몇 차례 경험했기에 이런 결론을 내릴 수 있는 것이었다. 물론, 승리를 장담한다는 건 아니었다. 말 그대로 흔들어 놓는 수준을 의미하는 것으로써, 그 이상을 바라기는 어려웠다.

이 즈음이 되면 항상 용사나 영웅이라 불리는 이들이 등장하는 걸 아는 까닭이었다.

'하지만 그놈들 외에는 적수라 할 만한 놈들도 없지.'

때문에 현 상황이 이해가 되질 않았다.

'…저건 뭐야?'

그들의 앞을 막아서고 있는 의문의 사내가 보였다. 상당한 거리가 있었으나 그에게는 코앞이나 다를 게 없는 거리였다.

갑작스레 피어오른 아찔한 기세에 경악하여 급히 마족과 마수들을 멈춰 세워야만 했다.

이해할 수가 없었다.

'어찌… 인간이 이런 힘을?'

자연스레 생각나는 존재가 있었다.

'영웅?'

혹은 용사라 불리는 이곳 세상의 수호자가 떠올랐다. 하지만 이내 고개를 흔들며 부정했다.

나름대로 이곳 세상을 경험해 봤고, 마룡족의 일원으로써 많은 지식을 품고 있기에, 영웅이 아니라는 결론을 내렸다.

먼저, 마계의 역사 어느 시대를 봐도 영웅이 초반부터 등장하는 경우는 없었다.

또한, 영웅이라 불리는 이들에게는 항상 신성한 무구가 존재했다. 성국의 성검과는 또 다른 종류의 무구였다.

그리고,

'영웅이라면 결코 이런 기운을 품지 않는다!'

마치, 그들 마계의 일원을 떠올리게 만드는 이 오싹한 기운은 무엇인가.

마기!

그것도 무려 상위 마족이자 마룡족의 일원인 커클라이던마저도 두려움을 느끼게 할 정도였다.

어찌 이런 존재가 영웅이 될 수 있겠는가.

간간히 마계의 손에 탄생하는 영웅들이 있기는 하나, 그들 역시도 마기를 품은 경우는 없었다. 게다가 그가 알고 있는 영웅의 수준을 한참 웃돌고 있기까지 했다.

'대체… 뭐야?'

도통 헤아릴 수 없는 미스터리가 그들을 향해 터벅터벅 걸어오는 게 보였다.

짜릿한 전율!

한 가지 확실한 건 있었다.

-적이다!

그렇다면 선택지는 하나였다.

"죽여!"

상대에 대한 의문은 차후에 생각할 부분이었다.

'살아남는다면….'

절망적인 감각이 등허리를 타오르고 있었다.

　　　　　　　　　　❈

　테파른 왕국의 프루체른 공작은 망연자실한 얼굴로 창밖만 바라보고 있었다. 그렇게 한참을 흐릿하게 변해버린 하늘을 눈에 담던 그의 입술이 열리고, 나직하니 목멘 음성이 흘러나왔다.

　"암흑시대인가…."

　새삼 그 의미를 깨닫는 시간이었다고 해야 할까?

　갑작스럽게 등장한 마족군의 기습에 북 대륙으로 향하던 많은 왕국들이 도망치듯 뒷걸음질을 쳐야만 했다.

　하지만 이 같은 상황을 겪은 왕국을 살펴본다면, 하나같이 북 대륙과 가깝고, 또한 발길을 재촉하면서 북 대륙에 가까워지던 왕국들이 중심을 이뤘다.

　지난 제국과의 전쟁으로 인해, 뒤를 살피며 움직여야 했던 탓일까? 테파른 왕국은 진군에 늑장을 부릴 수밖에 없었고, 이 같은 마족들의 기습에서 피해나갈 수 있었다.

하지만 그 대신 다른 문젯거리가 그들을 괴롭혔으니, 한동안 대륙을 떠들썩하게 하고, 암흑시대를 언급하게 만들었던 존재들인 언데드의 등장이 그들의 골칫거리였다.

어찌나 그 세력이 대단했던지, 프루체른 공작은 지난바 전력을 기울여야만 했는데, 그렇게 무리를 한 이후에도 상황은 종료가 되질 않았다.

특히, 북 대륙 원정에 전력의 절반가량을 이미 투입한 상황이기에 더욱 정리가 어려울 수밖에 없었다.

게다가 어느 순간을 기점으로 특별난 언데드들이 활동하기 시작했는데, 지난 경험을 통해서 그들이 데스 나이트라 불리는 죽음의 기사라는 걸 알 수 있었다.

그들은 실로 무시무시했다.

'죽음과 공포를 먹고 자란다고 하더니….'

주변 가득 널린 시체와 그 위로 겹겹이 쌓이는 두려움이 데스 나이트를 더욱 강대하게 만들었고, 종래에는 후퇴에 후퇴를 거듭하게 만들었다.

놀라운 건, 이 같은 상황이 그들 테파른 왕국에서만 발생한 게 아니라는 점이었다.

마족들의 기습을 피한 왕국들은 어김없이 언데드의 등장에 큰 화를 입어야만 했다.

"너무 쉽게 생각한 게지…."

그 기세를 크게 꺾여버린 음성이 허탈하게 흘러나왔다. 갑작스레 가문 인근에서 출몰한 언데드의 위협에 겨우겨우 가문을 지켜냈다.

하지만 그로 인해 테파른 왕국의 절대자 자리를 잃어버렸다.

멸문의 위기였다는 걸 생각한다면, 이렇게 버텨냈다는 부분에 만족을 해야 하겠으나, 정점에 있던 기억이 이를 인정하지 못하게 했다.

"허헛…."

기운 없는 웃음성이 입술을 비집고 새나왔다.

◆

"적의 머리를 노린다!"

각 왕국의 중심인물과 가문을 목표로 언데드를 일으켰다.

"전략의 기본 아니겠어."

비헤름은 나직이 중얼거리며 입 꼬리를 말아 올렸다. 강제적인 권력이동이 지금 같은 전시상황에 저들 왕국들에게 어떤 악영향을 미칠지, 상상만으로도 즐거울 뿐이었다.

계획은 나쁘지 않았다.

"직접적으로 머리를 노려서 혼란을 만든 건가."

황제는 보고서를 통해, 언데드가 출현한 뒤의 상황들을 짚어나가며 그 흐름을 읽어냈다.

최초, 각 왕국의 실세라 불리는 이들의 주변에서 언데드는 깨어났다. 더욱 놀라운 건, 마치 그들의 이동 경로를 읽어내기라도 한 듯, 그들이 움직이는 길목 길목에서 연달아 언데드가 튀어나왔다는 점이었다.

마치, 일종의 몰이사냥을 당하는 기분이었을 것이다. 쉴 새 없이 전력이 깎이고, 거기에 더해 정신력마저 깎여나가는 건 순식간이었다.

그런 반면에 언데드 측은 전진하면 할수록 그 병력이 늘어나고, 거기에 더해 죽음의 기운을 받아 진화하는 데스나이트마저 존재해, 전력적인 증가가 어마어마했다.

단숨에 각 왕국을 지탱하던 실세들이 무너져 내렸다.

'만약⋯ 드워프들이 없었더라면.'

그들은 제 힘을 소진 시키는 정도가 아니라, 아예 지워져버렸을 지도 몰랐다.

뒤늦게나마 투입된 드워프들의 등장과 도움으로 인해, 실세라 불리던 이들은 명맥이나마 유지했고, 이는 왕국의 혼란을 최소한으로 통제하며 권력을 이동하는 일말의 시간을 벌어주었다.

물론, 아주 혼란이 없는 건 아니었으나, 애초에 계획되었을 거대한 혼란에 비한다면야 충분히 안정권이라 할 수 있었다.

어찌 보면 나쁘지 않은 결말이었다. 하지만 또 한편으로는 좋지 않은 시작이기도 했다.

드워프!

이야기에서나 접할 수 있는 그 놀라운 존재들이 대거 출현했고, 놀라운 능력까지 보여줬다.

왕국들의 눈에. 탐욕의 불길이 타오르기에 충분한 사건이었다.

"쯧!"

그들의 뒤를 봐주기로. 한 까닭일까? 황제는 앞으로 다가올 일처리를 생각하니 절로 머리가 아파오는 걸 느꼈다.

전쟁에 대비하는 것만으로도 골치건만, 또 다른 문젯거리가 더해지고 있으니, 차가운 이성을 앞세우는 그녀로써도 짜증이란 감정이 일어날 수밖에 없었다.

똑똑!

그 순간 방문을 두드리는 소리가 들려왔다.

"황자전하께서 오셨습니다."

이어지는 방문객의 소식에 황제의 미간에 한 줄기 주름

이 일어났다.

뒤이어 문이 열리고, 장성했다고 해도 부족하지 않을 황자가 모습을 드러냈다.

"황제 폐하를 뵙습니다."

짤막한 카이든의 인사에 황제 아미르의 눈가에 한 줄기 온기가 스쳤다. 그것은 대제국 칼레이드의 황제로써가 아닌, 한 아이의 엄마로써 내비치는 눈빛이며 마음이었다.

하지만 카이든이 예를 올리고 시선을 맞춰올 즈음에는 다시 예의 그 싸늘한 눈빛으로 돌아와 있었다.

그렇게 냉랭한 모습으로 잠시간 눈을 마주한 채, 소리 없는 침묵의 시간이 흘렀다. 그렇게 한참을 이유를 알 수 없는 정적을 흘려보내는 게 힘들었을까? 결국 참지 못한 카이든이 먼저 입을 열었다.

"보내주십시오!"

역시, 예상했던 그대로의 한마디에 황제의 미간에 새겨진 주름이 한층 깊어졌다.

"안 된다."

그녀의 이야기에 황자가 재차 외쳤다.

"전쟁입니다. 그것도 대륙 모든 국가가 힘을 모은 전쟁에, 제국의 황자인 제가 빠진다니요. 보내주십시오!"

"황제인 내가 나설 것이다."

"그렇지만…."

카이든이 입술을 잘근 깨물며 황제를 바라봤다. 이런 아이의 모습에 잠시 시선을 던져 보내던 그녀가 물었다.

"성녀와 성검 때문이냐?"

그 순간 카이든의 두 눈이 동그래지며 크기를 키웠다.

"알고… 계셨어요?"

설마, 아카데미 생활이 들켰을 줄이야. 생각지도 못한 상황에 카이든의 음성이 바르르 떨렸다.

황제가 가만히 고개를 끄덕이며 답했다.

"너는 내 아들이다."

짧았다. 하지만 많은 의미를 내포하고 있었다.

다시금 그들 모자 사이로 짙은 침묵이 내려앉기 시작했다.

최초, 황자를 임신하던 당시에는 너무도 갑작스러웠기에, 어떤 마음을 품기도 어려웠다. 하지만 아이를 낳고, 황제로써의 업무에 시달리며, 한동안은 아이에게 원망의 화살을 던져버렸다.

갑작스레 사라져버린 브라만 대공과 그로 인해서 비어버린 권력의 중추, 그리고 야기되는 혼란이 그녀를 힘겹게 하면서, 대공을 향한 원망이 주변 상황까지 끌어안은 채 아이에게로 향해버린 것이다.

때문에 아이를 대하는 태도가 냉랭해져 버렸다. '소수'

를 단련하며 형성된 내적인 변화 역시도 적잖게 작용하기도 했다.

하지만 결국 카이든은 그녀의 아이였다. 시간이 흐르며 소수공이 경지에 오르고, 주변 상황도 조금씩 파악되면서, 마음에 여유가 찾아오자, 새삼 그녀는 스스로의 잘못을 깨닫게 되었다.

뒤늦게나마 아이와 마음을 나눠보려 했으나, 생각보다 쉽지 않았다. 세월이 쌓아놓은 방벽이 그들 모자 사이에 제법 두텁게 자리해 있던 까닭이었다.

특히, 최근 들어 대공을 보던 시선이, 제튼을 향한 감정이, 큰 폭으로 변화를 겪으면서, 아이를 향한 마음이 한층 부드럽게 풀려가고 있었다.

때문에 전쟁 준비로 바쁜 와중에도 아이와의 관계 개선을 위하여 먼저 거리를 좁히고자 성큼 다가갔다.

하지만 이게 웬일?

〈저를 전쟁에 내보내 주십시오!〉

뜬금없는 아이의 발언에 깜짝 놀라서는 후다닥 물러나야만 했다.

안 된다며 거절했으나, 카이든은 이후부터 매일처럼 찾아오며 그녀를 재촉하고 있었다. 먼저 가까워지려 다가가려던 상황이 역전되어, 아이가 발길을 하고 있으니 달가워야 하건만, 그 내용 때문에 웃을 수가 없었다.

이유는 짐작이 갔다. 아이의 아카데미 생활을 이미 알고 있는 까닭이었다. 오르카를 통한 정보공유로 인해 그 정확도는 생각 이상으로 높았다.

스스로가 알고 있는지 모르는지 확인할 길은 없었으나, 아이는 케빈이라는 소년에게 일종의 라이벌 의식 비슷한 걸 지니고 있었다.

그럴 만도 했다.

비슷한 또래라고 하기에는 약간의 차이가 있었으나, 어찌되었건 그나마 같은 학생으로 불리는 동기생 중에, 무려 마스터라 불리는 동급의 실력자가 있었다.

어찌 관심이 가지 않을 수가 있겠는가. 경쟁의식은 당연한 수순이었다.

하지만 더욱 난감한 건 다른 부분에 있었다.

성녀 메리!

오르카를 통해서 들은 정보가 실로 놀라웠다.

〈아무래도 관심이 있는 것 같던데.〉

이 역시 스스로가 깨닫고 있는지는 아직 미지수였으나, 분명 한 소녀를 향한 마음이 저 같은 무모한 행동 발언 등을 하도록 만드는 듯싶었다.

'하필이면…'

케빈과 메리의 부친이 누구이던가.

제튼 반트!

브라만 대공이라는 과거를 지닌 존재, 바로 카이든의 부친이 아니던가. 결코 순탄치 못할거라 여겨지는 아이의 미래를 생각하니 가슴이 답답해졌다.

한숨이 나올 것 같았으나, 애써 삼켜내며 더욱 냉정하고 차가운 목소리로 말했다.

"전에도 말했지만, 넌 아직 전쟁을 겪기에는 너무 어리다."

이제 겨우 열 셋!

황자의 나이였다. 어지간한 성인들처럼 건장한 체격 덕분에 외형으로야 장성했다는 느낌이 들었으나, 분명 그 얼굴은 앳된 기색이 남아있었다.

"올 겨울이 지나면 열 넷입니다. 예전에는 성인식을 치르고 당당히 사내로써 인정받던 나이입니다."

확실히 그 나이쯤에 성인식을 치르기는 했었고, 여전히 이 즈음에 성인식을 치르는 왕국이나 부족들이 있었다.

"칼레이드는 왕국 시절에도 성인식은 열다섯에 치렀다."

열 넷은 다른 왕국 이야기라는 의미였다.

잠시 말문이 막힌 듯, 입을 꾹 다무는 카이든이었으나, 얼마 지나지 않아 다시금 말문을 열었다.

"지금도 대륙에는 제 나이에 전쟁에 뛰어드는 소년들이 있고, 정식 용병으로 활동하는 백성들도 있습니다. 하물며 황자 된 위치에서 그저 나이가 어리다는 이유로 구경만 할 수는 없습니다."

그러며 슬쩍 기세를 드러낸다.

감히 황제를 앞에 두고 이 무슨 불순한 행동인가 싶겠으나, 이는 스스로의 실력을 알리기 위한 일종의 시위였다.

나이가 어려도 이 정도 실력이면 충분히 전장에 나서도 되지 않겠냐는 외침이었다.

잠시 그 무언의 시위를 지켜보던 황제가 결국 참지 못한 듯, 나직한 한숨을 흘려내며 자리에서 일어났다.

"정 그렇다면 어디 한 번 스스로를 증명해 봐라."

그러며 밖으로 향한다. 시립하고 있던 호위들에게 그녀가 외쳤다.

"연무장으로 간다!"

아이를 위하여 매를 들 순간이었다.

❖

승승장구 할 거라 여겼다.

"커클라이던이 어쩌고 어째?"

하지만 생각지도 못했던 의외의 상황이 발생했다.

"당했다고?"

어찌나 열을 냈던지, 우마왕의 매섭게 솟은 양 뿔이 붉게 달아오르고 있었다.

이에 보고를 위해 달려왔던 마족이 마른침을 삼키며 부

르르 떨었다. 우마왕의 마기가 사납게 대전 안을 휩쓸기 시작한 까닭이었다.

좌우로 시립해있던 상위 마족들마저도 숨을 삼키는 그런 아찔한 기세였다.

"큭!"

그런 때에 어울리지 않는 실소가 터져 나왔다. 우마왕이 와락 구겨진 얼굴로 웃음성의 주인을 바라봤다.

'천마… 으드득!'

실질적으로는 그 다음의 지위를 지니고 있었으나, 의도적으로 대전의 가장 끝자리에 좌석을 배치했다. 낮은 지위의 마족들이 머무는 자리였다.

이 같은 변칙적인 배치로 인해, 한 눈에 천마의 모습이 시야에 잡혔다.

"마룡족의 정통성 있는 후예라면서, 항상 자신만만하기에 뭔가 한 가닥 보여주는 줄 알았더니, 결국 허풍이었나 보네. 크큭큭큭!"

대놓고 던져대는 막말에 우마왕의 마기가 한층 거세게 대전을 뒤흔들었다. 마법적인 조치가 취해져있는 장소였건만, 그 기세만으로도 곳곳에 금이 가며, 당장이라도 무너질 듯 흔들리기 시작했다.

그 무시무시한 마기에 상위 마족들의 얼굴 위로 식은땀이 배어나오는 게 보였다.

하지만 천마는 여전히 태연한 모습으로 입을 열었다.

"정 그렇게 고민할 것 없이, 그냥 내게 '명령'을 내리면 되잖아. 그럼, 다 해결해 줄 수 있다니까."

그 순간 우마왕의 마기가 급속도로 가라앉으며 진정되기 시작했다. 천마의 이야기가 이성적인 부분을 자극한 까닭이었다.

"아… 아쉽네. 큭!"

짧은 한마디를 남기며 천마가 자리에서 일어났다. 더 볼일이 없다는 듯, 시원하니 대전의 문을 열고 나가버린다.

이에 상위 마족들이 무례하다느니 어쩌느니 잠시 떠들었으나, 우마왕이 손을 들어 주변의 소란을 잠식시켰다.

그러며 타오르는 눈으로 천마가 나간 대전의 문을 응시했다.

'건방진 놈!'

그 행동 하나하나가 마음에 들지 않는다고 해야 할까? 마계의 다른 수많은 왕들보다 앞서서 처리해야 할 존재라는 걸 새삼 깨달았다.

조금 전, 천마는 그에게 제안했다.

명령!

종속관계로써 충분히 내릴 수 있는 것이고, 천마는 지체 없이 그의 명령을 따를 터였다.

하지만,

'몇 번이나 남았을지 알 수가 없으니.'

놀랍게도 그가 명령을 내릴 때마다 그와 천마 사이에 존재하는 종속의 관계가 흐려지고 있음을 알았다.

마계에서도 어렴풋이 느끼던 부분이었건만, 이곳 중간계로 넘어온 뒤 확실하게 이를 경험하게 되었다.

'차원을 넘는다는 게, 이런 부작용이 있을 줄이야.'

마족들이 부리는 종속의 관계는 그들 마계의 하늘인 마신의 축복으로 인해서 이어지는 계약이기도 했다.

그 때문일까?

종속의 관계가 마계에서는 강렬했으나, 이곳 중간계에서는 마신의 영향력이 상당부분 감퇴했던 것이다.

이 같은 사실은 카마카산 왕국을 멸하라는 명령을 내릴 때 깨달을 수 있었다.

더욱 놀라운 건, 천마가 당시 명령에 저항하며 내비치던 모습이었다.

'분명… 종속의 인을 흐름을 역행하는 모습이었지.'

그것은 실로 충격이었고 공포였다. 마계의 존재라면 결코 거부할 수 없는 마신의 축복을 거부하는 걸 넘어, 그 기운의 흐름을 파헤치는 것이 아닌가.

때문에 더욱 명령을 내리기가 어려워졌다. 자칫 잘 못하다가는 종속의 관계가 깨어질 수도 있는 까닭이었다.

최소한 마계로 돌아가기 전까지는 자제하는 것이 좋다고 여겼다.

게다가 천마에게 명령을 내릴 때는 그 역시 적잖은 심력을 소모하는 까닭에, 지금처럼 어지러운 상황에서는 더더욱 주저할 수밖에 없었다.

"사령술사를 불러라!"

그의 외침에 대전의 끝자락에서 시립하고 있던 마족이 다급하게 밖으로 향했다.

잠시 후, 비혜름이 대전의 문을 열고 당당히 안으로 들어왔다. 그 역시 마계의 왕으로 불리는 존재이니 만큼, 뻣뻣한 고개에 무어라 반발하는 마족은 없었다.

"드디어 결심을 했나 보군."

비혜름은 우마왕의 얼굴을 보자마자 그리 물어왔다. 이에 우마왕이 짧게 고개를 끄덕이며 답했다.

"올 겨울이 지나기 전까지 모든 전력을 복구시킨다. 도와라."

이에 비혜름이 비릿한 미소를 입가에 그렸다. 평소와 달리, 저 우마왕이 먼저 손을 내민 것이다.

바라던 대로 흐름이 그에게로 넘어온 순간이기도 했다.

"얼마든지!"

웃으며 그 손을 맞잡았다.

전쟁!

이 겨울이 지나기 전, 대륙은 암흑의 시대를 맞이하게
될 터였다.

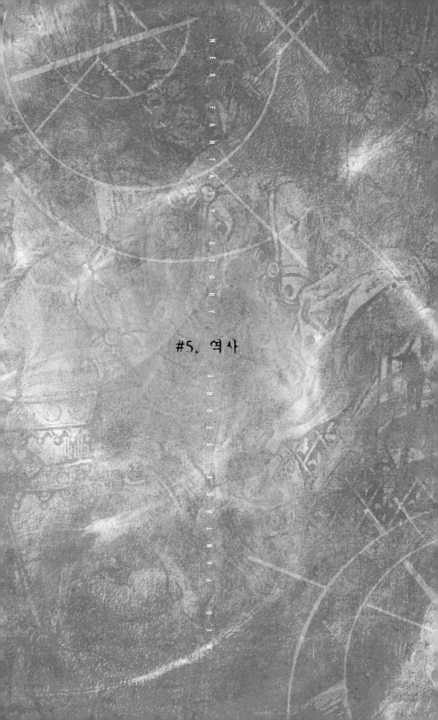

#5. 역사

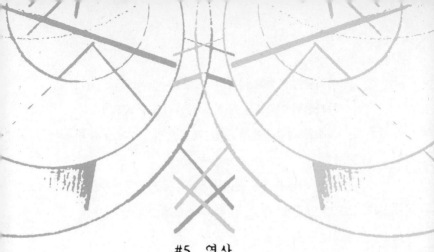

#5. 역사

이제는 이야기 속에서나 전해들을 수 있을 법한 존재가
나타났다.

드워프!

갑작스런 그들의 등장 덕분일까? 대륙의 분위기는 한
차례 크게 뛰었다. 마족과 언데드의 출현으로 인해, 암흑
시대라는 이름 아래 두려움을 새겨가던 사람들의 머릿속
으로 호기심이라는 빛이 피어나더니, 들불처럼 사방으로
번져가며 하루가 다르게 두려움을 밀어내고 있었다.

어쩌면 이들 드워프들을 통해 두려움을 잊어보고자 하
는 것일지도 몰랐다.

"이번에 나타난 드워프들 숫자가 어마어마하다며?"

"어쩌면 엘프들도 나타날 수 있겠다고 하던데."

"사라졌던 이종족들이 전부 나올지도 모르지."

"그래도 사람들에게 당한 게 있는데, 우릴 도와주려고
할까?"

"지금 상황을 봐. 설마, 대륙이 위기인데. 이종족들도
보고만 있겠어? 결국, 한 팔 거들 수밖에 없을 거야."

"하긴…."

이런저런 내용으로 열심히 이야깃거리를 꽃피우며, 그
들 나름대로 '희망'을 나누고자 하였고, 이런 이유 때문인
지 전에 없는 속도로 소문은 퍼져가고 있었다.

그리고 우마왕은 이 같은 대륙의 변화를 누구보다 빠르
게 감지해냈다.

'하늘이….'

그의 마기의 영향으로 어둡게 물든 하늘이건만, 그 중
일부에 흐린 영역이 비치고 있었다. 절대적이라 할 정도로
그의 지배를 받는 영역에서 이 같은 현상이 일어난 것이
다.

우마왕은 이를 통해 대륙의 변화를 인지할 수 있었다.

세상을 어둠에 물들이는 중추적 역할을 하는 까닭에, 이
흐름이 좋지 않다는 것 역시도 깨달았다.

그 즉시 비헤름을 불렀다.

"느꼈나보군."

도착과 동시에 나온 비혜름의 한마디가 우마왕의 심기를 건드렸다. 하늘의 변화를 그만 느낀 게 아니라는 점 때문이었다. 상대 역시도 그와 같은 '왕'이라는 사실이 새삼스레 그를 불쾌하게 한 것이다.

하지만 손을 잡았고, 도움을 청한 상황에서 이 같은 감정을 드러낼 수는 없었다. 화를 삼키며 필요한 말만 꺼내들었다.

"아직 멀었나?"

그 물음에 비혜름이 고개를 끄덕였다.

"아무리 하급 마수들이라지만, 그래도 숫자가 한 둘도 아니고, 무려 만 단위을 넘어간다. 그런 놈들을 강화하는 게 그리 쉬울 것 같아? 조금만 더 기다려. 게다가 아직 회복이 덜 된 마족들도 제법 있잖아. 저번에도 말했지만, 올해가 가기 전까지는 어떻게는 마칠 테니까. 조금만 더 기다리라고."

"나도 말했을 텐데. 올 겨울이 끝나기 전에 모든 전력을 복구시키고, 정벌에 나서겠다고."

"그렇지. 하지만 분명 말하지만, 자네는 올 '겨울'이라고 했어. 올 '해'가 아니라. 겨울은 내년 초까지 이어진다고."

확실히 틀린 말은 아니었던지, 우마왕은 잠시 말문이 막혀야만 했다. 분한 마음이 있었던지, 언뜻 그의 뿔이 붉어지는 게 보였다.

이 모습에 비헤름이 슬쩍 물러나며 말했다.

"그럼, 이만 가야겠네. 그렇잖아도 바빠 죽겠으니까 너무 자주 부르지는 말라고."

그리고는 후다닥 마왕전을 나가버린다. 이 모습을 매섭게 노려보던 우마왕이 획 하니 창밖으로 시선을 던져 보냈다.

사나운 그의 감정에 반응한 것인지, 짙은 마기가 뭉클 피어올라 하늘로 솟구쳤다.

뒤이어 저 멀리 흐릿해졌던 하늘의 한 부분이 그의 마기로 덧씌워지며, 다시금 칠흑빛으로 물들어가는 게 보였다.

◈

이면 세상의 실력자들은 북 대륙의 소식을 듣고, 일찌감치 건너와 북 대륙 내에서 활동을 시작한 상태였다.

그들은 멸망한 에칠란 왕국과 카마카산 왕국의 생존자들을 찾아내, 안전하게 대피를 시키거나 그들 사이의 만남을 주선해 주고는 했다.

비록 저들 두 왕국의 생존자들과 만남을 가졌다고는 하나, 그들은 '이면 세상'이라는 자신들의 위치를 지켜내고자 했고, 이 때문에 전면에 나서려고 하진 않았다.

그저 지원자로써 저들 생존자들이 자립할 수 있는 계기

를 만들어 주고자 했다.

물론, 상황상 그 흐름이 마족군과의 대치로 이어지는 건 어쩔 수가 없었으나, 애초에 저들 어둠의 군세를 몰아내기 위해 움직인 부분도 있는 까닭에, 흔쾌히 생존자들의 눈과 귀가 되어주었다.

이런 눈과 귀의 중심이 되는 인물, 에르낙 하쿰은 최근 들어 마족들의 분위기가 전과 다르다는 걸 깨달았다.

"요즘, 어째선지 마족들이 너무 조용하더군."

그의 이야기에 타르논 가문의 가주인 타칼이 고개를 끄덕이며 동의했다.

"여전히 소란스럽기는 하지만, 이전과 비교해보면 많이 얌전해진 느낌이더군요. 게다가 다른 가주들과 이야기를 나눠보니, 놈들의 수가 줄어든 것 같다는 결론을 내렸습니다."

각자 가문의 가장 뛰어난 실력자들을 이끌고 이곳으로 건너왔다.

하나같이 익스퍼트 상급에 닿거나 기댄 실력자들로써, 그 수가 무려 백여명이나 되었다.

충분히 어마어마한 전력이었으나, 상대는 무려 마족이라 불리는 다른 세상의 강자들이었다.

실질적으로 그들과 겨루는 게 가능한 건, 에르낙 정도 뿐이었다.

타칼 역시도 마스터의 경지에 이르렀으나, 마족들의 마기를 근거리에서 접해본 뒤, 스스로 쉽지 않다는 결론을 내리게 되었다.

물론, 마수라고 불리는 존재들과는 충분히 겨뤄볼 수 있었으나, 기본적으로 마수는 항시 마족의 통제를 받는 까닭에, 따로 마주하기는 어려운 상황이었다.

어찌 보면 그들이 정보원으로써 활동하는 건, 이면 세상의 역할을 지키기 위함도 있었으나, 그 정도가 그들이 할 수 있는 전부인 이유도 컸다.

그나마 다행이라면, 저 팔라얀 상단의 요원들이 이런저런 도움을 주면서, 눈을 밝히고 귀를 깨우는 방법을 제대로 터득했다는 점이었다.

물론, 그러고 나서도 일정거리 이상은 다가가기 어렵다는 문제가 있었으나, 분위기나 최소한의 움직임을 살피는 것 정도는 가능했다.

"또 다시, 일을 벌일 생각일까?"

에르낙의 혼잣말 섞인 중얼거림에, 타칼 역시도 비슷한 생각을 하고 있었던지, 조용히 고개를 끄덕이는 모습을 보였다. 그러며 슬쩍 생각한 바를 꺼내놓는다.

"아무래도 팔라얀 상단의 요원과 접촉을 해 봐야겠습니다."

과연, 대륙 제일의 정보력을 지녔다고 해야 할까?

어떻게 알아내는 것인지, 그들은 간혹 놀라울 정도로 정확한 마족군의 동향을 전해오고는 했다.

"그들이라면… 어쩌면 이번 상황과 관련된 정보를 알고 있을지도 모르겠군."

에르낙 역시 답답했던지, 흔쾌히 타칼의 생각에 동의했다. 자리에 없는 다른 가주들의 생각도 물어야 하겠으나, 언제나 바삐 돌아가는 북 대륙의 상황을 생각한다면, 즉시 움직이는 게 나을 터였다.

짧게 인사를 마친 타칼이 급히 밖으로 향했다. 그 뒷모습을 잠시 바라보던 에르낙이 걱정 섞인 어투로 중얼거렸다.

"최악은 아니어야 할 텐데."

생각하기도 싫은 상황이 자꾸만 머릿속을 맴돌았다.

◈

흐릿하던 하늘의 색상은 여전했다. 하지만 미묘한 차이가 있었다.

"밝아졌군."

뭔가 분위기가 바뀔만한 사건이 세상에 벌어졌다는 의미였다. 그리고 이 같은 상황은 여러모로 마왕을 재촉하고 있을 게 분명했다.

"때가 된 건가."

버서커 사이펀은 나직한 중얼거림과 함께 뒤를 돌아봤다. 붉은 빛 일색의 무리들이 보였다.

한 차례 이를 드러내며 웃은 그가 마적단 세르만을 일일이 눈에 담았다. 그를 통해서 새롭게 재탄생한 이들로써, 저들 하나하나가 전부 버서커라 해도 과언은 아니었다.

물론, '진짜'를 이어받은 건 그 하나였고, 저들은 일종의 '복제'라 할 수 있었지만, 그것만으로도 충분히 무시무시한 전력을 보여줄 터였다.

저 거대한 어둠의 군세를 비롯하여, 대륙의 거대한 흐름과도 맞서 싸울 이들이었다.

당연히 약할 수가 없었다.

"큭큭큭큭…."

만족스런 웃음을 터트린 버서커가 다시금 고개를 들어 하늘을 올려다봤다. 그러며 외쳤다.

"보이십니까."

누구에게 하는 이야기일까.

"저는 여전히 저만의 방식으로 세상을 사랑하겠나이다."

동시에 붉은빛 기류가 버서커의 등 뒤에서 피어났다.

파앗!

그것은 마치 날개처럼 돋아나 그의 등 뒤를 화려하게 너울거렸다.

"이번에도 한 번 막아보십시오!"

스스로 비틀려 있음을 알았다. 하지만 이 비틀림을 놓는 게 불가능했다.

버서커!

그는 타락하여 광기에 취한 존재이기 때문이었다.

"막아보십시오!"

절규하듯 그렇게 하늘을 향해 외치는 그의 두 눈 위로 마치 눈물마냥 붉은빛 핏물이 흘러내리기 시작했다.

"크하하하하하!"

하지만 그의 얼굴은 유쾌한 웃음을 짓고 있었다.

실로 괴이한 풍경이었다.

❖

겨울이 깊고, 추위가 짙어진다 싶더니, 어느새 한 해의 끝이 다가왔고, 순식간에 새 해가 밝아오기 시작했다.

북 대륙의 흉흉한 소식으로 움츠러들었던 마음을 일부나마 환기시키며, 대륙은 새 출발의 기분을 만끽하고자 애써 목소리 높여 웃음을 터트렸다.

그리고 이 즈음,

기다렸다는 듯, 어둠이 그 모습을 드러냈다.

스스로를 '우마왕'이라 밝히고, 자신들이 마계의 존재이자 마왕의 군대임을 알린 마족들이 본격적인 북 대륙 정벌에, 아니 정리에 들어간 것이다.

그것은 실로 어마어마한 군세였다. 숨길 생각이 없던 것인지, 수시로 정보원들의 눈에 담기며 보고된 군세는 족히 십만은 되어 보인다고 알려왔다.

저들이 이곳 세상의 일반적인 병력이었다면 모르겠으나, 저 마계의 존재, 그것도 마왕의 군대라는 것을 생각해본다면, 이는 충분히 경악할 만한 숫자요 전력이라 할 수있었다.

잊으려 노력했던 두려움이 다시금 얼굴을 들이밀며, 감정의 깊숙한 부분을 자극하기 시작했다.

하지만 애써 삼켜내며 정보 통제에 신경을 썼다.

이 같은 사실이 외부로 알려진다면, 일반 백성들 역시도이 아찔한 기분을 맛보게 될 것이고, 이는 좋지 않은 악영향을 끼칠 수 있다는 결론을 내린 것이다.

허나 아무리 숨기려 해도 마왕군의 당당한 행보로 인해, 자연스레 그들의 소식은 전해지기 시작했고, 새 출발의 기쁨을 만끽해야 할 새해는 침울하고 삭막한 칠흑빛으로 물들어야만 했다.

"효과는 나쁘지 않네."

비혜름은 대륙의 소식을 듣고, 하늘의 변화를 살피며 이번 출정이 제법 성과를 거뒀다고 여겼다.

아직 강화를 마무리하지 못한 마수들이 상당했으나, 마족들의 전력은 전부 회복시킨 상황이었다.

충분히 승부수를 띄워볼만한 조건이었다.

"어차피 마수들이야 소모품이니."

우마왕으로써는 더 이상 기다릴 이유가 없었다.

새 출발의 희망에 들떠있을 대륙의 분위기에 찬물을 끼얹으며, 대번에 그들의 공기를 퍼트렸다. 다분히 의도적인 행보였다.

"무식하게 생겨서, 제법이란 말이지. 큭!"

한 차례 웃음을 터트린 비혜름이 찬찬히 주변을 돌아봤다.

우마왕을 비롯하여 수많은 마족들이 머물던 임시진영이 눈에 들어왔다.

어디까지나 비혜름은 보충 및 지원을 위한 역할이라는 듯, 우마왕은 그에게 뒷정리를 맡기며 밖으로 향했다.

그 역시 사령술사라 불리는 '왕'으로써, 이런 뒤치다꺼리를 한다는 게 자존심이 상할 수도 있건만, 의외로 흔쾌히 받아들이며 일을 처리하고 있었다.

"크흐흐흐…"

게다가 한껏 베어 문 미소는 또 무엇이란 말인가.

"결국, 마지막이 웃는 자가 진정한 승자지."

그렇게 알 수 없는 소리를 중얼거리며, 비헤름은 임시진영을 하나 둘 정리해갔다.

❖

갑작스러웠으나 어느 정도 짐작은 하고 있던 상황이었다. 천마에게서 로렌스를 거쳐 팔라얀을 통해 건너온 정보들이 경고성을 보낸 까닭이었다.

제튼은 조용히 주변을 돌아보았다. 제국 국경에서 멀지 않은 장소에 마련된 너른 평야가 보였다.

"마지막 결전지란 말이지."

이미 천마에게 언질을 받은 게 있어서인지, 이 너른 평야가 예사롭지 않게 느껴졌다.

분명 거대한 결계가 펼쳐져있다고 했건만, 뭔가 특별한 부분은 전혀 없었다.

"흐음…."

감각이 날카롭게 벼리고 벼려서야 겨우 희미한 흐름의 한 가닥을 잡아챌 수 있었다.

이 정도로 잘 숨겨져 있다면, 마족들 역시 눈치 챌 수 없을 거라 여겼다. 고개를 끄덕인 제튼이 가볍게 숨을 고르며 주변을 살피던 감각을 그의 내부로 집중시켰다.

나쁘지 않았다.

그간 착실히 준비해 온 것들이 내부에서 잘 완성되어 있는 게 느껴졌다.

지난 번, 커클라이던이라는 마룡과 그 휘하의 상위 마족들과 겨루며, 상당한 힘을 사용하게 되면서 그 동안의 노력들이 일부 흔들리려 했으나, 다행히도 잘 다스릴 수 있었다.

'할 수 있는 건 다 했으니.'

이젠 기다리는 일만 남았다. 결계의 영역을 좀 더 확실히 살피고자, 제튼의 감각이 다시금 주변 일대를 탐색하기 시작했다.

◈

북 대륙을 제외한 나머지 대륙들이 언데드라는 망령들에게 시달렸다면, 이 모든 사건의 중심이라 여겨지는 북 대륙의 경우에는 '마수'라 불리는 존재들에게 고통 받아야만 했다.

마족들이 자리를 잡았다고는 하나, 실질적으로 그들이 움직이는 경우는 많지 않았다.

그래서일까?

북 대륙의 사람들은 마족들에 앞서 마수들을 두려워하

는 마음이 먼저였다. 멀리 있는 공포보다 가까운 위협이 먼저인 것이다.

하지만 그 때문에 더욱 마족들을 경계하는 마음이 컸다. 마수들이 보여주는 괴력만으로도 충분히 힘에 부치건만, 이들의 상위 포식자라는 마족들은 얼마나 더 무시무시하겠는가.

마수들을 상대하는 틈틈이, 저들 같은 마물들을 상대하기에 충분한 마법이나 성법 혹은 신물들을 모으며, 다가올 더 큰 환란에 대비하고자 했다.

그러나 이 모든 준비들을 비웃기라도 하듯, 마왕군은 당당히 정면으로 그들의 대응을 박살내고 깨부수며 뚫고 지나갔다.

먼 공포가 가까이 다가와 그 실체를 보여주던 순간이었다.

바투셀 왕국. 하만 공화국. 아스페르난 연합국 등등… 카마카산이 없는 지금, 그나마 북 대륙을 대표한다 할 자격이 있는 국가들이 하나 둘 무너지기 시작했다. 그야말로 순식간이었다.

"이건… 뭔가 이상하군요."

그리고 이 즈음, 쿠너는 새로운 사실 하나를 알아냈다.

"에칠란이나 카마카산과 달리, 이번에는 끝을 보지 않고 지나친 것 같은데, 제 착각은 아니겠지요?"

"확실히… 앞서 두 왕국과는 다른 것 같습니다."

곁을 지키던 에르망이 고개를 끄덕이며 동의를 표했다. 뭔가 생각이 난 듯, 쿠너가 급히 품에서 지도를 꺼내더니, 하나하나 점을 찍으며 마왕군이 지나친 경로를 살폈다.

그리고 이 즈음에 에르망도 쿠너의 생각을 읽어냈다.

"관통하고 있군요."

"일직선이라고 할 정도는 아니지만, 이정도라면… 확실히 최단 거리고 북 대륙을 벗어나고 있다고 봐도 되겠네요."

그러며 연계하고 있는 '흑사자 기사단'의 정보들을 하나하나 머릿속으로 떠올렸다.

"마수들을 대량으로 풀어서 북 대륙의 혼란을 일으키고, 그 틈에 이곳을 벗어날 생각입니다."

게다가 하나같이 카마카산 이후 새롭게 북 대륙의 중심을 잡아가는 국가들만 노렸다. 최단거리를 유지하면서도 이 같은 전략을 완성시킬 수 있는 저들의 동선에 소름이 끼쳤다.

또한, 움직이기 무섭게 북 대륙 전역에 소란을 일으키는 지금의 사태를 놓고 보았을 때, 마족들이 그간 놀고만 있던 게 아니라는 걸 확인할 수도 있었다.

그러며 지도에 재차 점을 찍었다.

타바단 왕국의 국경지대!

그가 이곳으로 넘어오던 당시에 거쳤던 곳, 북 대륙의 관문이라 불리는 장소였다.

"지금쯤이면 이미 이곳에 없을 겁니다."

에르망 역시 고개를 끄덕이며 동의했다. 현재 이곳의 소란은 언제나처럼 마수들이 일으키는 것일 터였다.

"쫓아야겠습니다."

쿠너가 지도를 품에 집어넣으며 자리에서 일어났다. 에르망이 그 모습을 바라보며 조용히 미소 지었다.

이곳 북 대륙에서 보낸 짧지 않은 경험이 그들의 새로운 어린 지도자를 한껏 성장시켰음을 느낀 까닭이었다.

마수들과의 잦은 전투. 마족들의 정보 수집. 마왕군의 진지 정찰.

과거, 브라만 대공이 그러했듯, 쿠너 역시도 위험한 임무들을 주로 맡았다.

당연히 위기도 겪었다.

마족이라 불리는 존재와 짧게나마 격전을 치렀고, 생명의 위협을 받았다. 그리고 성장했다.

당시, 그 경험이 쿠너에게 많은 변화를 주었다. 5인 1조로 활동하던 그들이, 단 둘이서 움직이는 이유였다. 함께 움직이던 세 기사의 희생으로 살아남은 것이다.

대공에게 배웠던 오러의 격발!

시전자의 목숨을 담보로 한계치 이상의 힘을 발휘하는 것이었다.

잠시간 마족의 발을 묶었고, 그 틈을 타 에르망이 쿠너를 업고 도주했었다.

딱딱한 부분이 많던 쿠너의 사고가 이 사건 이후로 융통성이라는 걸 지니게 되었고, 이러한 정신적 변화를 통해서 그의 경지 역시도 한 걸음 더 나아가는 계기를 얻게 되었다.

"바로 쫓아가시겠습니까?"

출발하기 전, 에르망이 정확한 목적지를 확인코자 물었다. 이에 한 차례 생각을 하는가 싶던 쿠너가 짧게 고개를 젓는다 싶더니, 그의 질문에 답했다.

"우선 에칠란과 카마카산의 생존자들을 도와주고 있다는 '그림자'들을 만나야겠습니다."

이유는 짐작 되었다.

"그들의 힘을 얻으려 하십니까?"

좀 더 정확히는 '그'였다.

별의 영역을 넘어 하늘에 닿은 자!

그랜드 마스터!

저들 생존자들이 하늘과 만났다는 이야기가 있었다. 실체 없는 소문일 뿐이라고는 하나, 그게 사실이라면 큰 도움이 될 터였다.

진실이 아니더라도 그에 버금가는 무언가가 있을 거라 믿었다. 아니, 믿고 싶었다.

"실질적으로 생존자들이 그 세를 불릴 수 있는 건, 그림자들의 존재 때문입니다. 그러니 만나서 그들의 힘을 빌릴 겁니다."

에르망은 보좌관을 자처하며, 스스로 쿠너의 교육 담당이 되겠다 결심한 이였다. 그런 만큼 머리를 쓰는 일 역시도 우수했고, 당연하게도 쿠너가 그리는 이후의 일 역시도 예상할 수 있었다.

"마왕군의 뒤를 치실 생각이십니까?"

쿠너가 고개를 끄덕였다.

"대륙 연합도 곧 움직일 거라 생각합니다. 전력이 늘어서 손해는 아날 겁니다."

이미 마왕군은 이곳을 벗어난 상황이었다. 더 이상 북대륙에 연연하고 있을 때가 아니었다. 냉정하게 들릴지 모르겠으나, 이곳의 소란은 이곳에서 자체적으로 해결해야만 했다.

마왕의 군대가 북 대륙의 굵직한 뿌리들을 휩쓸고 간 탓에, 전력이 크게 저하되었다고는 하나, 마수들이 상대인 만큼 어떻게든 버텨낼 수 있을 거라 믿기로 했다.

마왕!

중요한 건 저들의 본진이었다.

항시 뜨거운 공기가 사방을 채우고 있는 사막의 메마른 대지 위로 의외의 찬바람이 몰아쳤다.

"이게, 마기라는 건가."

랍탑은 하늘을 가득 채우기 시작한 먹구름을 바라보며 눈살을 찌푸렸다.

그 시선을 내려 전방으로 향하니, 저 앞으로 다가드는 어둠의 군세가 눈에 들어왔다.

마왕군!

어느새 들어온 것인지, 저들의 행보는 그의 영역까지 뻗어오고 있었다. 바탑에게 들은 이야기로는 저들은 일종의 선봉대일 가능성이 크다며, 실질적인 마왕군은 이제 겨우 북 대륙을 넘었거나, 아직 그곳을 지나치고 있을 거라 하였다.

'결국, 저놈들은 일개 마족이란 말이지.'

헌데도 이 소름끼치는 기운은 무엇인가. 저들의 기세를 마주하고 있자니, 마치 북 대륙의 찬 공기를 안고 온 듯, 싸늘한 한기가 팔뚝을 치고 지나가는 느낌이었다.

그가 이럴진대 다른 이들은 어떠하겠는가. 슬쩍 시선을 돌려보니, 하나 같이 바싹 얼어있는 모습들이었다.

하지만 누구 하나 투지를 잃은 이들이 없었다.

복수!

그들은 지난 마족들의 기습으로 많은 형제 동료들을 잃었다. 랍탑 역시도 이제는 형제처럼 아끼는 바탑을 잃을 뻔하지 않았던가.

당시, 내부를 정비하느라 후발 지원부대와 함께 출발하려던 중, 바탑과 다른 사막 전사들의 패퇴 소식을 듣고 얼마나 분노했던가.

절반가량이 죽었고, 거기서 또 절반 이상이 큰 부상을 입었다. 또한, 이런저런 자잘한 사고들까지 합친다면, 결국 실질적인 전력은 겨우 일천 남짓이 남았다.

그들을 더욱 혹독하고 거칠게 단련시키고, 이미 은퇴한 사막의 전사들을 전부 끌어 모았다. 사막 최후의 보루라고 할 수 있는 전력이었다.

〈제국과 합류해야 합니다!〉

바탑의 주장이었고, 랍탑 역시도 그 말을 따르고자 했다. 그 역시 사막의 형제들을 아끼는 까닭이었다.

하지만 상황이 이를 허락하지 않았다. 모든 준비가 끝나기도 전에, 마왕군이 발호하더니 예상치도 못한 타이밍에 저들 선봉대라는 이들이 치고 들어온 것이다.

꽈드드득…

검을 쥔 손에 잔뜩 힘이 들어갔다. 어느새 가까워지는 거리에 심장이 크게 뛰었다.

전사의 피가 약동하기 시작했다.

"간다."

짤막한 한마디를 남기며 그가 먼저 전방을 향해 뛰었다.

❖

멀찍이서 한 사내의 전투를 지켜보고 있노라니, 어째서
인지 '그'가 떠올랐다.

'대공….'

이유가 뭘까? 차분히 사내의 정체를 상기해 봤다.

붉은 용!

갑작스레 등장한 사막의 절대자. 여기서 중요한 건 '갑
작스럽다'는 부분이었다. 얼추 짐작 가는 게 있었다.

"이거 참."

옆에서 들려오는 음성에 슬쩍 고개가 돌아갔다. 비슷한
생각을 하는 모양인 듯, 쓰게 웃는 모습이 보였다.

"여기에도 그 작자 '졸'이 있었던 모양이네."

슬쩍 물었다.

"어쩔래?"

"이거 참, 계획 밖인데."

"그렇다고 구경만 할 수는 없잖아."

"하긴… 저놈은 몇 번째이려나."

"막둥이 보단 높겠지."

"큭!"

그렇게 두 사내는 한 차례 크게 웃으며 전방으로 걸음을
향했다.

새하얀 백발의 사내와 대머리의 사내.

서리왕과 학살자!

각자 북 대륙과 바다의 절대자라 불리던 이들이었다.

✦

북 대륙의 혼란에 대륙의 이목이 쏠린 가운데, 새로운
소식이 날아들었다.

사막이 당했다!

붉은 용의 추락이 빠른 속도로 각 왕국에 보고되었다.
또한, 북 대륙을 정리한다고 여겼던 마왕군이 빠른 속도로
북 대륙을 벗어나고 있다는 정보도 날아들었다.

앞서의 소식과 연계되며, 마왕군의 진로를 다시금 조사
하기 시작했다.

그리고 아주 놀라운 사실을 하나 알아냈다.

"이건…."

과거, 언데드의 군대가 이동하던 경로와 흡사하다는 점
이었다.

똑같은 경로를 밟는 건 아니었으나, 얼추 비슷한 부분들이 많이 드러나 있었다.

'설마?'

정보를 다루는 이들은 하나같이 같은 생각들은 하게 되었다.

'제국이 목표다!'

아직 확정을 내리기는 어려웠으나, 보여주는 동선이 너무 선명했다.

애초에 서쪽 대륙을 시작점으로 하던 언데드 군단과 북대륙을 출발점으로 하는 마왕군이 같은 경로를 밟기는 어려웠다. 하지만 그 동선의 흐름이 비슷하다면, 머릿속에 떠오른 의문을 깊이 생각해 볼 필요가 있었다.

무슨 의도인 것일까?

당당히 모습을 드러낸 것과 마찬가지로, 그 정벌 역시도 드러내놓고 움직이려는 의도일까?

많은 정보단체들의 머릿속에 다양한 물음표가 뜨는 순간이었다.

"보이는 그대로 믿으면 될 것을, 쯧!"

천마는 짧게 혀를 찼다. 그 모습에 금각이 쓰게 웃으며 물었다.

"슬슬 우마왕도 저희 의도를 알았을 텐데, 괜찮겠습니까?"

243

이에 천마가 어깨를 으쓱였다.

"그러게 누가 나에게 선봉을 맡기래."

선봉!

우마왕이 천마에게 내린 명이었다. 이번 원정의 최전방을 맡아, 그들이 마왕군이 걸어갈 길을 만들라고 한 것이다.

"그리고 제깟 놈이 뭘 어쩌겠어."

실실 거리며 내뱉는 천마의 이야기에 금각 역시도 동의한다는 듯 고개를 끄덕였다.

그의 말처럼 우마왕의 상황은 그리 좋지 않았다. 전력이 저하된 상태로 소환된 점, 이곳 세상에 또 다른 마왕이 버티고 있었다는 부분, 그리고 대륙이 이미 나름대로 경계를 갖추고 있었다는 것까지, 다양한 문젯거리가 넘쳐나고 있었다.

시간을 끌면 끌수록 부담이 될 수밖에 없었다.

특히, 저들 대륙의 전력이 한 자리에 모여 힘을 합치는 순간, 마왕은 패배를 역소환의 쓰린 맛을 보게 될 터였다.

부족한 전력으로 인해 더더욱 부정적인 미래가 우선적으로 그려지는 것이다.

게다가 그들은 애초에 이곳 세상의 존재가 아닌, 다른 세상 '마계'의 주민들이었다.

당연하게도 시간이 길어지면, 점차적으로 '세상의 배제'가 이뤄지게 될 터였다. 그 전에 이곳 '세상의 중심'이 된다면 모를까, 그렇지 못한다면 이 역시도 역소환의 계기가 될 수밖에 없었다.

"준비는 잘 하고 있겠지?"

슬쩍 던져오는 천마의 질문에 금각이 눈을 빛내며 답했다.

"예."

"은각이야 걱정 없지만, 대성 그놈이 문제인데… 실수하면 알지?"

"걱정… 마십시오."

"어째, 대답이 불안하다?"

"……"

슬쩍 시선을 피하는 금각이었다.

갑작스럽게 생겨난 어마어마한 숫자의 마수들. 아무리 마왕의 권능이 대단할지라도, 이는 결코 불가능한 일들이었다.

하지만 분명 우마왕의 부족한 전력을 메울만한 마수들이 새롭게 탄생되었다.

이를 가능케 한 이들이 바로 '몬스터'라 불리는 오크와 트롤을 비롯한 '변이종족'들이었다.

애초에 마기를 쬐어 탄생되었다고 알려진 존재들이니만큼, 그들은 새로운 마수로써 부리기에 더할 나위 없이 적합했고, 그 숫자도 만족스러울 정도로 많았다.

그렇게 몬스터들의 마수변환 작업이 시작되었다. 중추적인 역할은 비헤름이 맡았다. 시간이 많고 여유가 있었더라면 우마왕이 직접 권속들을 만들어 냈겠으나, 안타깝게도 상황이 여의치 않았고, 마계 제일의 흑마법사라 불리는 비헤름에게 맡긴 것이다.

몬스터들을 이용하게 되자, 순식간에 마수들이 늘어나며 외적인 모양새는 갖추게 되었다. 마계의 마수에 비한다면 부족한 감이 있었으나, 이 부분에 대한 강화작업도 착실히 이뤄졌다.

마왕군에게는 충분히 만족스러운 결과일 터였다.

그렇다면 몬스터들은 어떠할까?

당연하게도 반발이 일어날 수밖에 없었다. 저들 마왕군의 마기에 본능적인 끌림을 느끼고, 두려움을 깨달았으며, 공포심을 새겼을 것이다.

이 때문에 따를 수밖에 없었으나, 마치 소모품처럼 활용되는 자신들의 처지에 분노하며, 두려움과 공포 그리고 본능적인 끌림을 떨쳐내려 들었다.

그리고 천마는 바로 이 부분에 주목했다.

"얼추, 마수로 만들어진 놈들이 5만 정도 되나?"

천마의 물음에 금각이 즉각 답했다.

"그 정도 될 겁니다."

예정중이거나 어설프게나마 변환작업을 거친 몬스터까지 합한다면, 그 배의 숫자까지도 염두에 둘 수 있었다.

실로 어마어마한 숫자였다.

특히, 짧은 기간에 그 정도의 수가 마수로 탈바꿈 되었다는 점이 더욱 놀라웠다. 새삼 비헤름의 능력에 대해 감탄하는 부분이기도 했다.

하지만 이 대단한 능력 덕분에 몬스터들의 반발이 일어났고, 많은 수의 몬스터들이 마왕군을 벗어나고 있었다.

천마는 대성 일행을 시켜, 그 힘들을 다시 끌어 모아 마왕군의 뒤를 치고자 했다.

애초에 그들이 모이도록 만든 것이 천마의 계획으로 인한 것이었으나, 그들의 분노를 산 건 우마왕이었다. 지금의 몬스터들에게는 분노의 이유가 더 중요한 부분이었다.

이미 깎이고 깎여 실질적인 전력은 크지 않겠으나, 지금은 그 작은 전력도 활용해야 할 때였다.

어찌 보면 동족을 향해 칼을 들라고 부추기는 것일지도 모른다. 때문에 저들에게 선택권을 줄 생각이었다. 그렇지 않고서는 그나마도 부족한 전력이 더욱 바닥을 칠 것임을 알기 때문이었다.

그런 이유로 대성의 존재가 불안한 것이다. 말보다 주먹
이 앞서는 성격인 까닭이었다.

게다가 천마가 꾸민 계획을 실해한 건, 저들 대성 일행
이 아니던가. 불만의 감정들이 없진 않을 거라 여겼다.

'뭐… 어떻게든 되겠지.'

어깨를 으쓱이며 쓸데없는 근심을 털어버리는 천마였
다. 유쾌한 생각으로 정신적인 환기를 시키려고 머리를 돌
리자, 자연스레 떠오르는 얼굴들이 있었다.

그레일, 팩터, 랍탑!

각기, 서리왕과 학살자 그리고 붉은 용이라고 불리는 대
륙의 초인들이었다.

마왕군의 선봉을 맡아 사막으로 넘어갔을 때, 그의 앞을
막아선 이가 바로 랍탑이었다.

사막의 전사들을 이끌고 마왕군의 선봉대를 막으로 온
것이다. 그 소문과 정보를 들었기에, 어느 정도는 예상하
던 부분이었다.

일부러 전면에 나서지 않았다.

〈이 정도는 알아서 해결할 수 있지?〉

오히려 마왕이 감시 역할로 붙여줬던 마족들을 전면에
내세웠다. 우마왕을 제외하고, 감히 그의 말을 거역할 수
있는 마족은 없었기에, 그들은 할 수 없다는 듯 마수들을
이끌고 랍탑을 비롯한 사막의 전사들을 향했다.

그리고 볼 수 있었다.

'제법 실력이 늘었단 말이야.'

대개 그 정도 되면, 한 눈에 상대의 실력을 확인할 수 있으나, 그 뒤에 숨겨진 여력까지 전부 파악할 수 있는 건 아니었다.

때문에 그는 마족과 랍탑의 전투를 흥미롭게 지켜봤다. 사막 일통을 위해, 제국 전쟁 이후에도 긴 전쟁을 치러온 덕분일까? 랍탑에게는 숨겨진 여력이 많았고, 그 덕분에 겉과 속을 비교하며 보는 재미가 쏠쏠했다.

한 눈에 보인 랍탑의 실력은 분명 과거를 한참 뛰어넘어 있었다. 하지만 마족과의 전투로 드러난 숨은 여력은 충분히 그 위치에서 한 걸음 높이 발돋음 하게 만드는 저력이 존재했다.

그가 이곳으로 돌아와 확인한 마졸은 전부 네 명으로써, 서리왕과 학살자 그리고 무기력자와 붉은 용이었다.

제국 전쟁 이후, 그저 놀기만 한 건 아닌 듯, 그들은 하나같이 나름대로의 발전이 있었다. 이는 무기력자라 불리는 세바르 역시 마찬가지였다.

하지만 그 중에서도 붉은 용은 단연 압도적이었다.

다른 셋은 이제 겨우 다가서려 하는 영역에 이미 발을 올리고, 그 너머를 보려하고 있는 것이다.

그랜드 마스터!

붉은 용은 그 문을 열었고, 한 발 정도는 담그고 있는 중이었다.

때문에 마족과의 전투는 실로 치열하게 이어졌다. 하지만 우마왕과 함께 건너온 마족들은 하나같이 그 실력이 뛰어난 상위의 마족들이었다.

별의 영역 그 너머에 겨우 한 발 담근 것으로는 부족함이 있었고, 결국 패배의 그림자가 드리울 수밖에 없었다.

하지만 걱정하지 않았다.

그레일과 팩터!

이미 그들이 주변에서 대기하고 있음을 알았기 때문이다. 둘 모두 정예의 실력자들만을 이끌고 마왕군의 뒤를 쫓고 있었다.

북 대륙이 주 무대이며, 그곳에서 음지의 절대자로 활동하던 서리왕의 저력이라고 해야 할까?

유일하게 그들만은 선봉대의 존재를 눈치 채고 있었다. 하지만 알아챈 시점이 늦은 감이 있었기에, 다급히 쫓는 게 전부였다.

하지만 그 덕분에 사막과 붉은 용의 위기를 목격하게 되었고, 시기적절하게 끼어들어 마족의 손에서 구출해 낼 수 있었다.

제국 수도에서의 생활 덕분에 그 둘의 실력이 껑충 뛰었기에 가능한 일이었다.

이로 인해 마족들은 더더욱 천마의 눈치를 보게 되었고, 천마는 한층 여유롭게 선봉대를 진군시키는 게 가능해졌다.

사막의 전투는 여러모로 흥미로운 결과를 낳은 것이다. 특히, 그를 흥겹게 하는 건 셋의 만남이었다.

'마졸 놈들의 회합이라.'

분위기로 보았을 때 충분히 가능한 이야기였다. 이미 그레일과 팩터는 나름 친구처럼 지내고 있지 않던가.

그의 지독한 괴롭힘을 버텨낸 동질감이 그들 사이에 존재했던 것이다.

"큭…."

생각만으로도 재미있던지 절로 웃음이 나왔다. 게다가 저들 하나하나가 손에 꼽히는 세력을 지니고 있지 않던가.

이번 우마왕의 원정대에 큰 변수로 작용할 수도 있겠다는 생각에 절로 웃음이 커져만 갔다.

"큭큭큭큭…."

그리고 이 뜬금없는 분위기에 적응을 못 한 듯, 금각이 어색한 얼굴로 그를 바라보고 있었다.

❖

콰앙!

갑작스런 마기의 폭발과 동시에 주변 일대로 거대한 폭

풍이 몰아쳤다.

깜짝 놀라 달려왔던 마족들은 우마왕의 분노한 얼굴에, 다급히 바닥에 엎드리며 바르르 떨어야만 했다.

"천…마… 뿌드득!"

이를 갈아 마시는 우마왕의 모습에, 소식을 전해왔던 비헤름이 조용히 입 꼬리를 말아 올렸다.

'일부러 이 타이밍에 전해주길 잘했군.'

과거, 언데드 군단의 행적과 이번 천마의 행보를 간단히 전해주었고, 그로 인해 우마왕의 분노가 폭발한 것이었다.

이미 알고 있는 행보였다. 하지만 의도적으로 이에 대한 정보를 통제했다. 우마왕의 눈과 귀를 흐리는 건 어렵지 않았다.

마왕군의 정보원이라 할 수 있는 '그레이브'의 수장인 가면의 사내를 권속으로 둔 까닭이었다.

물론, 직접적으로 계약을 맺고, 마기를 주입하며 권속의 인을 새긴 건 아니었다. 우마왕에게 들킬 수 있기 때문이었다.

그런 이유로 간접적인 방법을 사용했다.

마족으로써가 아닌 '흑마법사'로써 접근한 것이다.

정신 지배!

최상급의 마법 중 하나로써, 여기에 사용한 마나 역시도 마기가 아니었다.

'이곳의 육신을 얻으니, 여러모로 편리한 점은 있군.'

암흑마나라 불리는 중간계의 기운을 이용한 것이다. 게다가 애초부터 가면사내와 육신의 원 주인인 운트 사이에 상당한 인연이 있었기에, 정신마법을 걸기는 더욱 쉬웠다.

"천-마!"

참기 어려웠던 듯, 또 다시 분노를 폭발시키는 우마왕의 모습에 슬쩍 웃음이 나왔다.

우마왕은 부족한 전력으로 인하여, 빠른 승부를 위해 대륙의 중심이라 할 수 있는 '제국'을 노리기로 했다.

헌데, 그 계획을 시작과 동시에 들켜버렸다.

당당히 모습을 드러내고, 마수들을 소모해 북 대륙을 흔드는 등, 이런저런 방법으로 시선 교란을 계획했던 게 한순간에 물거품이 된 것이다.

"크아아아아아-!"

또 다시금 터져 나오는 우마왕의 마기가 사납게 전신을 치고 지나갔다.

마족들에게도 버티기 어려울 정도로 농도 짙은 마기로써, 비헤름 역시도 제법 오싹했을 정도였다.

'대가리를 쓸 줄 아는 네놈 성격상 물러나고 싶겠지.'

하지만 이제는 더 이상 물러날 수도 없는 상황이었다. 너무 멀리 나온 이유도 있었으나, 그보다는 '왕'의 이름을 걸고 나온 것이니 만큼, 뒷걸음질은 용납될 수 없는 까닭이었다.

비헤름의 미소가 한층 짙어져갔다.

◆

사막의 소식을 접한 순간, 대륙이 움직였다. 마치, 약속
이나 한 듯, 각 국가의 정예병들이 성문을 열고 나왔다.

목적지는 이미 정해져 있었다.

제국!

칼레이드가 적들의 목적지라는 결론이 내려진 까닭이었
다. 어쩌면 섣부른 판단일지도 몰랐다. 하지만 따로 떨어
져 있다 각개격파를 당하느니, 한데 모여서 힘을 합치는
게 낫다고 판단한 것이다.

게다가 만에 하나의 사태를 대비하여, 각 왕국을 지킬
병력 정도는 충분히 남겨진 상황이었다.

앞서, 북 대륙 정벌 및 영토 확장의 욕심을 꾀하던 당시
와는 달리, 이번에는 대병력이 아닌 소수 정예만이 움직이
는 것이니 만큼 빠른 합류가 중요했고, 대병력은 이를 가
능케 하기가 어려웠다.

또한, 앞서 원정군을 통해 마족들을 겪고 그 위험성을
깨닫고 나자, 대병력이 움직일 경우 무의미한 피해가 커질
거란 결론을 내린 것이다.

이렇게 빠른 판단과 함께 다급히 대륙의 정예들이 모여

들고 있었으나, 마왕군의 이동속도와 거리등을 고려해 봤을 때, 실질적으로 합류가 가능한 건, 중앙대륙을 비롯한 주변 3개 대륙의 인접국가들 정도가 전부일 수밖에 없었다.

"부족하군."

황제는 이 부분을 해결할 방도가 필요하다고 여겼다. 하지만 상황이 어렵다는 걸 알기에, 이 상태에서 어떻게든 막아내야 한다는 것도 알았다.

답답한 심정에 자연스레 제튼의 얼굴이 떠올랐다.

"…믿어보겠어."

그가 이야기했던 '장소'를 기대하기로 했다. 무언가 마련해 놓은 것이 있기에, 굳이 제국의 문턱 바로 너머에서 전쟁을 벌이자고 한 거라 여겼다.

"슬슬, 움직여야겠지."

일찌감치 자리를 마련하고 기다려야 했다. 혹여, 저들이 방향을 틀어 다른 곳으로 향할지도 모른다는 생각은 하지 않았다.

〈결국, 제국으로 오게 될 거야.〉

제튼의 장담하던 부분이었기 때문이다. 일말의 불안감이 있었지만, 이 역시 믿기로 결심한 것이다.

게다가 만에 하나의 사태를 대비해 그럴싸한 떡밥도 투척하기로 했다.

제국의 황제!

그녀 자신이 바로 저들, 마왕군의 이목을 집중시킬 미끼였다. 또한 제국의 정예병들과 함께 기다릴 것이다. 현 대륙의 중심이라 할 수 있는 존재와 그 핵심 인사들이었다.

"못 먹어도 고…였지."

앞서, 제튼이 했던 이야기를 떠올리며 그녀가 자리에서 일어났다.

제국의 성문이 활짝 열리는 순간이었다.

◈

두두두두두두두…

지면을 힘차게 두드리는 아찔한 진동음과 함께, 거대한 인마의 무리가 대지를 질주하고 있었다.

언뜻 보이는 복장들로, 그들이 기사들이라는 걸 짐작케 했다. 하지만 이상한 부분은 이들 복장의 통일성이었다.

하나 같이 제각각의 갑주를 입어, 그야말로 오색찬란한 풍경을 그려내고 있었는데, 유일하게 일치하는 부분이라고는 그들 어깨에 걸친 짧은 망토였다.

너울거리는 망토 위로, 검과 방패 그리고 이를 관통하는 창의 그림이 비쳤는데, 그것을 통해 이들의 정체를 짐작할 수 있었다.

자유 기사!

그들이 모여 만든 길드인 '리든'의 대대적인 이동이 이뤄지고 있는 것이었다.

비록 기사라고 불린다지만 주군을 모시지 않은 채, 마치 용병들처럼 대륙을 떠돌아다니기에, 적잖은 괄시를 받아야만 했고, 이를 해결하고자 힘을 합친 게 바로 길드 리든의 시작이었다.

생각보다 외로이 떠도는 자유기사들이 많았던 것인지, 그 수가 제법 되었고, 이제는 감히 그들을 괄시하기 어려운 규모까지 세력을 키운 이들이 바로 리든 길드였다.

헌데, 평상시라면 결코 모이기 힘든 숫자가 한데 모여 이동을 하고 있었다.

어찌된 영문일까?

그 의문점을 해결하는 건 생각보다 간단했다. 그들이 이동하고 있는 장소와 질주하는 방향등을 고려하면 대번에 답이 나오는 까닭이었다.

제국!

대륙의 모든 왕국들이 움직이듯, 그들 역시도 정예들을 이끌고 전쟁에 참여하려 다급히 이동하는 것이었다.

무리의 최전방에서 달리던 리든의 길드장인 '에든 아이람'은 쉴 틈도 없이, 바쁘게 전장을 향해 내달리는 와중에도 입가의 미소를 지우지 못했다.

오래토록 기다려왔던 연락을 받았기 때문이었다.

'드디어!'

그의 머릿속으로 찬란한 미래가 그려졌다.

규모가 제법 커진 까닭에, 더 이상 괄시받지 않는다고는 하나, 여전히 각국의 최상부에서는 그들을 좋은 시선으로 보려 하지 않았다.

다급할 때 데려다 쓸 수 있는 소모품적인 전력으로 여기는 것이다.

길드 내에 진정한 실력자가 없는 까닭이었다. 비록 에든이 제법 유명세를 타고 있기는 하나, 그 역시도 익스퍼트 상급의 경지를 넘지 못한 상태였다.

어느새 그의 나이도 전성기를 지나, 발전을 꾀하기도 어려운 시기인 만큼, 더욱 가슴이 답답할 수밖에 없었다.

마스터!

할 수 없이 차선의 선택으로써, 그와 같은 실력자의 영입을 통해 더 나은 미래를 펼치고자 했다. 그리고 이를 위해 눈여겨보고 있는 기사가 있었다.

'세바르!'

특히, 그 역시 소속 없이 떠도는 자유기사란 부분이 마음에 들었다. 게다가 청년이라 해도 좋을 정도로 젊은 나이는 또 어떠한가. 감탄이 나오지 않을 수가 없었다.

그저 길드의 영입 정도가 아니라, 길드의 미래 자체를 맡기고자 하는 사내였다.

하지만 그 게으른 성격 때문일까?

'매번 이리저리 도망 다니는 걸 찾기가 어려웠는데.'

드디어 그에게서 먼저 연락이 왔다.

제국과 마왕군!

전쟁!

화려한 불길이 일어나려는 장소에서 날아든 소식이었으나, 흔쾌히 웃으며 기사들을 모았다.

'애초부터 움직일 생각이었으니까.'

입 꼬리가 절로 올라갔다. 용병도 아니고 기사도 아닌, 어정쩡한 떠돌이니 뭐니 하며 괄시를 받아왔기에, 더더욱 이번 전쟁에 힘을 보태고자 한 것이다.

세바르의 존재는 진정 생각지도 못한 부수입 같은 거였다.

'이번 전쟁만 버텨낸다면!'

그토록 바라던 길드의 도약이 기다리고 있을 터였다. 다가올 찬란한 미래로 인해서일까? 힘겨운 질주 속에서도 웃음이 떠나질 않았다.

차후 귀찮은 일을 피하기 어렵다는 걸 알았으나, 그럼에도 불구하고 과감히 질러버렸다.

"하아…."

뒤늦은 후회가 물밀 듯 밀려와 가슴을 두드렸다.

"내가 어쩌자고 그런 미친 짓을…."

세바르는 머리를 부여잡으며 연신 한숨을 내쉬었다.

"미쳤지. 미쳤어…."

달려오고 있을 에든과 리든 길드의 기사들을 떠올리니 더욱 가슴이 무거워졌다. 이제와 도망치기에는 그의 양심은 생각보다 건전했다.

"끄응…."

다가올 암울한 미래로 인해 한숨과 앓는 소리만이 늘어갈 뿐이었다.

◈

저 멀리,

눈에 보이지도 않고 인식하기도 어려운 거리였다. 하지만 분명 느껴지는 게 있었다.

'…왔구나!'

제튼은 마른침을 삼키며 먼 하늘 위로 시선을 던져 보냈다. 아직 시야에 잡히지는 않았으나, 이 독특한 파장을 모를 수가 없었다.

천마신공!

그 강대한 마기를 드러내며 다가오는데 어찌 모를 수 있겠는가.

압도적이라는 말이 오히려 부족하게 여겨질 정도로 무시무시한 기운이었다. 특히, 그 기세에서 느껴지는 사나운 광기는 아득하다는 말이 떠오를 정도의 거리를 격해 다가오며, 오싹한 전율을 일으키고 있었다.

저 소름끼치는 기운으로 인해 주변으로 접근하기도 어려울 거라 여겨졌다.

하지만 제튼에게는 크게 문제될 것이 없는 부분이었다. 그에게는 너무도 익숙한 기운일 까닭이었다. 그럼에도 불구하고 기운을 받아들이는 제튼의 안색이 어둡게 물들어가고 있었다.

'무슨 생각이냐?'

빨랐다. 천마를 비롯하여 그가 이끄는 마왕군 선봉대의 도착이 예상 이상으로 빠른 까닭이었다.

아직 한참 각국의 정예들이 달려오는 중이었고, 성국의 성직자들과 성기사들 역시도 도착하려면 멀었다.

또한, 황제를 비롯한 제국의 정예들은 이제 막 약속장소

261

에서 진지를 갖추는 중이었다.

여러모로 준비가 부족한 상황이었건만, 천마는 이 절묘한 시기를 맞추기라도 하듯 매섭게 질주해오고 있었다.

[오랜만이다.]

아득한 거리에서부터 날아드는 천마의 음성에 제튼이 눈살을 찌푸렸다.

천리전음(千里傳音)!

내부의 오러를 이용한 의사소통의 방법 중 하나로써, 일종의 원거리 통신 마법과 같았다. 그들 사이의 아득한 거리를 생각한다면, 실제 마법이라고 해도 부족하지 않을 것 같았다.

"설마, 약속을 어길 셈이냐?"

제튼이 나직한 음성으로 입을 열었다.

[큭! 오히려 약속을 지켰다고 생각되는데.]

받아치는 내용이 황당했다.

[최단거리로 최대한 말썽을 자제하며 온 거다.]

'그러고 보니⋯.'

확실히 틀린 이야기는 아닌 듯싶었다. 팔라얀을 통해 얻은 정보를 놓고 보자면, 저들 선봉대에 의해 피해를 입은 왕국이 많지 않았다.

오히려 대륙 자체적인 부풀리기에 얽혀, 소문이 과해지며 분위기가 한층 심각해진 것일 뿐이었다.

"그렇다고 해도 너무 빨라!"

이렇다 할 준비도 덜 된 상황에 도착이라니, 이대로라면 제국 홀로 저들을 막아야 할 위기였다.

[걱정 마라. 여기서 딱 멈출 테니까.]

제튼의 눈살이 또 한 차례 구겨졌다. 적진을 앞에 두고 멈춘다? 선뜻 이해하기 어려운 내용이었다. 이런 그의 마음을 달래듯, 천마의 이야기가 이어졌다.

[미끼가 너무 좋았어.]

하필이면 대륙의 대표격이라 할 황제가 눈앞에 있는 것이다. 그녀와 제국의 병력을 격파하는 건, 우마왕이 할 일이었다.

천마가 우마왕에게 받은 명령은 제국까지 길을 여는 것이었기에, 황제를 코앞에 두고 있는 지금은 전진할 이유가 없었다.

둘 사이의 미묘한 신경전을 전면에 내세운다면, 마족들 역시도 감히 반발할 수 없을 터였다. 결국, 선봉대의 도착 여부와 상관없이 마왕군 본진의 도착시간이 중요한 것이다.

[그보다 조심하는 게 좋을 거야.]

뜬금없이 이건 또 무슨 소리일까?

[너 들켰어.]

멀리서부터 다가드는 강렬한 천마신공의 기운에 아주 잠시, 제튼 내부의 천마신공도 흔들렸다.

실로 '찰나'라 할 만한 순간이었다. 하지만 그 잠시의 기운을 마족들이 읽어낸 것이다.

비록 천마로 인해 한껏 웅크린 채, 어깨도 피지 못하는 이들이었으나, 우마왕이 천마를 감시하고자 보낸 이들이 었다.

때문에 그 실력이나 감각 역시도 남다를 수밖에 없었다.

"들켰다고?"

[그래. 네 얼굴 좀 보겠다면서 흥분하는 거, 겨우 말렸다.]

한껏 들끓어 오른 마족들이었으나, 그들을 잠재우는 건 천마의 한마디면 충분했다.

〈저건, 내 몫이다.〉

그들이 어찌 마계대공의 먹이를 탐할 수 있겠는가. 그저 조용히 고개를 수그릴 뿐이었다.

"들켰단 말이지."

문득, 제튼의 얼굴 위로 싸늘한 한기가 어렸다.

후우우웅…

동시에 거대한 기운이 일어났다.

[뭐냐?]

천마가 깜짝 놀라서 물어왔다. 제튼이 차가운 얼굴로 입을 열었다.

"기왕 들킨 거, 확실히 알려주는 게 좋겠네."

그의 기운을 품은 광풍이 전면을 향해 뻗어나갔다.

"마계만 위험한 게 아니라는 걸."

천마저도 오싹한 느낌을 받게 만드는 어마어마한 기운이었다.

◈

우마왕의 명을 받고 천마를 감시하러 선봉대에 투입된 마족들은 일제히 몸서리를 쳐야만 했다.

"말도 안 돼!"

"어떻게 이런 기운이…."

저 멀리서부터 믿기 어려울 정도로 강렬한 기운이 파도처럼 밀려들고 있는 까닭이었다.

무려, 상위 마족이라 불리는 그들로 하여금 두려움이란 감정을 느끼게 만들 정도였으니, 더 말해 무엇 하랴.

몇몇 마족들은 식은땀과 함께 저도 모르게 뒷걸음질을 치는 모습까지 보이고 있었다.

그들 중, 가장 뛰어난 실력으로 최상위에 올라 있는 마족 '바탈나만'은 이 믿을 수 없는 현실을 직접 확인하고 싶었다.

어마어마한 기운의 파장도 그렇지만, 그 안에 담긴 본질적인 부분이 그를 자극하고 있었다.

'마기!'

하지만 그들 마계의 것과는 다른 종류의 마기였다. 짙은 의문이 일어났다.

그래서일까?

'감히' 저 마계 최초의 대공이라는 천마에게 목소리를 높여버렸다.

"보내주십시오!"

이에 천마가 입 꼬리를 슬쩍 올리며 물어왔다.

"그 말은 설마, 내 몫을 가로채겠다는 거냐?"

동시에 발산되는 기세가 바탈나만의 어깨를 짓눌렀다. 절로 고개가 내려가는 압박감이 있었다.

하지만 그 고개가 바닥까지 닿는 일은 없었다.

"재밌겠네!"

돌연 천마가 기세를 거둬들인 까닭이었다.

"가 봐."

그의 갑작스런 태도 변화에 적응하지 못한 바탈나만이 어설피 고개가 숙여진 어정쩡한 자세로 그를 올려다봤다.

"뭘 그렇게 멀뚱멀뚱 쳐다봐? 내 먹잇감이 어떤 맛인지 궁금한 거 아니었어?"

뒤늦게 허락의 의미를 깨달은 바탈나만이 깊게 허리를 숙이며 외쳤다.

"감사합니다!"

호기심의 발로라고 하기 보다는 조금 전 천마가 보낸 기파의 영향인 듯, 바탈나만은 마치 도망치듯 후다닥 저 멀리로 신형을 날려 보내고 있었다.

이런 그의 뒷모습을 바라보며 천마가 나직하니 중얼거렸다.

"쓴맛이 제법 강할 거다. 큭큭큭큭!"

잠시 후,

쫘르르릉…

저 멀리, 물오른 쓴맛이 한껏 피어오르기 시작했다.

❖

바삐 다가올 전쟁을 대비하고자 진지를 구축하며 주변 정리가 한창일 때,

그것은 갑작스럽게 찾아들었다.

쫘쫘쫘쫘쫘쫘…

저 멀리서 마치 대마법의 향연이라도 벌어지는 듯, 무시무시한 굉음이 터져 나오는가 싶더니, 이내 몸을 가누기도 힘들 정도로 거대한 진동이 지면을 타고 밀려드는 것이 아닌가.

하나 같이 '제국의 정예'라 불리는 만큼, 이 현상이 자

연적인 것이 아닌 인위적 재해라는 건 금세 깨달을 수 있었다.

"대체, 누가… 이런?"

의문과 함께 그들의 머릿속에 하나의 단어가 떠올랐다.

마족!

그들이 온 것이다.

"젠장! 너무 빠르잖아."

"준비하라!"

"침착하게 대형을 갖춰라!"

다급한 외침들과 함께 진지구축을 위한 연장들을 내려놓으며, 일제히 병장기를 챙겨들기 시작했다.

황제는 이런 바깥의 상황을 지켜보며 짧게 고개를 끄덕였다. 과연, 정예병다운 일사분란함이라 여긴 까닭이었다.

병사들과 기사들의 행동들을 한 차례 더 지켜보던 그녀의 시선이 저 먼 하늘로 향했다.

〈잠깐, 소란스러울 거야.〉

갑작스런 굉음과 진동이 발생하기 전, 제튼에게서 날아든 독특한 오러 메시지로 인해, 이 요란한 기운의 파동 속에서도 제자리를 지키고 있는 것이었다.

굳이 병사들을 진정시키지 않은 건, 이 상황을 이용해 저들의 대처법이나 자세를 확인하기 위함이었다.

게다가 만에 하나의 사태라는 게 있는 것이기에, 저들의 흐름을 놓아두며 자연스레 다가올 만약의 사태를 대비하려는 의도 역시 존재했다.

◈

꽈르르릉…

거대한 우레 소리와 함께 창공을 길게 가르며 뻗어나가는 그림자가 있었다.

언뜻 유성처럼도 보이는 그것은 저 먼 산자락에 떨어져 내리며 한 면을 통째로 무너트렸다.

잠시간의 정적,

콰앙!

그리고 이어지는 폭발과 함께, 무너져 내린 산기슭에서 거대한 인영 하나가 솟구쳐 올랐다.

산자락을 무너트렸던 그림자로써, 그 정체는 천마의 허락을 맡고 호기심을 해결하러 나섰던 바탈나만이었다.

헌데, 그의 몰골이 상당히 심각해 보였다. 전신 가득 피투성이가 된 것은 물론이고, 곳곳에 뼈라고 여겨지는 것들이 피부를 뚫고 튀어나와 있었으며, 군데군데 살덩어리가 한 움큼씩 뜯겨져 나가 기괴한 모습을 연출하고 있는 것이 아닌가.

"크흐으으으… 인정할 수 없다!"

고통에 찬 신음성을 내지르는가 싶더니, 돌연 광기에 어린 외침을 터트리며 허공을 올려다본다.

그가 지나왔던 궤적이 그대로 남아있는 창공을 따라, 유유히 걸어 내려오는 사내가 보였다.

"어찌… 인간 따위가!"

처음에는 마계의 존재가 그들 모르게 강림을 한 건 아닐까 하는 의문을 가졌다.

하지만 이내 마기의 질이 다르다는 부분에서, 상대가 중간계의 존재라는 걸 인정했다. 그렇다면 어떤 존재가 그들을 몸서리치게 한 것일까?

즉각 떠오르는 존재가 있었다.

드래곤!

중간계에서 그들 마족과 비견될 만한 종족은 그들뿐이었다.

어둠의 힘에 물든 블랙 드래곤이 탄생한 것일지도 모른다는 결론으로 마기의 주인을 찾았다.

그리고 경악해야만 했다.

"어찌… 인간 따위가 이런… 마기를… 으득!"

믿기 어려운 부분이었다.

특히, 상대의 마기에 압도당했다는 부분이 마족으로써의 자존심을 건드렸다. 때문에 분노했고 그 광기를 극한까지 폭발시켰다.

이런 바탈나만의 모습에 제튼이 나직한 음성으로 물었다.

"너희 마족이라는 놈들은 그 말 밖에 모르는 거냐?"

"…무슨 뜻이냐?"

"커클라이던이라고 했던가?"

순간, 바탈나만의 동공이 크게 치떠졌다.

"설마…."

"그 놈도 똑같은 말만 지껄이던데. 끝까지 부정만 하다가 뒈질 생각이냐?"

"말도 안 돼!"

또 다시 터져 나오는 바탈나만의 일갈.

그도 그렇게 커클라이던은 그보다 윗줄의 마족이었고, 마왕군 내에서도 한손에 꼽히는 실력자였다.

때문에 그가 그토록 무시해오던 인간에 패했다는 사실이 믿기 어려웠다. 하지만 분명한 건 커클라이던은 의문의 소멸을 당했다는 점이었다.

"어디서 거짓을 늘어놓느냐!"

바탈나만의 강렬한 부정에 제튼이 고개를 절레절레 흔들며 손을 저었다.

"식상하다니까."

우우우웅!

가벼운 손짓이었으나 거기에서 뻗어 나온 기운은 산처럼 무거웠다.

꽈르르르르릉…

재차 천둥성이 터지고 산자락이 무너져 내렸다.

최상위 마족 바탈나만의 최후였다.

산의 한 부분을 통째로 떼어 무덤으로 사용한 제튼은 사뿐히 지면으로 내려서며 가볍게 호흡을 골랐다.

여유 있는 모습으로 바탈나만을 상대하긴 했으나, 무려 최상위 마족과의 전투였던 만큼, 그로써도 결코 쉽지 않은 전투였다.

그렇게 한 차례 숨을 고른 제튼이 슬쩍 뒤를 돌아봤다. 제국의 정예병들이 머물고 있는 방향이었다. 그곳을 응시하던 제튼의 머릿속으로 황제의 얼굴이 떠올랐다.

"확실히 인지했겠지."

이 기회를 통해 황제에게 마족의 힘을 느끼게 해 주고자, 일부러 전투를 더욱 거칠게 이어나간 것이다.

하늘에 닿았다는 그랜드 마스터라 불린다고 하나, 그것만으로도 부족함이 있다는 걸 확인했을 터였다.

그거면 됐다.

좀 더 강렬한 경계심을 품는다면 충분했다. 자신의 힘을 과신하지 않기를 바라며 바탈나만과의 전투를 이끌었다.

한 차례 고개를 끄덕인 제튼이 시선을 반대로 돌려, 천마와 마왕군 선봉대가 있는 방향을 바라봤다.

이번 전투는 그들에게도 보내는 메시지였다.

제국과 황제에게는 경계심을 전했다면, 저들 마족들에게는 경고를 남기고자 했다.

후우우웅…

잠시 거두고 있던 기운을 다시금 풀어내며, 저 멀리 마왕군을 향해 쏘아 보냈다.

기운 가득 의념도 실었다.

[까불지 마라!]

부디, 이번 경고가 제대로 먹혔기만을 바랄 뿐이었다.

❖

마왕군의 선봉이 도착했다.

제국 주변을 살피던 정보원들을 통해, 이러한 사실이 각국으로 빠르게 전달되어갔다.

대륙이 깜짝 놀랐다.

이번 사태는 너무도 심각했다. 좀 더 확실한 정보를 원하며 수시로 상황보고를 지시하는 까닭에, 통신을 담당하는 마법사들이 몸살로 누울 정도였다.

제국이 무너지는 건 결단코 막아야만 했다. 평소에야

어떻게든 그들의 전력을 깎아내고 싶었으나, 지금은 이 전과는 달리 제국의 전력이 온전할수록 이득인 상황이었다. 각국은 제국과의 합류를 위해, 한층 속도를 더해갔다.

이 같은 부정적인 상황 속에서도 긍정적인 소식이 하나 있었다.

마족 격퇴!

누군가가 단신으로 제국으로 향하던 마족을 쓰러트린 것 같다는 내용이었는데, 이 소식을 접한 각국 정상들은 자연스레 떠오르는 '누군가' 가 있었다.

대공 브라만!

긴 세월 동안 잠잠하던 그가 최근 들어 다시금 모습을 드러내고, 각국 정상들과도 은밀한 만남을 가졌었다.

정체가 밝혀지지 않은 누군가였으나, '제국을 향하던' 마족을 막아섰고, '단신' 으로 마족과 승부를 겨뤘다는 부분에서, 그가 움직였다는 생각을 떨치기가 어려웠다.

하지만 이는 극히 소수로써, 대공이 다시 움직였다는 걸 아는 각국의 정상급의 인사들뿐이었다.

그리고,

어느새 성국의 고위층이 된 케빈 역시도 이와 같은 의문은 머릿속에 품고 있었다.

'아버님일까?'

제국을 떠나오기 이전부터 비슷한 고민을 해 왔었다.

대공 브라만과 부친 제튼의 관계!

그만한 실력자가 둘이나 될 리가 없다는 생각 때문이었다. 특히, 최근 들어서 별의 영역을 넘어서는 계기를 얻으며, 이에 대한 확신은 더욱 커졌다.

거기까지 생각하던 케빈의 시선이 옆구리로 향했다.

신검!

스스로를 증명하는 검이 그의 곁에 잠들어 있었다.

그랜드 마스터!

경계의 너머, 하늘에 닿았다는 경지에 오를 수 있었던 계기가 바로 신검이었다.

마치 성기사들이 성법의 힘으로 한 걸음 더 나아간 힘을 내어놓듯, 그 역시 신검이 발하는 빛의 기운을 통해, 별의 영역 너머로 걸음을 디딘 것이다.

검의 힘을 빌렸기에 아직 온전하다고는 하기 어려웠으나, 완전해지는 것도 머지않았다고 여겼다.

그렇게 절대의 영역에 올랐건만, 여전히 부친의 능력이 아득하다는 생각을 지우기가 어려웠다. 그리고 이 때문에 더더욱 부친과 대공이 동일인물이라는 생각을 지울 수가 없었다.

물론, 아직까지는 확실한 것이 아니기에, 메리에게는 비밀로 한 상태였다.

여동생을 떠올린 그의 고개가 슬쩍 뒤로 돌아갔다. 바로 뒤를 따라오고 있는 마차가 보였다.

그 주변을 성기사들이 가득 에웨 쌓고 있었는데, 여동생인 메리가 타고 있는 마차였다. 또한 그 너머로 많은 수의 성직자들이 탄 마차 역시도 보였다.

빠른 이동이 필요한 상황이었으나 말을 탈 줄 모르는 성직자들이 많은 탓에, 마차를 통해 이동을 하는 중이었다.

성직자들이 탄 마차를 한 차례씩 훑어 본 케빈이 다시금 메리가 탄 마차로 시선을 되돌렸다.

'후우….'

그도 모르게 나오려는 한숨을 겨우겨우 삼켜냈다. 전쟁지역에 여동생을 데리고 가는 현실이 답답한 까닭이었다.

'하필이면, 왜….'

그의 여동생이 성녀라는 게 너무도 마음에 들지 않았다. 특히, 지금과 같은 위기의 시대를 지내는 성녀라니. 생각할 때마다 머리가 뜨거워지는 부분이었다.

고개를 절레절레 흔들며 머릿속 열기를 털어낸 그가 다시금 첫 의문으로 관점을 돌렸다.

'그나저나… 아버님이 맞으면 어쩌지?'

왠지 이번 전쟁에서 부친을 마주하게 될지도 모른다는 생각이 들었다.

이제는 그 역시 성국의 고위 인사였고, 그 덕분에 브라만 대공이 다시 활동한다는 걸 알고 있었으며, 그 이유에 이번 마왕군과의 전쟁이 연관되어 있음도 알았다.

'정말 아버님이라면, 메리가 어떻게 반응하려나… 많이 걱정할 것 같은데.'

머리의 열을 식히고자 생각을 돌렸건만, 오히려 달궈지는 기분이었다. 특히, 어릴 적 기억으로 인해, 여동생이 가족을 아끼는 마음이 남다르다는 걸 알기에, 더욱 걱정스런 마음이 컸다.

"후우…."

이번에는 참지 못한 듯, 결국 한숨을 뱉어낸 그가 다시금 전방으로 시선을 두며, 고삐를 더욱 억세게 잡았다. 푸르릌! 짧은 투레질과 함께 말의 속도가 한층 빨라졌다.

마왕군의 움직임을 듣고, 선봉대의 소식을 접할 즈음에 출발했다. 상당히 늦은 감이 있었던지라, 쉴 시간도 아껴가며 달리는 중이었다.

메리를 생각한다면야 최대한 일정을 길게 잡고 싶었으나, 그의 욕심만으로 처리할 사안이 아니었다.

특히, 성국을 이끌다시피 하는 위치에 있는 까닭에, 일정을 늘리기는커녕 앞장서서 걸음을 재촉해야 하는 역할을 도맡아야만 했다.

"후우…."

제국까지는 먼 길이었다. 싫은 역할에 박차를 가해야 할 때였다. 봇물 터지듯 한숨이 연달아 이어지고 말았다.

◈

"돌겨-억!"

"와아아아아아…."

우렁찬 외침과 함께 아이들이 일제히 내달리는 게 보였다. 하나 같이 열 살 전후로 여겨지는 사내아이들이었다. 몇몇 여아로 보이는 아이도 있었으나, 극히 소수일 뿐이었다.

하지만 아주 놀라운 건, 그 소수의 여아들 중에 무리를 이끄는 아이가 있다는 점이었다.

흔히 말하는 골목대장인 것이다.

'끄응….'

때문에 머리가 아프다고나 할까?

저 얼마 안 되는 여아들 중, 유난히 어려보이는 소녀가 눈에 들어왔다. 이제 겨우 5살이나 되었음직한 아이였다.

헤린 반트!

제튼은 자신의 딸아이가 어쩌다 저런 왈가닥이 되어버렸는지에 대해, 심도 깊은 고찰이 필요함을 깨달았다.

이제 겨우 4살이건만, 어찌 된 일인지 동네에서 저 어린 소녀를 당할 소년들이 없었다. 열 살 전후의 아이들도 소녀의 '명령'을 거부하지 못할 정도였으니, 더 말해 무엇하랴.

어디서부터 잘못 된 것일까?

'그냥… 가볍게 가르쳐 준 건데.'

언니 오빠들이 배우는 걸, 조막만한 손으로 어설피 따라하는 게 우스워 몇몇 동작을 가르쳤다.

정말 사소한 기본기였다.

그리고,

눈앞에 그 여파가 펼쳐지고 있었다.

"와닷!"

힘차게 날아오르는 딸아이의 모습이 보였다. 저건 절대 4살 여아의 도약력이 아니었다.

빠악!

그리고 이어지는 각 잡힌 발차기가 윗동네 소년의 면상에 직격한다.

'끄응….'

왠지 미안한 마음에 소년에게서 고개를 돌려버렸다. 그럼에도 불구하고 소년의 비명성과 바닥을 뒹구는 소리가 귓전을 파고들며, 죄스러움에 박차를 가했다.

은연중에 모친인 셀린을 닮기를 바라고 있었건만, 저 모습은 누가 봐도 제튼의 어릴 적 모습 그대로였다.

그래서 더 할 말이 없는 걸지도 몰랐다.

"돌격!"

힘찬 딸아이의 외침이 들려왔다.

그리고 이어지는 날다람쥐 같은 몸놀림과 호랑이 같은 발길질!

놀랍게도 어린 4살 여아의 발차기를 버텨내는 아이들은 단 한명이 없었고, 순식간에 아이들의 전투는 끝을 맺어버렸다.

작은 마을이라고는 하나, 아루낙 마을 내에서도 각자의 구역이라는 게 있었고, 아이들은 각기 구역별로 모여서 놀고는 했다.

제튼 역시도 어릴 적에는 자신이 지내던 주변의 아이들과 말썽을 부리고는 했었다. 타 구역의 아이들과 섞이는 일은 그리 흔한 게 아닌 까닭이었다.

하지만 오늘, 지금 이 순간, 그 모든 구역이 한데에 통합되는 웃기지도 않는 일이 벌어져 버렸다.

그 중심에 선 아이가 겨우 4살 여아라는 부분이, 그게 자신의 딸아이라는 사실이, 진정 웃을 수 없는 이유였다.

'끄응….'

이는 제튼도 해내지 못한 업적이었다.

"와아아아아아…."

아이들의 환성을 받으며 힘차게 한 팔을 들어 올리는 딸

아이의 모습이 보였다. 왠지 목 뒤가 뻐근해지는 기분이었
다.

　　　　　　　　　◈

　새근새근 잠든 딸아이를 품에 안은 채, 웃으며 걸어오는
남편의 모습은 언제 어디서나 흔히 볼 수 있는 한 '아빠'
의 모습이었다.
　하지만 어째서일까?
　철렁!
　가슴이, 심장이 떨어져 내릴 것 같은 기분이 들었다.
　'오늘이구나!'
　원치 않던 시간이 찾아왔음을 알았다.
　아이를 보는 눈빛이나 걸음걸이 그리고 은연중에 비치
는 얼굴의 안색에서, 여인으로써의 직감이 발휘된 것이다.
　때문에 이를 내색하지 않은 채, 평소처럼 그를 맞이했
다.
　"일찍 들어오네?"
　그리고는 평소와 같이 그와 식사와 담소를 나눈 뒤 잠자
리에 들었다. 어제와 다를 것 없는 오늘을 보낸 것이다.
　오늘과 다르지 않을 내일을 바라기에, 그렇게 오늘을 보
냈다.

밤이 깊은 시각.

제튼은 셀린의 숨소리가 변하는 걸 느끼며, 슬쩍 자리에서 일어났다. 그리고는 셀린의 모습을 가만히 지켜봤다.

옆자리의 변화를 느꼈던 것일까?

잠결에 살짝 뒤척이는 그녀의 모습에 잠시 웃음이 나왔다. 하지만 어째서인지 그 미소의 끝자락에 씁쓸함이 묻어나고 있었다.

'눈치도 좋지….'

왠지 입맛이 썼다.

평소처럼 행동한다고 생각했건만, 그도 모르게 다른 부분들이 드러났던 모양이었다.

그렇지 않고서야 그녀의 행동이 전과 다를 이유가 없었다. 덕분에 그녀가 '뭔가'를 눈치 챘음을 알았다.

'전쟁이라….'

결국 피하고자 했던 진창길에 다시금 발을 들여야 한다는 사실이 가슴을 답답하게 만들었다.

고개를 절레절레 저으며 다시금 셀린에게로 시선을 돌렸다. 평온한 얼굴로 잠든 그녀의 모습이 보였다.

그와 마찬가지로 그녀 역시도 평소처럼 행동하려 노력하던 모습이 떠올랐다. 하지만 한층 정성이 들어간 요리나 애정 깃든 눈빛들이 결코 전과 같지 않음을 알려줬다.

부부의 민망한 연기력을 떠올리니 새삼 웃음이 나왔다.

이번에는 진정 유쾌한 웃음이었다.

단지, 셀린이 깰까 우려해 소리는 한껏 삼켜내야만 했다.

잠시간 그렇게 소리 없는 웃음으로 셀린을 바라보던 제튼이 시선을 돌려 방 안을 찬찬히 훑어봤다.

어릴 적, 장난기 많던 개구쟁이의 쉼터가, 어느새 가족과 아이들의 행복으로 넘실거리는 공간으로 변해 있었다.

저 한편에 마련된 작은 침상이 보였다. 아직 엄마 품을 벗어나지 못해, 여전히 그들 부부의 침상을 공유하고 있는 헤린이를 위하여 그가 직접 뚝딱이며 만든 침상이었다.

오늘은 할머니와 잔다며 1층으로 내려가 비어있었으나, 평소에는 저 위에서 한참 이불킥을 하고 있을 때였다.

추위를 잘 안 타는지 이불 없이도 감기 한 번 걸린 적 없는 튼튼한 아이였다.

'그 발차기가 그렇게 변할 줄이야⋯.'

새삼 귀갓길에 봤던 아이의 날아 차기가 떠올랐다. 고개를 절레절레 흔든 그의 시선이 창밖으로 향했다. 마당의 풍경이 보이고 그 너머 어둠에 잠든 아루낙의 거리가 눈에 들어왔다.

그가 나고 자란 거리이며, 오래토록 그리워하던 거리이고, 이제는 그의 아이들이 뛰어노는 거리였다.

'지켜내야 할 장소⋯.'

그렇기에 진창길을 향해 걸음을 내딛고자 하는 것이기도 했다.

'…반드시!'

어둠이 짙은 밤이었으나, 잠은 오지 않았다.

이른 새벽부터 일어났다. 하지만 평소처럼 행동하자는 전날의 결심을 지키고자, 특별한 무언가를 하지는 않았다.

그저 전과 다를 게 없는 아침상을 차렸고, 식사와 담소를 나눴으며 그렇게 출근을 준비시켰다.

평소라면 아카데미를 가야 하는 날이었다.

하지만 그가 향하는 곳이 그보다 먼 장소라는 걸 알기에, 좀 더 꼼꼼히 복장을 준비했다.

전날의 맹세가 조금씩 깨어지는 순간이었다. 그리고 그가 밖으로 향할 때,

"조심해…."

결국, 그 한마디가 참지 못하고 나와 버렸다. 그 순간 남편이 웃으며 말했다.

"오늘 회식이라 좀 늦어."

그러더니 대뜸 다가와 꼬옥 끌어안는다.

"조심해!"

이제는 참기 어려운 듯, 또 다시 튀어나온 한마디.

"술은 조금만 마실 거니까 걱정 마."

엉뚱한 그의 반응이 더욱 가슴을 답답하게 만들었다. 그래서 선뜻 그의 품을 놓아주기가 어려웠다.

"그래도 저녁은 집에서 먹을 거야."

마치 폭발하듯 눈물이 쏟아져 내렸다. 그러면서도 힘겹게 그에게 호응했다.

"늦지 마…."

흐느끼는 그녀의 음성이 그의 가슴을 먹먹히 적셔갔다.

◈

"생각보다 빨리 왔네!"

활짝 웃으며 반기는 면상을 보고 있노라니, 분노가 머리 꼭대기까지 차오르는 기분이었다. 당장에 달려들어 멱살을 잡고 싶었으나, 상대의 위치와 실력이 한 가닥 이성의 끈을 유지시켜줬다.

'천마… 으드득!'

때문에 조용히 화를 삼키며 그 분노를 가슴 한편에 차곡차곡 쌓아둘 뿐이었다.

"아주 재밌는 일을 벌이며 왔더군."

우마왕의 이야기에 천마가 어깨를 으쓱이며 답했다.

"약속했던 것처럼, '길'을 열어놨잖아."

확실히 그의 이야기처럼 마왕군은 천마가 마련한 길을 따라 이동했고, 전혀 불편함 없이 이곳까지 도착할 수 있었다.

게다가 길 곳곳에 뿌려놓은 마기 때문에, 생명체들이 아예 접근하려는 생각 자체도 하지 않았다.

하지만 바로 그 점이 문제였다.

길이 어떻게 시작하여 어디로 이어지는지를 알렸고, 또한 선봉대가 멈춰선 장소를 통해 그 목적지에 대한 확신을 더해줬다.

출발 전 구상했던 모든 밑그림이 물거품이 되어 버렸다.

제국의 병력이 대뜸 국경을 넘어, 외부의 너른 평야에 진지를 구축한 이유 역시도 거기에 있다고 여겼다.

덕분에 혼란으로 점철되어야 할 대륙이 너무도 침착하게 그들의 행보를 쫓았고, 대응하기 위한 움직임을 보이고 있었다.

그래서 더욱 걸음을 재촉했다.

이미 목적지가 들킨 이상, 상황타개를 위해서라도 빠른 급습이 필요하다 여긴 것이다.

하지만 이미 제법 합류한 왕국들이 있었고, 게다가 머지 않은 곳에서 달려오는 병력들도 상당했다.

'마수들만 아니었더라도 순식간에 날아왔을 것을….'

잠시 천마를 노려보던 우마왕이 획 하니 신형을 돌려세

우며 외쳤다.

"준비해라!"

본격적으로 전쟁의 불씨를 키울 시간이었다.

드드드드드드…

우마왕의 외침에 맞춰, 마족들이 일제히 마기를 끌어올리자 주변 일대가 크게 요동을 치기 시작했다.

천마가 그 모습을 바라보며 슬쩍 물었다.

"약속을 잊은 건 아니겠지?"

그 순간 밖으로 향하던 우마왕의 얼굴이 한껏 구겨졌다.

브라만 대공!

대륙 최강자라는 그를 천마에게 양보하기로 했었다.

'최강이라고 해 봤자, 결국 인간이건만.'

설마, 그 능력이 마족, 그것도 최상위의 마족인 바탈나만과 견줄 수 있을 거라고는 생각지도 못했다.

그 정도의 실력자를 천마에게 양보한 것이다. 마계는 강자존의 세상이었다. 그런 강자를 상대하여 천마가 승리한다면, 마족들도 생각을 달리할 수도 있었다

예상치 못한 상황이었다.

마계에서도 천마의 강함에 매료되었던 마족들이 상당했다. 그들을 걸러내는 작업이 얼마나 고되었던가.

헌데, 여기서 또 한번 천마의 강함을 증명한다면, 여러모로 귀찮은 상황이 발생할 수도 있었다.

바탈나만의 패배소식이 전해지던 순간부터, 대공 브라만이라는 존재는 그저 상징적인 '최강'이 아니게 되었다.

특히, 천마와 함께 선봉으로 도착하여 그 강대한 기운을 온몸으로 마주했던 마족들은, 이미 브라만이라는 존재를 인정하고 있는 분위기였다.

'기껏해야 인간 따위가….'

그를 이토록 난처하게 만들 줄은 생각지도 못했다. 재차 천마를 향해 매서운 시선을 던져 보내던 우마왕이 이를 바드득 갈며 입을 열었다.

"…잊지 않았다!"

그리고는 휙 하니 신형을 돌려 밖으로 향해 버린다.

이런 우마왕의 뒷모습을 웃으며 지켜보던 천마가 저 한편으로 보이는 바깥의 풍경을 눈에 담았다.

흐릿하니 아침이 밝아 와야 할 시간이건만, 하늘은 여전히 칠흑 같은 어둠에 휩싸인 채 밤을 위장하고 있었다.

우마왕의 마기가 만들어낸 현상이었다.

"칙칙 하네."

나직한 중얼거림과 함께, 그 역시 밖으로 향했다.

대륙의 역사가 새롭게 쓰이는 날이었다.

드드드드드드...

갑작스레 밀려든 땅울림에, 이른 아침임에도 불구하고
눈이 번쩍 뜨였다.

'마기!'

황제는 저 멀리서 대기를 타고 전해오는 마기를 느끼며,
급히 자리에서 일어났다.

밖에서도 그 오싹한 감각을 전해 받은 듯, 소란스런 움
직임이 외부를 떠들썩하게 만들고 있었다.

어느 정도는 예상하고 있던 부분인지라, 크게 놀라지는
않았다.

〈2~3일 안에 움직일 거야.〉

이튿날 밤, 제튼에게 들었던 이야기가 있던 까닭이었다.
어찌 그 같은 부분을 알았는지는 중요치 않았다. 저들이
움직인다는 것이 더 중요했다.

막사를 걷고 나가자, 이미 병사들이 움직이고 있었다.
짧게 고개를 끄덕인 그녀가 다른 진영으로 시선을 넘겼
다.

다른 왕국들 역시 일사분란하게 움직이며 전투를 준비
하는 모습들이 보였다.

그녀의 감각은 시야 바깥의 움직임까지 하나하나 살폈

고, 짧지 않은 시간에 이미 대부분의 진영이 전투 준비를
마쳤다는 걸 확인할 수 있었다.

하늘을 올려다봤다.

분명, 아침의 흐릿한 태양빛이 밀려드는 걸 보았건만,
어느새 짙은 어둠이 창공을 뒤덮고 있었다.

시간의 변화를 확인하기가 어려울 정도였다. 하지만 그
녀의 날카로운 감각은 저 어둠 너머로 희미하게나마 떠오
르는 태양의 온기를 느낄 수 있었다.

그 날선 감각을 통해 저 멀리 다가드는 아찔한 마기의
물결 역시도 파악했다.

거대한 기운의 덩어리들을 제외하더라도, 마수로 여겨
지는 기운의 집합체가 우르르 몰려오고 있었다.

족히 만 단위는 되어 보인다는 요원들의 보고를 떠올리
며, 침착히 마음을 가다듬었다.

전쟁!

그 피비린내 나는 광기와 마주할 시간이었다.

❖

총 여덟 왕국의 정예들이 모였다.

하나같이 제국과 인접해 있는 왕국들로써, 부족한 시간
으로 인한 결과였다.

각 왕국마다 최소 1만에서 2만의 정예들을 이끌고 왔고, 제국 역시도 5만에 달하는 정예들을 내세우고 있었다.

이렇게 모인 병력만 무려 20만에 육박했다.

정예 병력으로만 그만한 수가 모인 것이다. 그야말로 대륙 최강이라 할 법한 전력이었다.

하지만 상대는 무려 저 '마계'의 '왕'이 이끄는 마족과 마수그리고 마물들이었다.

요원들이 올린 보고를 통해 그 수가 무려 만 단위를 넘어선다고 들었다. 때문에 이 어마어마한 정예 대군을 이끌고서도 가슴 가득 불안감이 깃드는 것이었다.

하지만 이를 드러낼 수는 없었다.

수뇌부의 동요는 병사들의 혼란으로 이어지는 까닭에, 굳건히 자리를 지키며 담담함을 연기하고, 때론 열정적인 외침을 입 밖으로 쏟아내야 했다.

"크아아아아아…"

"커허어어엉…"

하지만 그럼에도 불구하고 저 멀리 밀려드는 괴이한 형상의 마물들을 보고 있노라면, 절로 오금이 저리는 건 어쩔 수가 없었다.

흔들리는 다리를 버티고자 엉덩이에 힘을 빡 주고, 뱃심을 가득 장착한 채, 입술을 앙 다물며 가라앉는 각오를 눈빛으로 끌어올렸다.

괴수들이 코앞까지 다다랐고, 불안감 속에 쌓아왔던 각오를 입 안 가득 내뱉었다.

　"전구─운! 돌격하라!"

　두려움을 떨쳐내려는 듯,

　"으아아아아아─!"

　"우와아아아!"

　비명성인지 함성인지 모를 괴성을 내지르며, 연합군의 병력이 진방을 향해 내달렸다.

#6. 어둔 아침

#6. 어둔 아침

　알토른 버클은 아메틴 왕국의 일개 병사였다. 하지만 그 실력은 일개 병사의 수준을 넘어 있어서, 단기간에 십부장의 지위를 얻어낸 실력자이기도 했다.

　늦게나마 월봉을 털어 연공법을 익힌 덕분에, 이제는 오러라 불리는 특별한 힘이 내부에 싹트며, 나름대로 병사들 사이에서는 목에 힘깨나 주는 위치에 있었다.

　머지않아 기사들의 영역에도 한 발 정도는 걸치게 될 거라 자신하며 목소리를 높일 정도였다.

　하지만,

　'젠장! 쓸데없이 까불었어.'

　우르르 몰려오는 마수들을 보고 있노라니 절로 오금이

저려왔다.

사실, 이 자리에 오고 싶은 마음은 없었다. 대륙의 평화가 어쩌고 명예가 저쩌고 하며, 정의를 드높일 생각 역시도 없었다.

그럼에도 불구하고 이 자리에 나온 이유는 하나뿐이었다.

가족!

참여한 만큼 합당한 보상금이 가족들에게 돌아가는 까닭이었다.

때문에 두려움을 참고 밀려드는 공포의 그림자를 향해 힘껏 창을 내질렀다.

"으아아아아악-!"

그러며 힘껏 기합을 내지른다고 질렀건만, 결국 나온 건 비명뿐이었다.

칠흑빛 아침의 어둔 하늘,

그가 세상에서 본 마지막 풍경이었다.

❖

시작은 일방적이었다.

비록 이곳 세상의 몬스터들로 재탄생시킨 마수와 마물이라고는 하나, 그래도 마기에 듬뿍 적셔진 덕분일까?

그 파괴력은 그들 본연의 능력을 한참 웃돌며, 충분히 마계의 능력을 발휘하고 있었다.

하지만 인간들 역시 일방적으로 당하지만은 않았다. 그들 나름대로 마족과 마계에 대한 연구 자료를 꺼내들었고, 이를 토대로 각자의 대비책을 세운 모양인 듯, 마수와 마물들이 내비치는 마기에 흔들리지 않으며 제 힘을 내세우는 모습을 보여주고 있었다.

"마법이군."

어느새 합류한 비헤름이 우마왕의 곁으로 다가가며 입을 열었다.

"해결할 수 있겠지?"

마치 당연히 해야 한다는 식으로 우마왕이 물어왔으나, 비헤름은 흔쾌히 웃으며 손을 썼다.

"제법 머리를 굴렸지만, 내 앞에서는 애들 장난이지."

마계에서도 최강이라 불리는 흑마법사의 마법이 펼쳐졌다. 치열한 전투가 이어지는 전장을 거쳐, 그 너머에 자리한 각국의 마법사들을 목표였다.

그들의 마나가 전장으로 쏟아지며 병사들의 사기를 부추기는 걸 느낀 까닭이었다.

저 멀리 상당수의 마법사들이 피를 토하며 쓰러지는 게 보였다.

우마왕의 눈살이 찌푸려졌다. 마법사들을 전부 처리해

주기를 바랐건만, 반의반도 안 되는 숫자만이 무릎을 꿇고 있는 까닭이었다.

이런 불편한 눈치에 비헤름이 뻗었던 손을 털며 말했다.

"그렇게 볼 거 없어. 저놈들 숫자 안 보여? 무려 네자 릿수야. 어디서 저렇게 끌어 모은 건지는 모르겠지만, 일천 명이나 되는 수준급 마법사면, 드래곤도 잡을 숫자라고."

물론, 그럼에도 불구하고 얕보는 느낌이 있었다. 왕이라 불리는 그의 위치가 주는 여유였다.

때문에 가벼운 마음으로 손을 쓴 것이 아니던가. 하지만 숨겨진 한 수가 있었던지, 마력의 역류현상과 함께 비헤름 역시 작게나마 손해를 본 상황이었다.

은연중에 올라간 눈 꼬리와 연신 흔들어대는 손이 마력 역류의 후유증이었다.

'뭐, 그래봤자지만.'

자존심이 일부 상한 듯, 눈살을 찌푸린 비헤름이 한껏 마기를 끌어올리며 재차 손을 뻗었다.

마치 해일과도 같은 마기의 물결이 전장이라는 바다를 건너 마법사들이라는 절벽을 향해 거칠게 들이쳐갔다.

이를 느낀 것인지, 긴장한 기색이 역력한 마법사들의 모습이 보였다.

하지만 이번에는 그 어떤 마법사도 무릎을 꿇지 않았다.

"이건?"

비헤름의 두 눈에 이채가 어렸다.

"그런 거였나."

한쪽 입 꼬리가 올라가는 모습에 우마왕이 의문을 느끼며 물었다.

"어떻게 된 거지?"

그의 물음에 비헤름이 옅은 실소와 함께 입을 열었다.

"ㅎㅎㅎ… 드래곤이다."

깜짝 놀란 우마왕이 마법사들의 무리로 시선을 돌렸다. 그들을 살피는 눈매가 날카롭게 변했다.

하지만 아무리 살펴봐도 이렇다 할 특별한 존재는 느껴지지 않았다.

"나도 마력 반발을 통해서 겨우 느낀 거다."

말인 즉, 너는 못 찾을 거라는 의미였다.

비헤름의 이야기에 인상을 팍 찡그린 우마왕이 마법사들에게서 시선을 거둬들였다. 자존심이 상하기는 했으나, 비헤름의 마법적인 능력은 인정하는 부분이었다.

그런 그가 마력의 충돌을 이용한 뒤에서야 발견했다면, 일반적인 방법으로는 찾기 어려울 거라 여긴 것이다.

"드래곤이란 말이지."

나직한 중얼거림과 함께 우마왕이 자리에서 일어났다.
그 순간 대기하고 있던 마족들이 움직였다.

지금껏 드래곤의 등장을 기다리며 투쟁심을 억누르던
마족들이었다. 하지만 이미 저들이 먼저 개입했음을 알았
으니, 더 이상 참을 이유가 없었다.

하지만 정작 마족들을 움직인 우마왕은 자리에서 일어
만 났을 뿐 전장으로 향하지는 않았다.

제자리를 지키는 그의 시선이 천마를 향해 꽂혀들었다.
그와 마찬가지로 자리를 지키고 있는 까닭이었다. 게다가
아예 자리에서 일어나지도 않았다. 절로 눈살이 찌푸려지
는 모습이었다.

"뭐 하는 거지?"

그의 물음에 천마가 어깨를 으쓱이며 답했다.

"내 먹잇감이 아직 안 왔어."

우마왕의 두 눈이 얇아졌다.

'브라만.'

이곳 최강자라 불리는 존재로써, 바탈나만을 쓰러트리
며 그들 마족에게도 놀라움을 선사한 인간.

매섭게 이를 갈아마시던 우마왕이 다시금 자리에 엉덩
이를 걸쳤다. 천마가 비록 그 직급이 높다고는 하나, 결국
마왕군의 일부분일 뿐이었다. 하지만 우마왕은 이들 무리
의 왕이었다.

일부가 움직이지 않건만 머리가 나설 수는 없다는 생각이 그의 발목을 붙잡은 것이다.

'자존심 싸움이군. 큭!'

비헤름이 짧은 실소와 함께 천마를 바라봤다. 우마왕과 마찬가지로 그에게도 천마는 껄끄러운 존재였기에, 그 시선이 곱기가 어려웠다.

'무슨 속셈이지?'

브라만 대공에 대한 소문은 그 역시 익히 들어서 알고 있었다.

인간들의 역사에 그늘이 질 때면 등장한다는 영웅이나 용사 같은 존재라고 생각됐다. 그런 만큼 대단한 능력이 있는 건 당연한 터였다.

하지만 아무리 그렇다고 해 봤자, 왕과 비교될 정도라고는 생각되지 않았다.

오랜 세월을 왕으로 살아온 만큼, 그 역시 영웅과 용사들을 마주했던 적이 있었고, 그런 만큼 브라만 대공이라는 자의 한계점 역시 짐작이 가능했다.

'역대 영웅들보다 조금 더 특별해도, 결국 인간인 것을…'

천마 역시도 이 같은 사실을 알고 있을 거라 여겼다. 그럼에도 불구하고 저 같은 고집을 부리는 이유는 무엇일까?

별 뜻 없이, 그저 우마왕을 골려주기 위함일까?

'모르겠군…'

이 부분에서 만큼은 그도 이렇다 할 답을 내놓기가 어려웠다. 그의 천재적인 머리로 고심을 해도 도통 답이 안 나오는 부분이었다.

이런 그의 모습에 천마의 입가에 짙은 미소가 어렸다.

'크큭! 눈깔 돌아가는 소리가 여기까지 들린다. 크큭크큭!'

천마는 비혜름의 의문을 잘 알고 있었다. 우마왕 역시 브라만이라는 이름을 인정은 하되, 여전히 그 최강의 기준점을 낮게 잡고 있다는 것 역시 알았다.

때문에 절로 기대가 됐다.

'그 녀석이 나타났을 때, 어떤 표정을 지으려나.'

제튼의 등장이 너무도 기다려지는 순간이었다.

❖

전쟁은 치열했다.

마수들의 힘은 분명 강력했으나, 제국과 왕국의 병력들 역시 정예들만 모여 있었기 때문이었다.

그들 중 어느 하나 오러를 느끼지 못하는 이가 없었는데, 이는 병사들 역시 포함된 이야기로써, 충분히 정예라는 말이 부족하지 않았다.

마수와 마물들의 힘은 분명 막강했으나, 그들은 이성적으로 움직일 줄을 몰랐다.

그저 일방적으로 달려들어 물고 뜯으려고만 들 뿐이어서, 시간이 흐르고 전투가 이어질수록 이에 익숙해지니, 점차 상대할 요령이 생겨나기 시작한 것이다.

생사를 건 숨 막히는 실전 속이기에 가능한 변화였다.

또한 마법사들이 펼치는 대규모 장악마법을 통해, 마수들의 사나운 기운이 일부 통제됨으로써, 이성적 사고가 원활해진 부분도 제법 컸다.

하지만 그것도 전부 마수들에 제한된 이야기였다.

"크롸롸롸롸…."

저 멀리 전설 속에서나 볼 법한 거대한 그림자가 하늘 높이 솟구치는 게 보였다.

드래곤!

그 중에서도 가장 강렬하며 흉폭하다는 마룡이 말로만 듣던 피어를 발산하고 있었다.

마치 약속이나 한 듯, 대부분의 병사들이 굳어버렸다. 그나마 다행인 건 마수들 역시 멈춰버렸다는 것인데, 이를 통해 마룡의 피어가 적아의 구분 없이 뿌려졌음을 알 수 있었다.

그저 자신의 존재감을 알리기 위한 외침이었던 듯, 마룡

은 그 한 번의 피어를 발산시킨 뒤 거대한 날개를 펄럭이
며 접근해왔다.

마룡에게 시선을 집중한 덕분일까?

그 뒤를 따르는 작은 그림자들을 발견할 수 있었는데,
병사들은 단번에 그 정체를 짐작해냈다.

앞선 마룡에게는 못 미치나 충분히 큼직한 덩치와 그 뒤
로 펄럭이는 날개, 그리고 사납게 솟아오른 뿔까지.

마족!

누가 봐도 한 눈에 알 수 있는 모양새였다. 접근해 오던
마룡이 돌연 멈춰서는 게 보였다. 왜 그러나 싶어 쳐다보
는데, 돌연 숨을 크게 들이키는 것이 아닌가.

모두의 머릿속에 공통된 단어가 떠올랐다.

'브레스!'

일제히 동공을 키우는 그 때,

화악!

그들의 뒤편에서부터 거대한 불덩어리가 전방을 향해
쏟아져갔다. 마치 이야기속의 헬파이어를 연상시키는 뜨
거운 열기였다.

이건 또 뭔가?

의문을 느낀 이들이 전방에 마룡을 두고서도 뒤편을 향
해 고개를 돌렸다. 그리고 볼 수 있었다.

드래곤!

그들 뒤에도 전방과 마찬가지로 거대한 동체가 떠오르고 있는 것이 아닌가.

"우으…으… 으아아아아아!"

"으아아아아ㅡ!"

"와아아아아아ㅡ!"

누군가의 비명성 섞인 외침이 함성으로 변하는 건 그리 오래 걸리지 않았다.

마룡과 마족들의 강렬한 등장에 잔뜩 굳어버렸던 육신이 일견 가벼워지는 느낌이 들었다. 아니, 실제로 가벼워지고 있었다.

갑작스레 등장한 드래곤들이 그들에게 향하는 마룡과 마족의 기운을 흩어놓은 까닭이었다.

몸이 가벼워지며 사기도 다시 끌어 오르는 찰나,

콰우우웅!

마룡의 브레스가 쏘아졌다. 다가들던 불덩이를 단번에 지워버리며 전장으로 뻗어오는 브레스의 위력은 억눌러 두었던 공포심을 일깨우기에 충분했다.

동공이 다시 커지며 들끓던 사기가 급속도로 냉각되어 갈 때, 그들의 전면부에 거대한 빛의 막이 펼쳐졌다.

그 위로 마룡의 브레스가 쏟아졌다.

콰콰콰콰콰콰…

뒤이어 울려 퍼지는 커대한 파공성과 함께 아찔한 충격

파가 사방으로 퍼지며 지면을 크게 뒤흔들었다.

마치 지진이 일어난 듯, 바닥이 일렁이는 와중에 멈췄던 마수들의 공격이 재차 이어졌다.

그야말로 기습이라 할 만한 공격이었다.

드래곤들의 가호로 인해, 병사들이 마족의 기세에서 벗어났듯, 마수와 마물들 역시 그 두려운 압박감에서 해방되며 발생한 돌발사태였다.

워낙 갑작스러웠던 탓에 생각 이상으로 피해가 컸고, 이는 전방의 진열 일부가 급속도로 무너져 내리는 계기가 되었다.

자칫 잘못하다가는 큰 균열로 이어질 수 있는 상처가 새겨지는 순간,

쉬이이익…

칠흑빛 하늘 위로 선명한 궤적을 남기며 떨어져 내리는 빛줄기들이 있었다.

파파파파파팍!

마치 노리기라도 한 듯, 빛줄기는 하나같이 마수와 마물들의 머리와 심장부위를 정확히 꿰뚫고 지나갔다.

뒤늦게 마수들의 관통부위를 확인하고서야 빛줄기의 정체를 파악할 수 있었다.

화살!

그것은 제 역할을 다한 뒤에도 은은한 빛을 흩뿌리고 있

었는데, 특이한 건 쇠붙이가 하나도 달려있지 않는 나무화살이라는 점이었다.

어찌 나무로 된 화살이 빛을 내는가에 대한 호기심 이전에, 이걸 누가 쏜 것이냐에 대한 의문이 머릿속을 가득 채울 즈음, 그들이 모습을 드러냈다.

마기로 오염되어 죽음의 향을 흩뿌리기 시작하는 대지 위로, 초록빛 싱그러운 물결을 흩날리는 무리가 달려오고 있었다.

"엘프다!"

누군가의 외침.

소문만 무성하던 그들이 마침내 등장한 것이다. 너무도 시기적절한 등장인지라, 더더욱 그들을 반기는 마음이 컸다.

그 순간 또 다른 변화가 전장으로 찾아들었다.

드드드드드드…

갑작스레 지면이 일어나더니 마수들을 일제히 집어삼키는 것이 아닌가.

이건 또 어찌된 일인가 싶어 주변을 살피는데, 저 멀리서 엘프들과 마찬가지로 빛을 일으키며 달려오는 무리가 보였다.

작달막한 키에 단단한 근육 그리고 거친 수염까지, 한눈에 그 정체가 짐작되는 이들이었다.

드워프!

푸른 빛의 싱그러움과 달리 뜨거운 붉은 빛으로 활활 불태우며 등장한 그들이 일제히 등 뒤로 손을 가져갔다.

그리고 튀어나오는 거대한 배틀 액스!

자신들의 체구만한 무기를 한 손으로 움켜쥔 채 달려오는 모습은 실로 인상적이어서, 절로 가슴이 쿵쾅거리며 뜨거운 열기를 심장 가득 불어넣었다.

"돌격-!"

약속이나 한 듯, 일제히 같은 외침을 내지르며 마수들을 향해 달려들었고, 다시금 전장은 뜨겁게 타오르기 시작했다.

❖

본체로 현신한 다른 일족들과 달리, 여전히 인간의 모습으로 마법사들의 대열에 끼어있던 마티나는, 저 멀리 달려오고 있는 엘프와 드워프의 무리를 보며 조용히 고개를 끄덕였다.

기막힌 타이밍의 등장이었다.

그야말로 의도했다고 할 수밖에 없는 장면이었는데, 실질적으로도 연출된 부분이었다.

저들 엘프와 드워프들은 이미 일찍이 이곳에 도착해 있

었다. 하지만 굳이 모습을 드러내지는 않고 있었다.

이 부분에서 마티나의 시선이 후미로 향했다. 제국 황제의 모습을 눈에 담았다.

저들 엘프와 드워프의 등장이 황제의 연출이라는 걸 아는 까닭이었다. 좀 더 극적인 상황으로 엘프와 드워프들의 입지를 다져놓자는 의도였다.

제튼이 부탁으로 이뤄진 계획이었다.

'그나저나…'

마티나의 시선이 하늘 위로 올라갔다. 거대한 본체를 드러낸 채, 저 멀리 마룡과 마족들의 무리에 사나운 기세를 일으키는 동족들이 보였다.

'너무 빨라.'

마족들이 등장했다는 건, 결국 그들이 이곳 인간들 틈에 섞여있었다는 걸 들켰다는 의미였다.

'어떻게든 그가 올 때까지 버텼어야 했는데.'

제튼을 떠올리니 괜스레 안심이 됐다. 놀랍게도 중간계 최강의 일족이라는 드래곤의 일원인 그녀였건만, 제튼의 존재는 그런 그녀마저도 안도하게 만드는 힘이 있었다.

그는 잠시 집에 좀 다녀온다며 떠났고, 그들 일족의 새로운 로드가 직접 그 길을 도왔다.

'왜 이렇게 안 오는 거야?'

금세 도착할거라 여겼건만, 하루가 지나도록 돌아오질 않고 있었다. 조금 늦을 거라는 듯 이야기를 하긴 했지만, 설마 그게 하룻밤을 지내고 온다는 뜻일 줄이야.

'설마… 그 녀석도 같이 오는 건 아니겠지?'

귀찮도록 쫓아다니며 짜증을 일으키더니, 슬슬 안 보면 더 짜증날 것 같은 얼굴이 떠올랐다.

크라이온!

하지만 지금 상황에서만큼은 절대로 보고 싶지 않은 얼굴이기도 했다.

드래곤이라 불리는 그녀마저도 어깨가 움츠러들 정도로 불쾌한 마기가 가득 넘실거리는 공간이었다.

결코, 연인들이 함께 할 장소가 아니었다.

◈

도착과 동시에 밀려드는 텁텁한 공기가 모든 상황을 설명해줬다.

"벌써 시작한 모양이군요."

제튼의 이야기에 아루낙에서 그를 데리고 온 벨로아가 고개를 끄덕이며 답했다.

저 멀리 비쳐지는 어둔 하늘이 심상찮아 보였다.

"마족들도 움직인 것 같군. 아무래도 아이들이 들킨

듯하네."

"먼저 움직여야겠습니다."

"곧 뒤따라가겠네."

간단한 인사말을 끝으로 제튼이 신형을 쏘아 보냈다.

"거 참! 같이 좀 갑시다."

슬그머니 끼어드는 음성, 크라이온의 외침에 벨로아가 슬쩍 웃으며 그의 등을 떠밀었다. 마력이 가득 담긴 그 한 번의 손짓은 크라이온의 신형을 거짓말처럼 저 앞으로 날려 보냈다.

"우아아악!"

경지를 넘은 크라이온도 놀랄 만한 속도였던지, 저 앞으로 시원하게 터져 나오는 비명성이 들려왔다.

그 모습을 잠시 웃으며 바라보던 벨로아는 이내 그들의 반대방향을 향해 몸을 날렸다.

◈

천마가 자리에서 벌떡 일어났다.

아직 이렇다 할 기세를 내비치는 건 아니었다. 하지만 그는 알 수 있었다. 오랜 세월을 함께 지낸 까닭일까? 본능이 먼저 그의 등장을 알려주고 있었다.

"왔구나!"

입 안 가득 미소가 스며들었다. 돌연 자리에서 박차고 일어난 그가 힘차게 외쳤다.

"브라−만!"

❖

마룡과 마족 그리고 드래곤들이 약속이나 한 듯, 하늘 높이 솟아올랐다.

드래곤들은 병사들의 피해를 막기 위함이었고, 마족들은 하늘 가득 넘실거리는 마기를 통해, 제 힘을 온전히 발휘하기 위함이었다.

그들은 칠흑빛 창공을 무대로 한껏 자신들의 능력을 선보이기 시작했다. 천둥이 치고 벼락이 일며 불비가 떨어져 내렸다.

하늘 위로 새로운 전장이 형성된 것이다.

그 무시무시한 광경에 병사들이 또다시 굳어버릴 때, 저 멀리서부터 거대한 외침이 터져 나왔다.

"브라−만!"

동시에 저 하늘 한편을 가르며 한 줄기 뇌전이 뻗어오는 게 보였다.

그것은 정확히 전장의 하늘을 관통했고, 그 순간 하늘 가득 몰아치던 불과 벼락의 향연이 거짓말처럼 멈춰버렸다.

꽈르르르르르…

뒤늦게 찾아온 천둥성과 함께 하늘이 갈라졌다. 그 사이
로 내리쬐는 태양빛이 일직선으로 길을 열며 내리쬐기 시
작했다.

그 따스한 온기 속에,

"와아아아아아-!"

병사들의 함성이 크게 터져나왔다.

대공 브라만!

그들의 살아있는 전설이 등장한 것이다.

❖

갑작스런 천마의 외침과 함께, 저 멀리서부터 날아드는
아찔한 감각에 절로 다리에 힘이 들어갔다.

어느새 육신은 자리에서 벌떡 일어났고, 시선은 저 먼
하늘을 바라보고 있었다.

한 줄기 뇌전이 칠흑빛 창공을 가르며 감춰뒀던 빛을 떨
어트리는 게 보였다.

일시지간 '그'와 시선이 맞닿았다.

오싹!

등줄기를 타고 오르는 전율이 모든 걸 말해줬다.

'…강자!'

그것도 감히 '왕'이라 불리는 그를 경악하게 만드는 수준의 절대적 실력자였다.

쫘르르르르르…

뒤늦게 찾아온 천둥성과 함께 그가 저 멀리 전장으로 향하는 게 보였다.

그리고 그 뒤를 일직선으로 따르는 빛의 길!

전장 가득 사기가 들끓어 오르며, 진한 용기의 함성이 메아리치는 게 들렸다.

'브라만 대공!'

그 존재에 대한 '진정한' 의미를 깨달았다.

이곳에서 그를 칭하는 '최강'이라는 단어의 영역이 그저 인간들에 한정된 것이 아니라는 것도 알게 되었다.

저들이 하는 말 그대로였다.

대륙 최강!

종족을 초월한 의미였던 것이다.

어찌하여 저 마계대공이라 불리는 천마가 그토록 집착했던 것인지도 깨닫게 되었다.

그가 잡아야 할 게, 제국의 황제가 아니었다는 것 역시 깨달았다.

"으음…."

순간, 그가 흘린 신음성이라 여겼다. 하지만 이내 자신은 잘 참아냈다는 걸 깨닫고는 옆으로 시선을 돌렸다.

딱딱하게 굳은 얼굴로 저 먼 전장의 창공을 바라보는 비혜름이 보였다.

조금 전의 나직한 신음성은 그에게서 나온 것이었다.

그 역시 자신과 비슷한 감정을 느끼고 있다는 걸 직감했다. 동시에 상황이 더욱 좋지 않다는 것 역시 깨달았다. 자연스레 천마를 향해 시선이 갔다.

어느새 저 앞으로 신형을 내던지는 모습이 보였다.

"젠장!"

저도 모르게 터져 나온 욕설과 함께 그 역시 전장을 향해 움직였다.

그들이 사라지고 홀로 마왕군의 진영에 남게 된 비혜름은 나직한 음성으로 중얼거렸다.

"설마… 순수하게 브라만 대공이란 존재를 노린 것이었을 줄이야."

천마의 계략이 무엇인지 고심하던 스스로가 왠지 바보처럼 느껴졌다. 아마도 천마는 이 같은 자신의 의문을 짐작하고 있었을 거라 여겼다. 때문에 더욱 스스로의 꼴이 우스울 수밖에 없었다.

한 차례 쓴웃음을 베어 문 비혜름이 전장으로 시선을 돌렸다.

인간과 엘프 그리고 드워프를 상대로 사납게 울부짖는 마수와 마물들이 보였다.

또한, 그들이 내비치는 기운 하나하나가 느껴졌다. 가만히 눈을 감고 그 흐름을 읽어나갔다. 슬쩍 입가에 미소가 올라왔다.

"얼마 안 남았군. 크큭!"

최후에 웃기 위한 그만의 승부수가 전장에 띄워지고 있었다.

◈

황제는 등장과 동시에 전장 가득 빛을 뿌리며 창공을 지배하고 있는 제튼의 모습에 저도 모르게 가슴이 뛰는 걸 느꼈다.

당장이라도 달려가고 싶은 기분이 들 정도였다.

하지만 잠시 후 들려온 음성이 그 같은 감정을 싸늘히 식혀버렸다.

"어머니!"

곁을 돌아보니 황자 카이든이 이글거리며 타오르는 눈빛으로 그녀를 바라보고 있었다.

머리가 아파오려 했다.

'하아…'

실력으로 아이를 제압한 뒤, 전장으로 향하려는 마음을 접게 만들려 했건만, 오히려 실력으로 제압을 당해버렸다.

물론, 그녀가 패했다는 의미는 아니었다. 하지만 황자가 보여준 실력에 깜짝 놀란 건 사실이었다.

그랜드 마스터!

겨우 열 넷의 어린 나이에 그 지고한 영역에 발을 들인 것이다. 믿기 어려운 상황이었으나 그 실력은 진짜였고, 그녀로써도 한 걸음 물러설 수밖에 없었다.

"보내주십시오!"

아이의 강렬한 외침에 황제 아미르가 나직한 한숨과 함께 입을 열었다.

"조심… 하거라."

그 순간 카이든의 동공이 커졌다.

전에 없던 모친의 따뜻한 음성에 가슴이 크게 일렁인 까닭이었다. 감정적 흔들림이 입 밖으로 튀어나올까, 입술을 꽈악 다물며 힘차게 고개를 끄덕였다.

아미르 역시 고개를 끄덕이는 순간, 카이든이 신형을 돌려 튀어나갔다.

그 뒷모습을 바라보던 아미르는 조금 전 황자의 외침을 떠올렸다.

〈어머니!〉

아이의 머리가 굵어진 뒤, 아니 굵어지기 이전부터 항시 '폐하'라는 소리만 들어왔다. 때문에 '엄마' 혹은 '어머니' 같은 단어는 귀에 익질 않았다.

다급한 마음에 그 같이 외쳤을 거라 생각되지만, 그렇게라도 듣고 나니 식어버렸던 가슴이 재차 쿵쾅거리며 뛰는 걸 느낄 수 있었다.

하지만 상황이 상황인 만큼 이 감정에 깊이 휩쓸릴 수는 없었다.

애써 가슴을 달랜 그녀가 고개를 돌려 전방을 바라봤다. 망루를 세우고 그 위쪽에 자리를 잡은 덕분에, 전장의 상황이 한 눈에 보였다.

다른 진영 역시도 이와 비슷한 방법으로 전장을 살피고 있는 중이었다.

'슬슬 움직일 때인가.'

그녀의 눈가에 이채가 스쳐갔다. 전장의 한 축을 무너트리는 거대한 힘의 파편을 발견한 까닭이었다.

마족!

하늘에서 뿐만 아니라 지상에서도 움직이는 어둠의 무리가 있었고, 그녀는 바로 이 같은 자들을 상대하고자 대기하고 있던 것이다.

이 부분 역시도 제튼에게 언질 받은 게 있었기에, 즉각 전장에 뛰어들지 않은 채 버티고 있던 것이다.

〈분명 혼란을 조장하려는 놈들이 있을 거야.〉

드래곤들에 대한 언질을 받았고, 그들만으로는 전부 막기가 어렵다는 이야기도 들었다. 때문에 기다리고 있었다.

훌쩍!

그녀가 망루에서 뛰어내렸다. 그 순간 약속이나 한 듯, 다른 진영에서도 일단의 무리가 움직이는데, 그들은 각국을 대표하는 실력자들이었다.

하나같이 별의 영역에 발을 들였거나, 혹은 한 발씩은 걸치고 있는 실력자들로써, 아직 대륙에는 알려지지 않은 일종의 비밀병기라 할 수 있는 이들이었다.

저 하늘 위, 드래곤들이 막지 못한 마족들, 그들이 바로 그녀와 각국의 실력자들이 감당해야 할 몫이었다.

물론, 그녀를 제외한다면 실질적으로 마족과 손을 겨룰 만한 이는 없을 것이다. 하지만 저들에게는 각국에서 숨겨두었던 마도병기들이 함께 무장된 상태였다.

충분히 부족한 부분들을 보충할 수 있을 거라 여겼다.

우우우웅…

그녀의 손이 새하얗게 빛을 발하며 소수가 모습을 드러내기 시작했다.

그의 등장은 실로 강렬하여, 드래곤과 마족 두 무리를 동시에 경악하게 만들기에 충분했다.

마족들은 마치 그들이 섬기는 왕, 우마왕의 분노가 떨어지는 듯, 사납게 접근하는 뇌전의 모습에 마족들은 황급히 사방으로 몸을 날려야만 했다.

드래곤들 역시 깜짝 놀라며 다가드는 뇌전의 주인을 쳐다봤다.

이미 그들의 로드를 통해 얼굴 정도는 익혀놓은 덕분에, 그 정체는 금세 파악할 수 있었다.

대단하다는 말 정도는 들었으나, 설마 이 정도로 어마어마한 기운을 발산하는 존재일거라고는 생각지도 못했다.

그들의 오랜 역사 속에, 직접 키웠던 수많은 영웅과 용사들, 딱 그 정도 수준, 혹은 거기서 조금 더 나은 정도라여겼던 까닭이었다.

헌데, 이건 뭔가?

'마치…'

'로드의 권능을 마주한 것 같은 압박감이라니.'

절로 마른침을 삼키게 만드는 기운이었다.

꽈르르르르르…

빛의 주인이 도착하고, 뒤늦게 천둥성이 따라오며 창공을 크게 뒤흔들었다.

그 어마어마한 속도와 풍압만으로도 대기 가득하던 마기가 비명을 지르며 사방으로 흩어지는 게 느껴졌다.

어느새 드래곤을 등지고 선 그는 무심한 얼굴로 마족들을 바라보고 있었다.

그저 시선이 닿는 것만으로도 몸서리를 치게 만드는 압박감에, 마족들의 어깨가 절로 움츠러들 때, 최상위의 마족들이 움직였다.

마계에서도 손꼽히는 전사인 발록 일족의 '바후만'이 사납게 불꽃 채찍을 휘두르며 앞장섰고, 그 뒤로 북마계 육탄전의 달인이라 불리는 설산족의 '사낙'이 눈보라를 휘날리며 몸을 던졌다.

둘 다 근접박투로는 둘째가라면 서러워할 이들로써, 순식간에 거리를 좁힌 그들은 한쪽에서는 뜨겁게, 또 한편에서는 차갑게 제튼을 압박해 들어갔다.

"흥!"

순간, 짧은 코웃음과 함께 제튼이 움직였다.

빠바바바바박!

그것은 빠르지는 않았다. 하지만 어째서인지 피할 수가 없었다.

주먹이 날아오는 게 뻔히 보이건만, 얼굴을 내어줬고 턱

이 돌아갔다. 발차기의 궤도가 한 눈에 들어오는데도 복부를 허용했다.

실로 이해할 수 없는 상황 속에서, 뼛속까지 울리는 구타가 그들의 정신을 하얗게 탈색시켜갔다.

밑에서 이 모습을 지켜보던 몇몇 경계에 선 기사들이 탄성을 터트렸다.

"스네이크!"

"아라반, 바탈, 리이리얀!"

"남 대륙의 세킴!"

"사막의 박투 웅골막도 있어!"

바후만과 사낙에게는 느리다 할지언정, 그들에게는 결코 느리지 않은 제튼의 공격이었다. 때문에 그 궤적의 잔영들을 쫓는 것이 그들의 한계였다.

하지만 그럼에도 불구하고 그들은 제튼의 손끝에서 펼쳐지는 기술들을 전부 알아봤다.

너무도 유명한 기술들인 까닭이었는데, 이는 일류 혹은 그 이상의 상승 기예라서가 아니었다.

너무도 흔하고 흔해, 도저히 모를 수 없는 기술들인 까닭이었다.

일명, '삼류'라 불리는 초급의 기초 검술들과 박투술들이었다.

때문에 경악할 수밖에 없었다.

"저게… 저런 검술이었어?"

"맙소사!"

그들에게는 그야말로 신세계나 다름없는 경지가 하늘 위에서 펼쳐지고 있는 것이다. 그것이 그토록 무시했던 삼류의 기예들이라는 점이 그들에게는 커다란 충격으로 다가오고 있었다.

더욱 놀라운 점은 제튼의 손에서 펼쳐지는 기예의 숫자였다.

"도대체 얼마나 많은 검술을 알고 있는 거야?"

"박투술은 어떻고, 내가 센 것만 해도 벌써 서른 개가 넘어가!"

그 궤적을 쫓아 짐작으로 파악해내는 부분이 큰 까닭에, 놓치는 것이 더 많다는 걸 생각해 본다면, 그야말로 입이 쩍 벌어지는 숫자였다.

이렇게 그들이 경악하며 그 수를 세는 만큼, 바후만과 사낙은 쉴 새 없이 맞아야만 했다. 맞고 또 맞고 계속 맞았다.

"꺼흐으으윽!"

육탄전의 달인들답게, 맷집으로도 둘째가라면 서러워할 그들이 비참한 비명성과 함께 떨어져 내렸다.

잔혹하다 할 정도로 일방적인 구타 앞에, 일시지간 정신을 놓아버린 것이다.

그런 그들을 내려다보며 제튼이 사납게 일갈했다.

"상대의 기세를 접하고도 인정하지 않고, 섣불리 접근하다니. 건방진 놈들!"

추락하는 두 마족을 향해 손을 뻗었다.

"존재 자체가 역겹다."

칠흑빛 하늘 위, 먹구름을 뚫고 떨어져 내리는 빛줄기 사이로 다시금 피어난 한 줌의 어둠이 두 마족을 꿰뚫었다.

파스스슥…

마치, 사막의 신기루마냥, 그렇게 최상위의 마족 둘은 가루가 되어 흩어지며 그 최후를 알렸다.

"……."

이어지는 짙은 침묵.

드래곤과 마족.

그들 모두 경악스런 상황에 약속이나 한 듯 굳어버린 것이다.

지상에서 이 광경을 지켜본 몇몇 기사만이 힘껏 목청을 높여 그를 연호하고 있을 뿐이었다.

"브라-만!"

"브라-만!"

물론, 대다수가 전투에 한창인 탓에, 그 같은 외침도 흐릿하게만 들릴 뿐이었다.

마치 이명처럼 들려오는 기사들의 외침 속에서, 제튼이
나직하니 입을 열었다.

"겨우 이거냐?"

자존심을 구기는 그의 한마디에 마족들의 얼굴이 붉게
달아올랐다. 하지만 그 분노를 표출하지는 못했다.

제튼에게서 뻗어 나온 기운이 묵직한 족쇄가 되어 그들
의 이성에 제동을 건 까닭이었다.

앞서 바후만과 사낙이 소멸하던 장면도 선명히 그려지
며, 감정적 폭발을 억제시키고 있었다.

이런 그들에게 제튼이 물었다.

"쫄았냐?"

도발적인 한마디.

"죽여-!"

"크아아아-!"

결국, 마족들이 폭발했다.

　　　　　　　　　　　◈

전장을 코앞에 두고, 갑작스레 신형을 멈춰버린 천마의
모습에 우마왕이 눈살을 찌푸리며 물었다.

"안 움직이고 뭐 하는 거냐?"

자꾸 걸음을 늦추는 천마의 행태에 적잖게 짜증이 난

듯, 표정을 잔뜩 구긴 우마왕의 모습이 보였다. 이에 이를 드러내며 웃어 보인 천마가 저 앞의 제튼에게로 시선을 던지며 말했다.

"자랑중이다."

이건 또 무슨 소리인가. 이해할 수 없는 내용에 우마왕의 눈가로 깊은 주름이 새겨졌다.

"내 먹잇감이 얼마나 대단한지. 보여주는 중이지."

결국, 우마왕의 얼굴이 와락 일그러지는 게 보였다. 자랑을 하는 대상이 그의 수족들인 만큼, 결코 좋게 받아들일 수 없는 이야기였다.

"헛소리 그만하고 빨리 네 먹잇감이나 낚아서 꺼져라!"

잔뜩 독이 오른 우마왕의 말투에 천마가 이를 드러내며 물었다.

"명령이냐?"

그 순간 화악 달아오르는 우마왕의 얼굴이 보였다. 저 발언이 일종의 도발이라는 걸 아는 까닭이었다.

과연, 아직까지 종속관계가 유지되고 있는 것일까? 유지될 수 있는 것일까? 많은 생각을 하게 만들었다. 그야말로 미지의 존재나 다름없는 게 바로 눈앞의 천마였다.

때문에 선뜻 '그렇다'는 말을 내뱉기가 어려웠다.

"으드득…"

때문에 이를 갈아 마시며 사납게 마기를 피워 올리는 것으로 대답을 대신했다.

당장이라도 달려들 것 같은 기세에 천마가 재차 이를 드러내며 웃는가 싶더니, 슬쩍 전장을 향해 몸을 날리는 것이 아닌가.

그 모습에 우마왕의 얼굴이 한층 더 엉망으로 구겨졌다. 천마에게 농락당했다는 걸 깨달은 까닭이었다.

'빌어먹을 놈!'

전쟁의 마지막을 필히 천마의 목을 장식하고 말리라. 그렇게 각오를 다지고 또 다지며 그 역시 전장에 발을 들여놓았다.

◈

저 멀리서부터 느껴지는 암울한 기운에 깜짝 놀라야만 했다.

'시작했구나!'

아직 갈 길이 멀었건만, 이미 전쟁은 시작한 모양이었다. 실로 아득하다는 말이 부족하지 않은 거리였으나, 정반대되는 기운인 까닭일까?

거리를 격하고 상황이 그려졌다.

"성녀님?"

갑작스레 굳어진 안색에 놀란 것일까? 함께 마차에 오른 신녀회의 여신관 '레네'가 걱정스럽게 바라보고 있었다.

애써 미소를 그려 보이며 괜찮다는 표정을 지어줬다. 하지만 그럼에도 불구하고 안색에 그늘이 끼는 건 어쩔 수 없었다.

특히, 거리를 무시하며 전해져 오는 마기의 음습함이 자꾸만 어깨를 움츠러들게 만들고 있어서, 평상시와 같은 모습을 보이기가 쉽지 않았다.

"괜찮으십니까?"

재차 이어지는 레네의 물음에 또 다시 미소를 지어보였다. 그럼에도 불구하고 어두운 안색에 레네는 무어라 더 묻고 싶은 표정이었으나, 성녀가 원치 않는 듯 보여 결국 입 안에서만 굴리다 삼켜낼 뿐이었다.

'너무 늦어버렸나.'

걱정스러운 마음에 기도를 올리고자 두 눈을 감는데, 그 순간 그녀는 주변으로 다가오는 기이한 파동을 느꼈다.

"아!"

감겨진 눈 너머, 시각적 정보가 아닌 감각으로 전달되는 이미지가 있었다.

그것은 환한 빛과 같았다.

성국의 성직자들이 내비치는 성력과도 닮아있었다. 하

지만 결코 같지는 않다는 것 역시 알았다.

적?

그럴 리가 없었다. 이는 마치 신의 계시처럼, 빛의 인도와 같다고 여겼다.

기도를 위해 감았던 그녀의 눈이 떠지며 급히 마차를 멈춰세웠다.

"무슨 일이냐?"

그녀의 갑작스런 정지명령에 케빈이 급히 다가와 물었다. 대외적인 시선을 생각하여 존대로 물어야 하겠으나, 평소와 다를 것 없는 평대가 흘러나오고 있었다.

성녀와 성검이라는 직책보다 오라비의 동생이라는 위치에 더 집중하고자 하는 마음이 느껴졌다. 이에 슬며시 웃어 보인 그녀가 짧게 답했다.

"손님이 오고 있어."

그녀 역시도 오라비와 마찬가지의 마음을 담아, 편안한 어투로 대꾸했다.

"손님?"

의문 가득한 얼굴로 쳐다보는 오라비의 모습에 메리가 대답 대신 저 먼 곳으로 시선을 던져 보냈다.

자연스레 케빈 역시도 그것을 바라보는데, 그의 초월적 감각에도 이렇다 할 특별한 건 느껴지지 않았다. 때문에 재차 의문으로 메리를 돌아봐야만 했다.

"검을 쥐어봐."

메리의 이야기에 케빈의 눈가에 옅은 주름이 새겨졌다. 그 스스로의 실력으로 성장하고 싶은 마음이 큰 탓에, 신검의 힘에 의존하는 걸 경계하는 까닭이었다.

하지만 성녀를 이끌고 마왕군을 막으러 가는 길이었다. 상황이 상황인 만큼, 결국 신검을 손에 쥐어야만 했다.

그 순간 감각이 한층 확장되며, 저 멀리 하나의 거대한 기운을 느낄 수 있었다.

"헛!"

깜짝 놀란 케빈이 급히 검을 뽑아들었다. 신검을 쥐었기에 느낄 수 있던 상대의 초월적 능력에, 절로 경계심이 일어난 것이다.

검을 쥐고서도 확신이 들지 않는 강적이었다. 바싹 긴장한 그의 모습에 주변 성기사들도 일제히 검을 뽑아들었다.

이에 메리가 목소리를 높였다.

"검을 거두세요!"

케빈이 딱딱하게 굳은 얼굴로 그녀를 바라봤다. 이에 메리가 웃으며 답했다.

"손님이라니까."

그녀의 미소에서 느껴지는 편안함에 잠시 고민을 하는가 싶던 케빈이 할 수 없다는 듯 검을 회수했다. 하지만 그

손만큼은 연신 그립의 주변을 맴돌고 있어, 언제든 발검할 수 있도록 일말의 경계심은 놓지 않았다는 걸 짐작케 했다.

메리의 명과 케빈의 착검에 성기사들도 일제히 검을 집어넣었다. 하지만 그들 역시도 케빈과 마찬가지로 한줌의 경계심은 남겨놓고 있었다.

그렇게 묘한 긴장감이 피어오르고 있을 때,

"성녀님을 뵙습니다."

저 하늘 위에서 부드러운 음성과 함께 하나의 그림자가 떨어져 내리는 게 보였다.

성기사들의 경계심이 한층 올라가며 그립에 손을 얹는 순간, 메리가 외쳤다.

"저를 찾아오신 손님이십니다."

그와 동시에 성기사들의 행동이 멈췄다. 헌데, 가장 짙은 경계심을 내비치던 케빈이 의외의 모습을 보여주고 있었다.

마치 넋을 놓은 듯 보이는 얼굴을 한 채, 의문의 난입자를 바라보고 있는 것이 아닌가.

그런 오라비의 모습에 메리가 웃으며 입을 열었다.

"말했잖아. 손님이라고."

이내 한 걸음 앞으로 나아간 그녀가 환히 웃으며 말했다.

"오랜만에 봬요. 벨로아 할아버지. 아니…위대한 분이라고 해야 하나요?"

그녀의 의문성 섞인 인사에 의문의 난입자, 벨로아가 너털웃음을 터트렸다.

"허헛! 할아버지 소리가 더 듣기 좋구려."

이에 메리 역시도 웃으며 말했다.

"그럼 저도 평소에 부르던 것처럼 불러주세요."

"허허허헛! 그래. 그렇게 하자꾸나."

시원하니 터져 나오는 웃음성 속에, 케빈만이 상황을 파악하지 못한 듯, 그답지 않은 멍한 얼굴을 유지하고 있을 뿐이었다.

◈

일시지간 끓어오른 분노에 휩쓸려 거침없이 돌진을 했으나, 마족들은 그 감정을 온전히 폭발시킬 수는 없었다.

한껏 불이 붙은 그들의 눈에는 제튼만이 들어왔지만, 적은 그 혼자만이 아닌 까닭이었다.

콰웅!

드래곤들이 일제히 마법을 발현했고, 그 오색찬란한 빛무리는 잠시나마 눈이 돌아간 마족들에게 상당한 타격을 먹이기에 충분한 위력을 지니고 있었다.

"비겁한 놈!"

마족들이 입을 모아 외쳤다. 기습을 가한 드래곤들을 향한 분노였는데, 이를 향해 제튼이 한마디를 던졌다.

"전쟁 처음이니?"

자꾸만 내부 깊숙한 곳을 긁어대는 자극적인 언사에, 또다시 마족들의 머리가 열기로 가득 찼으나, 앞서의 경험 덕분일까?

이번에는 꾹꾹 눌러 참으며 분노를 폭발시키는 건 막아낼 수 있었다.

"안 와?"

질문과 동시에 제튼이 움직였다.

"그럼, 내가 가 주지."

단숨에 거리를 좁힌 그가 마족들 사이로 뛰어들며 이리저리 손발을 휘둘렀다.

앞서 바후만과 사낙을 해치웠던 수많은 검술과 박투술이 다시금 펼쳐지기 시작했다.

하지만 이미 제튼에 대한 경계심을 극도로 끌어올렸던 덕분인지, 마족들은 그의 손짓과 발짓 속에서도 침착히 몸을 움직이고 있었다.

또한 역공의 기회까지 만들어가며 반격을 들어오기도 했다.

'역시…'

마족, 그것도 상급에 오른 이들인 만큼, 결코 무시할 수 없는 전력이라 여겼다.

'괜찮으려나.'

저 아래에서 전장의 흐름을 바로잡아야 할 황제가 떠올랐다. 나름 몇 수 도움을 주기는 했지만, 그녀는 이미 단기간에 성장할 수 있는 영역을 벗어난 상태였다.

게다가 황자 카이든 역시도 저 아래에 함께하고 있지 않던가. 일시지간 집중력이 흐트러지는 걸 느꼈고, 그와 동시에 손발이 어지러워지기 시작했다.

콰우우우우우…

엎친 데 덮친 격이랄까?

전율이 끼칠 정도로 강렬한 마기가 폭풍을 동반하며 그를 향해 밀려들고 있었다.

'천마!'

눈으로 확인하지 않아도 그 정체를 파악하는 건 어렵지 않았다. 너무도 익숙한 천마신공의 흐름인 까닭이었다.

찰나의 순간, 흔들리던 집중력이 극도로 올라갔다. 마치 잘 벼린 날 위에 선 듯 서늘한 감각이 전신을 휘감았다.

그 날카로운 감각 속에서 제튼 역시도 기운을 한껏 끌어올렸다. 바후만과 사낙을 상대할 때도, 지금 수많은 마족들의 무리 속으로 뛰어든 상황에서도, 굳이 내비치지 않으며 아껴두었던 힘을 개방한 것이다.

갑작스런 거력의 이동 때문일까? 그의 주변 가득 번갯불이 튀었다.

그리고 뇌전과 폭풍이 허공중에 거대한 마찰을 일으켰다.

꽈르르릉!

아찔한 두 힘의 충격파가 사방으로 퍼졌고, 이로 인해 마족들이 이리저리 튕겨나갔다. 제법 거리를 두고 있던 드래곤들마저도 그 거대한 동체가 흔들릴 정도였다.

"하하하하하하!"

거대한 힘의 파문이 멈추자마자 터져 나오는 시원한 웃음소리가 또 다시 거칠게 주변 대기를 휩쓸었다.

하늘에 존재하는 이들은 그 하나하나가 절대적이라 할 만한 강자들이었건만, 그 웃음소리에는 버티기가 힘들었던 듯, 하나같이 불안하게 흔들리는 모습을 보여줬다.

"그만!"

나직하니 흘러나온 제튼의 음성이 불안정한 대기를 꿰뚫으며 웃음성의 주인에게로 뻗어나갔다.

그와 동시에 주변 일대의 흔들림이 멈췄다.

"크하하하하하!"

335

여전히 웃음소리는 남아있었으나, 더 이상 주변을 휩쓰는 울림은 없었다.

웃음성의 주인, 천마가 제튼을 바라보며 외쳤다.

"한 판 붙어야지!"

호기로운 그 음성에 제튼 역시 맞불을 놓았다.

"그래, 붙자!"

약속했던 5차전의 시간이었다.

〈13권에서 계속〉